KB167676

엄마와 물건

일러두기

- 읽는 재미와 당시 기사의 생생함을 느낄 수 있도록 일부 맞춤법 표기를 따르지 않는 표현이 등장합니다.
- 본문에 해당하는 기사는 당시의 시대상과 가치관을 반영할 뿐 언급되는 신문사, 인물들의 현재 의견과는 다를 수 있습니다.

엄마와 물건

초판 1쇄 발행 2022년 10월 4일

지은이 심혜진
구술 이입분

펴낸이 조기흠
기획이사 이홍 / **책임편집** 박단비 / **기획편집** 유소영, 정선영, 박의성, 전세정
마케팅 정재훈, 박태규, 김선영, 홍태형, 임은희 / **제작** 박성우, 김정우
디자인 문성미 / **일러스트** 그림요정 더 최광렬

펴낸곳 한빛비즈(주) / **주소** 서울시 서대문구 연희로2길 62 4층
전화 02-325-5506 / **팩스** 02-326-1566
등록 2008년 1월 14일 제 25100-2017-000062호

ISBN 979-11-5784-612-2 03810

이 책에 대한 의견이나 오탈자 및 잘못된 내용에 대한 수정 정보는 한빛비즈의 홈페이지나
이메일(hanbitbiz@hanbit.co.kr)로 알려주십시오. 잘못된 책은 구입하신 서점에서 교환해드립니다.
책값은 뒤표지에 표시되어 있습니다.

hanbitbiz.com **facebook.com/hanbitbiz** **post.naver.com/hanbit_biz**
youtube.com/한빛비즈 **instagram.com/hanbitbiz**

Published by Hanbit Biz, Inc. Printed in Korea

엄마와 물건

물건들 사이로 엄마와 떠난 시간 여행

심혜진 지음 ★ 이입분 구술

contents

프롤로그

엄마의 삶을 기록해보고 싶었다. 1950년생인 엄마는 농업 중심의 환경에서 태어나 산업화 시기에 청년 시절을 보내고 중년에 IMF 외환위기를 맞았다. 호미와 스마트폰을 모두 사용할 줄 안다. 극적인 변화의 시기를 통과하며 엄마의 삶은 어떻게 변했을지, 엄마는 세상과 어떤 관계 맺으며 여기까지 왔을지 궁금했다.

엄마는 솔직하고 거침없이 썰을 풀 줄은 알아도 글 쓰는 것에는 익숙하지 않다. 그러니 그 말을 내가 받아서 써보면 어떨까 싶었다. 그리고 이야기의 중심에 '집안일'을 두기로 했다. 우리는 분명 집안에서 누군가의 노동에 의지해 살아왔고 지금도 살아가고 있지만, 세상은 이를 썩 중요하게 여기지 않는다. 우리가 기억해야 할 삶이 고속도로와 높은 건물과 연구실 안에만 있는 것은 아니기에, 엄마가 무한 반복의 노동으로 꾸려온 일상에는 삶을 이어가는 가장 기본적이고도 중요한 가치가 담겨 있다고 믿기에 난이 이야기를 기록하기로 했다.

나는 산업화 시기에 새로 생긴 물건들을 엄마가 어떻게 수용하고 생활 속으로 받아들였는지 그 과정을 썼다. 엄마라는 한 사람으론 객관성을 담보할 수 없어 당시 신문 기사도 참고했다. 하지만 이 물건들로 인해 엄마의 삶이 마냥 편해지기만 했다고 읽히는 것을 경계한다. 내가 책에서 다룬 것은 이전에 없던 물건들이 집안에 들어오면서 생긴 변화이지만, 집 바깥도 마찬가지로 많은 것이 바뀌었다. 소와 수레가 다니던 길에 도로가 깔리고, 사람들은 이제 버스나 지하철, 자가용을 타고 다니며, 핸드폰으로 언제 어디서든 소식과 정보를 주고받는다. 이런 것들이 과연 우리를 더 자유롭게 만들고 저마다의 삶에 행복과 평화를 가져다주었을까? 세탁기가 생겨 빨래가 편해진 건 분명하지만, 이 물건으로 생긴 여유와 활력을 스스로의 행복과 더 나은 삶을 위해 사용할 수 있느냐 하는 것은 또 다른 문제다.

《세탁기의 배신(김덕호 저, 뿌리와 이파리, 2020)》의 저자는 산업화를 통해 미국의 농촌 가정이 "생산과 소비의 주체에서 소비의 주체로 변신"한 과정을 밝히며 다음과 같이 썼다.

“아시다시피, 이러한 변환을 통해 남성이나 자식의 역할은 줄어들거나 없어진 반면, 여성 특히 가정주부의 역할은 커져만 갔다. 기계화와 상업화를 통해 남편과 아이들이 주부를 도와주지 않아도 죄책감을 느끼지 않게 되었다. 기계가 여성의 일을 대신해주고 화폐를 통해 필요한 물건들을 쉽사리 구입할 수 있다고 생각하게 되었기 때문이다.”

◇◇◇

이 책에 쓴 것은 우리 엄마의 이야기이다. 책 내용이 전적으로 무언가를 대변할 수는 없다. 다만 나의 책이 누군가를 떠올리는 계기가 되면 좋겠다. 더 많은 이들의 이야기가 여기저기서 쏟아지고 다양한 방식으로 기록되길 바란다. 특히 엄마처럼 교육을 많이 받지 못했고 경제적으로 여유롭게 살지 못했으며 비수도권과 비서울 지역에서 평생을 지낸 이들의 이야기가 더 많이 들렸으면 좋겠다.

70년 된 엄마의 삶에 귀 기울인 지난 5년은 익숙한 엄마라는 인물을 낯선 존재로 다시 바라보는 시간이었다.

엄마가 처음부터 엄마는 아니었다는 걸 실감하는 시간이기도 했다. 순응과 저항, 애정과 분노, 성취와 좌절, 기쁨과 슬픔 등을 두루 맛본 엄마의 삶을 여기에 풀어 놓는다. 이 책이 곧 엄마의 두 손에 놓일 거라 생각하니 조금 떨린다. 까칠한 딸내미의 집요한 질문 세례에 (가끔 짜증을 내긴 했지만) 최선을 다해 응답해준 이입분 님. 오래전 기억을 꺼내놓는 일이 쉽지 않았을 텐데 끝까지 애써주신 덕분에 무사히 원고를 마칠 수 있었다. 감사하다는 말은 다음에 하련다. 아직 엄마에게 듣고 싶은 이야기, 들어야 할 이야기가 훨씬 더 많으니까. 모든 원고를 가장 먼저 읽고 맨 마지막까지 읽으며 쓴소리와 단소리를 모두 들려준 토깽이 언니의 노고에 감사하며 앞으로도 잘 부탁한다는 말을 전한다. 가평에서 대체 책이 언제 나오냐며 심심하면 나를 압박한 내동생 혜민의 관심 어린 애정에도 감사의 마음을 보낸다. 선우, 지원은 할머니의 이야기를 어떻게 읽어줄까. 몹시 궁금하다.

맑고 높은 날
심혜진

나는 냇가에서
고운 돌 주워다가
그걸로 밀었어.

하나,

이태리타월

집에서 걸어서 10분 거리에 엄마가 산다. 직장 출퇴근으로 바쁠 땐 혼자 사는 엄마가 어떻게 지내는지 궁금해도 자주 들여다보지 못했다. 그러다 몇 년 전 프리랜서가 된 후론 종종 같이 산책을 하고 차도 마신다.

아무리 집이 가까워도 엄마 집에서 잠을 자는 일은 아주 드물다. 엄마는 자신의 공간에 누군가 불쑥 들어오는 걸 달가워하지 않는 사생활 보호주의자. 1인 가구, 독거노인으로 10년을 넘게 산 엄마에겐 집 떠난 지 20년이 다 되어가는 딸내미도 외부인이긴 마찬가지이다. 나 또한 집이 코앞이니 굳이 자고 갈 이유도 없다. 엄마 집에서 적당히 머물다 늦지 않은 시간에 내 집으로 돌아온다.

그런데 몇 년 전 어느 선거 날, 함께 투표를 하고 늦은 밤까지 개표방송을 보느라 엄마 집에서 잠을 자게 되었다. 모처럼 엄마가 차려준 저녁을 먹고 함께 뒷정리를 마치니 어느덧 밤 9시가 다 되었다. 마음이 느긋하니 편안하고 기분이 좋았다. 딸기 한 접시를 사이에 두고 이런저런 이야기를 나누던 차, 엄마가 등을 긁었다. 가려운 곳에 손이 잘 닿지 않는지 얼굴을 찡그렸다.

"엊그제 땀을 흘리고 잤더니 등이 근지러워."

이 말을 들으니 '엄마가 시원하게 등을 민 지 오래되었겠구나' 하는 생각이 들었다.

"오늘 오랜만에 엄마 등 한번 밀어드려야겠네."

접시에 남은 딸기를 마저 입에 하나씩 넣고서 엄마를 목욕탕으로 밀어 넣었다. 엄마는 못 이기는 척 내게 등을 내밀었다. 샤워기로 물을 뿌리고, 손에 이태리타월을 단단히 끼었다.

"아, 속이 다 시원하다. 너도 등 밀어줄게, 이리 와 봐."
"아니, 아니! 나는 등에 손이 다 닿아서 안 밀어줘도 돼요."
때를 싹 밀고 나니 내 속이 다 맨들맨들해지는 것 같았다. 새삼 옛 생각이 났다. 어렸을 때 목욕탕에서 때를 밀려는 양육자 앞에서 아프다며 몸을 비틀다가 등짝 맞아본 이들 꽤 많을 것이다. 어린 시절, 우리 집에서 때밀이를 전담한 이는 엄마였다. 엄마의 큼지막한 손에 끼워진 새빨간 이태리타월은 공포 그 자체였다. 이태리타월이 지나간 자리엔 죽죽 밀려나온 검은 때와 함께 벌건 자국이 남았으니까. 아프다고, 엄살을 조금 섞어 우는소리를 해도 엄마는 가차 없이 내 몸을 휙휙 돌리며 때를 벗겨냈다. 이 기억 때문인지 나는 꽤 오래전부터 이태리타월을 사용하지 않는다. 하지만 엄마는 빨간색에서 연두색으로 색깔만 바뀐 이태리타월로 여전히 때를 민다.

엄마가 어렸을 때, 할머니도 엄마의 때를 밀어주었을까? 그때도 이태리타월이 있었을까? 목욕을 마치고 나온 엄마에게 물었다.

"이태리타월? 그런 게 어디 있어. 나는 냇가에서 고운 돌 주워다가 그걸로 밀었어."

아… 어쩐지! 만일 엄마가 누군가에게 때밀이를 당해봤다면, 내 몸을 그렇게 세차게 밀지 않았을 거다. 그런데 돌로 때를 밀었다니 좀 심하다는 생각이 들었다.

"겨울엔 손발이 터서 새까매져. 로션이나 크림을 발랐다면 괜찮았을 텐데, 그땐 그런 게 있는 줄도 몰랐고, 뭐 알았어도 살 수나 있었겠어? 그런 거 살 돈이 없으니까. 손이 트면 꾀죄죄하고 너무 지저분하잖아. 그러면 한 번씩 세숫대야에 뜨뜻한 물 담아서 손발을 좀 불린 다음에 돌로 살살 밀었어. 아, 그전에 비누칠을 꼭 해야 해. 안 그러면 너무 아프니까. 그때는 그냥 손이 튼 채로 다니는 사람이 많았어. 때를 민다는 생각을 특별히 하지는 않았지. 목욕도 어쩌다 한 번 할까 말까인데 뭘."

엄마의 이야기론, 1950~60년대엔 목욕을 거의 하지 않았단다. 그나마 더운 여름엔 자주 씻을 수 있었지만 추운 계절엔 물을 데워 몸 전체를 씻는다는 게 여간 춥고 번거로운 일이 아니었다고.

"생각해 봐. 지금처럼 집에 목욕실이 따로 있길 해, 뜨거운 물이 나오길 해? 먹을 물도 멀리서 길어 와야 하는 판에 목욕을 어떻게 하겠어?"

으레 설날과 추석 명절을 드물게 목욕하는 날로 여길 정도였다니, 꽤 많은 이들에게 목욕은 그야말로 연중행사였나 보다.

“그래도 목욕할 때 때를 민 기억은 있어. 엄마(나의 외할머니)가 그냥 손으로 밀었어. 물에 몸 담그고 있으면 불잖아. 그때 손끝으로 막 문지르면 죽죽 때가 밀리거든. 삼베 수건으로 문지르기도 했는데 대체로는 그냥 손으로 밀었지.”

어쩐지 미심쩍다. 엄마가 돌로 때를 민 것처럼 외할머니만 특이하게 손을 사용했을지 모른다. 영 못 믿겠다는 내 표정을 보더니 엄마가 누군가에게 전화를 했다. 핸드폰 너머 엄마의 고향 친구 목소리가 들렸다.

“그땐 목욕 자주 못 했지. 어쩌다 하게 되면 대충 손으로 밀리는 부분만 밀었어.”

오, 정말 그랬구나!

우린 언제부터 때를 밀었을까?

100년 전만 해도 우리나라 사람들은 목욕을 자주 하지 않았다.

조선일보 1925.11.18.

우리 조선 사람들은 목욕을 자조 하지 안는 것이 큰 폐단이올시다. 공동 목욕탕이 시설되지 못한 싀골에는 다시 더 말할 것도 업거니와 처처에 목욕탕이 완전히 설비된 경성이나 기타 큰 도회디에서도 목욕에 대한 관념이 매우 희박합니다. 조선은 긔후가 습하지 아니하고 흰 의복을 입는 탓으로 일본 등디와 가티 날마다 목욕을 하지 안으면 몸이 끈끈하야 견델 수 업는 형편에 니르게 되지는 안는 터인 즉 사흘 혹은 한주일에 한번식 하는 것도 무방할 듯합니다만은 조선 사람들은 대개 피부에 때가 깜아케 나타나 보이기 전에는 목욕할 생각을 아니할 뿐 아니라 (…)

일제강점기에 일본의 목욕탕 문화가 우리나라에 들어왔다. 가까운 냇가에서 몸을 씻던 문화에 익숙한 사람들에게 공동으로 사용하는 욕탕은 낯설 수밖에 없었다.[1]

동아일보 1928.1.13.

그곳(목욕탕)에 들어가기 전에는 불결한 부분을 대강 미리 씻는 것이 필요하며 또 그 안에서는 때를 밀지 안는 것이 절대로 필요하거늘 이것에 대한 주의가 부족합니다. 무렴치하게 그 안에서 태연히 때를 밀고 잇는 사람 또는 밧게서 민 때나 몸에 칠하야진 비누를 씨서버리지 안코 그대로 들어와서 물 전톄를 불결하게 하야 딴 사람들로 하야곰 불괘한 생각을 가지게 하는 폐가 만습니다.

목욕탕을 경험하지 못한 조선인들을 더럽다는 이유로 문전박대하는 업소도 많았다. 신문에는 목욕탕에서 갖춰야 할 예의와 목욕하는 순서, 방법을 자세히 설명한 기사들이 자주 실렸다.

동아일보 1954.12.12.

첫째, 탕에 들어가기 전에 반드시 용변을 끝마친다. 둘째, 샅아구니, 겨드랑, 손발 등을 반드시 씻은 뒤에 탕에 들어간다. 셋째, 탕 속에서 수건을 쓰지 않을 것이며, 너무 오랫동안 들어있지 않는다. 넷째, 비누로 온몸을 싯은 뒤에는 비눗기를 완전

◊

1 경향신문 2020.1.5.

히 빠지도록 한다. 다섯째, 다시 한번 물속에 들어가서 몸을 덥힌다. 여섯째, 맑은 물로 온몸을 씻어내리고 비누의 물기를 뺀다. 일곱째, 온몸이 완전히 마른 뒤에 옷을 입는다.

당시 목욕은 탕에서 몸을 불린 뒤 비누칠한 수건으로 몸을 문질러 때를 없애고 물에 헹구는 과정이었다. 분명 불린 때를 밀기는 했으나 완벽하게 '제거'하는 의미로 보이지는 않는다.

'때를 적당히 밀자'

흥미롭게도 1970년대 들어 때를 심하게 밀지 말자는 내용의 기사가 부쩍 자주 등장한다.

경향신문 '어린이 목욕은 머리부터 감긴 뒤에' 1971.8.14

이태리타월을 사용하는 것은 살갗에 스카치테이프를 20, 30번 붙였다 떼어내는 것과 마찬가지의 역할을 하므로 아기는 물론 어른들도 사용을 금하는 것이 피부보호를 위해 좋습니다.

심지어 '때를 적당히 밀자'는 캠페인까지 벌였다.

매일경제 '때는 적당히 밀자' 1971.8.28

'때는 적당히 밀자'는 좀 색다른 보건 캠페인이 벌어지고 있다. 이 캠페인은 때를 과하게 밀면 건강을 해친다는 것이다. (…) 때를 너무 밀지 말고 땀과 개기름을 물과 비누로 깨끗이 씻고 목욕하는 시간은 10~20분으로 짧게 하는 것이 피부에 오히려 좋다.

이태리타월의 등장 이후 피부가 상할 정도로 때를 미는 이들이 많아졌다. 캠페인까지 벌어진 것을 보면, 이 무렵 때 미는 문화가 본격적으로 자리 잡았음을 알 수 있다.

한겨레 '현대를 만든 물건들' 2016.12.21.

이 물건 덕에, 살갗이 벗겨질 정도로 때를 박박 미는 한국형 목욕 문화가 형성되고 정착했다. 언제나 '필요는 발명의 어머니'다. 이 물건은 목욕비를 아끼기 위해 자주 씻기보다는 확실히 씻는 쪽을 택해야 했던 사람들의 요구에 정확히 부응했다.

이탈리아에서 수입한 실, 그래서 '이태리타월'

이태리타월은 1960년대 부산의 직물공장인 '한일직

물'(대표 김원조)에서 개발했다. 하지만 이태리타월을 처음 만든 이에 대해선 기록이 엇갈린다. 한일직물의 대표였던 김원조 씨라는 이야기가 있고, 이태리타월공사 대표를 지낸 김필곤 씨가 발명했다는 이야기가 있다. 김필곤은 부산에서 놋그릇 장사를 하던 사람이고 이태리타월의 영업을 맡았을 뿐이라는 주장도 있다. 김필곤과 김원조는 서로 친척으로, 원 개발자인 김원조가 다른 사업으로 부도가 난 뒤 오랫동안 연락이 끊기자 김필곤은 김원조가 죽었다 여겨 자신이 이태리타월의 개발자라며 각종 방송 및 언론에 밝혔다는 것이다. 김필곤이 실제 섬유에 대해선 전혀 문외한이었다는 것이 이를 방증한다.[2] 하지만 두 사람 모두 이미 세상을 떠나 어느 것이 진실인지 영영 알 수 없게 되었다.

'이태리타올'이란 제품 이름의 유래도 '기계설'과 '재료설' 2가지로 나뉜다. 1997년 2월 19일 경향신문에는 "이태리타월이라는 명칭은 원단을 만드는 기계에서 비롯됐다. '이태리 연사기'는 자연섬유 비스코스로 까칠까칠한 제품을 만드는 데 최적격. 김 씨(김필곤) 회사에서 기술담당 일

◊

2 위키백과

을 맡았던 삼보실업 김윤식 사장은 그 기계의 이름을 따 이태리타월이라고 부르게 되었다고 했다"라고 나온다. 그런데 2016년 12월 21일 신문에는 "이탈리아산 '비스코스 레이온'을 꼬아 마찰력이 강한 목욕용 수건을 개발한 것이다. 이 수건은 '이태리타올'이라는 이름의 상품으로 대량 생산되어 불티나게 팔렸다"라는 기사가 실렸다. 재료가 이탈리아산이라 '이태리타올'이 됐다는 것이다. 거기에다 당시 한일직물에서 타월을 짜던 기계가 사실 일제 다이마루라는 이야기가 있어 현재는 '재료설'이 우세하다.

1968년 초 출시된 이태리타월은 큰 인기를 끌었다. 1973년 5월 16일 매일경제신문에 "이태리타올은 30원에 거래"라고 나온다. 1974년 2월 서울시 일반인 버스 요금이 30원이었으니 요즘 버스비인 1,200~1,300원 정도라고 생각하면 될까. 때밀이 수건 값이 목욕비와 맞먹을 정도로 비싼데도 호황을 누렸다는 기록도 있다.[3] 김필곤 씨는 이태리타월 하나만으로 큰돈을 벌어 부산에 아리랑관광호텔을 지었다. 그야말로 '때돈'이다. 참고로 요즘 이태리타월의 인터넷 판매가는 장당 200원 안팎이다.

◇

3 경향신문 1997.2.19.

'때밀이 수건' 열풍에 가짜도 속출

돌로 때를 밀던 엄마도 아이들이 태어난 뒤엔 이태리타월을 썼다.

"이태리타월로 미니까 때가 줄줄 나오고 힘이 하나도 안 드는 거야. 이게 웬일인가 싶었지."

하지만 단점이 있었으니 아쉽게도 너무 빨리 해어지고 찢어진다는 것이다.

"도저히 쓸 수 없을 때까지 썼어. 구멍 났다고 버리던 시절이 아니니까. 뭐든 아꼈어."

부실하게 만든 이태리타월에 화가 났는지, 서울에 사는 김경례 씨가 동아일보 '독자가 만드는 독자란'에 이 문제를 지적하는 글을 투고했다.

동아일보 1983.5.21.

목욕을 갈 때마다 매번 이태리타월(때 미는 수건)을 다시 사야 된다. 아빠가 한 번 사용한 수건을 다음번엔 재사용할 수가 없다. 새로 산 타월도 두 딸아이를 밀고 나면 한쪽 옆이 삐죽 밀리면서 뜯어지니까 정작 목욕탕에서 때도 깨끗이 씻을 수가 없다. 타월 양옆에 여분을 좀 두고 두세 번 박으면 견고해서 오래 사용이 가능할 텐데도 왜 그렇게 꼭 만들어야 되는지 모르겠다.

아마 너도나도 이태리타월을 만들게 되면서 생긴 문제가 아닐까 싶다. 이태리타월의 특허권이 소멸한 1974년 이후부턴 누구든 이 물건을 만들 수 있게 되어 송월타월 등 수백 개의 업체가 때밀이 수건 사업에 참여했다. 하지만 특허권이 풀리기 전인 1973년에도 이미 가짜 이태리타월이 시중에 돌아다니고 있었다.

목욕탕 주인인 서울 성북구의 김봉자 씨가 '한국부인회 소비자보호부 불만의 창구'에 이를 고발하기도 했다.

경향신문 1973.1.30.

목욕탕을 경영하는 김씨는 (…) 「이태리타월」 20장들이 1세트를 6백 원에 구입했는데 4장마다 1장이 엉터리였다는 것. 이 엉터리제품은 비스코스사가 덜 들어서인지 깔깔한 맛이 없어 때도 잘 밀어지지 않았으며 색깔 규격 등이 진짜와 다르더

라는 것. 이에 대해「이태리타월」메이커인 한일직물교역공사 측은 "한국부인회에 보관된 고발품이 자기네 제품과는 전혀 다른 가짜"라고 해명했다. 동 회사는 단가를 낮게 매긴 유사품이 나돌고 있다면서 이 회사에서는 유사품 근절에 힘을 써왔다고 말했다.

'때밀이'의 등장

이태리타월의 등장으로 '때밀이'라는 새로운 직업도 생겼다.

경향신문 1970.10.28.

여성 사우나탕의 경우는 아니지만 때밀이에 몸을 맡기고 있는 남성 사우나탕의 풍경에는 "편한 세상이기는 하다만" 때밀이의 앞벽에 붙은 "직업에는 위도 없고 아래도 없다"는 표어가 이 직업인들에게 격려가 되는 것이나 몸의 때까지 남에게 밀게 하는 태평이 아무래도 낯설다.

'때밀이'라 불리던 목욕관리사는 1970년대를 전후해 남탕, 특히 수요가 많은 고급 목욕탕부터 나타나기 시작한 것으로 추정된다.[4] 이들은 곧 여탕에도 진출했다. 그러나 이들과 이들에게 몸을 맡기는 고객을 바라보는 주위의 시선은 곱지 않았다.

동아일보 1977.10.29.

돈 받고 때를 밀어주는 여자야 돈 벌기 위해 그런다지만 때를 밀어달라고 부탁하는 여자가 왜 그리 많은지 모르겠다. 내가 자주 보는 그런 여자들은 거의가 또 젊은 여자들이다. (…) 때를 한 번 밀고 나면 보통 3백 원에서 5백 원까지도 지불한다고 한다. 그것이 열 번이면 3천~5천 원, 스무 번이면 우리 같은 서민 가족에겐 한달 부식비가 되는 금액이다. 우리네 젊은 여성들은 이런 사소한 일에서부터 검약하고 자립하는 정신을 길러 나가야 할 줄 안다. 적어도 내 몸 하나쯤은 깨끗이 씻을 줄 알아야 되지 않겠는가.

동아일보 1980.11.21.

목욕탕에 갈 때마다 언제나 느끼는 것이지만 「때밀이」 직업만은 우리 사회에서 없었으면 한다. 그러나 「때밀이」도 하나의 직업으로 볼 때 당사자와 가족들의 생계가 걸려 있는 만큼 어쩔 수 없는 일이 아닌가도 생각해 보았다. 그렇지만 이용자에

◊

4 경향신문 2020.1.5.

게 문제가 있다. 열두어 살 된 어린이 혼자서라면 몰라도 그 아버지와 함께 와서 마치 의사에게 진찰이나 받는 듯이 조금도 부끄러움 없이 알몸을「때밀이」에게 내맡기는 모습은 정말 한심하기에 앞서 분노마저 느꼈다.

제 몸 씻는 데에 돈을 쓰는 것에 대한 비난, 맨몸과 때를 타인에게 내보이는 것을 수치스럽게 여기는 보수적인 가치관, 청결을 자기 관리의 시작으로 여기는 계몽적인 시선 등이 엿보인다.

'때밀이'는 고객의 때를 밀어주고 인당 얼마의 돈을 받는다. 그러나 목욕탕 업주가 이들의 돈을 부당하게 가로채는 일도 잦았다.

조선일보 1975.1.22.

경찰에 의하면 신신호텔 김씨는 작년 초부터 지난 20일까지 호텔사우나탕에 종업원 김호진 군(21) 등 21명을 두고 이들이 때를 밀어주고 고객으로부터 1인당 2백~3백 원씩 받은 수입의 50%인 5백22만1천4백 원과 맹인 안마사 5명이 고객 1인당 9백~1천3백 원씩 받은 수입의 40%인 2백95만2천8백80원 등 모두 8백17만4천2백80원의 부당이득을 취했다는 것이다.

주위 시선과 상관없이 '때밀이'를 찾는 이들은 꾸준했다. 그러자 이들을 목욕탕에 연결해 주고 '자릿세'를 받는 중간 소개업자들이 생겨났다. 새로운 착취구조가 만들어진 것이다.

동아일보 1982.10.22.

때밀이 청소년들은 일자리를 구할 때 직업소개소를 찾지 않는다. 그들은 그들만이 알고 있는 베테랑급 소갯군들을 다방에서 만나 거래한다. (…) 김씨는 찾아온 청소년에게 "어느어느 목욕탕 일자리가 며칠 뒤에 나는데 보증금 10만 원에 하루 자리세가 3천 원이다"하는 식으로 일방적인 통고를 한다. 싫으면 그만두라는 표정이고 소개비는 보통 5만 원을 받고 있다.

1985년 정부는 "비천한 호칭이나 부적합한 직업 명칭"을 변경하는 개선안을 마련했다. 구두닦이는 미화원으로, 백정은 도축원으로, 미싱사는 재봉사로, 볼보이는 경기보조원으로 바꾸는 식이다. 이때 '때밀이'도 '욕실원'으로 바뀌었고 지금은 '목욕관리사'라 불린다. 목욕관리사를 양성하는 전문 기관도 생겼다. 사우나나 찜질방 등에서 요즘도 이들을 만날 수 있다.

1980년대 들어 아파트가 서민들의 주거 공간으로 자리매김하면서 목욕 문화도 샤워를 자주 하는 방식으로 변해갔다. 1995년부터는 중국에서 값싼 때밀이용 원단이 들어와 국내 원단 제조업체도 사라졌다. 동네마다 들어섰던 목욕탕이 점차 사라졌고 이태리타월도 전성시대의 막을 내렸다.

아직도
이태리타월을 쓰는 엄마

요즘은 예전처럼 온몸의 때를 박박 미는 사람이 그리 많지 않은 듯하다. 나도 이태리타월을 안 쓴 지 10년이 넘었다. 가끔 인견 천으로 만든 부드러운 때수건을 쓰기도 하지만 드문 일이다. 대개 그냥 비누칠하고 헹구면 끝. 이게 '서양식 샤워'인 줄 알았더니 사실 이태리타월이 나오기 전엔 우리도 다 그렇게 살았단다.

이태리타월은 여전히 서민들에게 익숙한 물건이다. 2017년 5월 특허청이 조사한 '누리꾼이 뽑은 국내 최고 발명품'에서 이태리타월은 6위를 차지했다. 이태리타월을 앞선 것은 훈민정음(1위), 거북선(2위), 금속활자(3위), 온돌

(4위), 커피믹스(5위)였다.

이태리타월로 때를 밀어야 직성이 풀리는 엄마 때문에 나도 가끔 이것을 손에 쥐어 본다. 엄마의 등과 옆구리의 때를 싹 밀어낸 뒤, 붉은 손자국이 남은 엄마 등을 보고 있으면 내 살이 다 쓰린 느낌이다.

오랜만에 등에 있던 때를 벗겨낸 엄마는 젖은 머리카락이 다 마르지도 않았는데 이불에 팔다리를 쭉 뻗고 드러누웠다. 몸이 아주 가벼워진 거 같다면서 세상 홀가분한 표정이다.

"아이고~ 등 밀어주는 자식이 있으니 좋구나~"
"에이… 어쩌다 한 번인데 뭐…."

문득, 어릴 적 주말마다 목욕탕에서 나를 포함해 세 아이의 몸을 미느라 정작 자신의 몸은 닦기도 전에 녹초가 되곤 했던, 벌겋게 익은 엄마 얼굴이 떠올랐다. 그렇게 크고 힘셌던 엄마는 어디로 가고, 작은 몸집의 귀여운 할머니가 내게 등을 맡기는 걸까. 그 시절 내 팔다리와 등짝은 꽤 쓰라리고 아팠지만, 대신 이 때수건이 엄마의 노동시간을 단축해 줬을 거라 생각하니 고마운 마음이 든다. 물론 엄마에게도.

"등 또 가려우면 언제든 불러. 와서 밀어 드릴게."

호기롭게 말했지만, 몇 년이 지난 지금까지 엄마에게 등을 밀어달라는 연락은 한 번도 오지 않았다. 나 또한 엄마에게 등이 가려운지 묻지 않았다. 부담 주지 않으려는 엄마와 무심한 딸내미. 둘 중 한 사람이라도 한 발짝 물러서거나 다가서면 좋을 텐데. 관계란 참 쉽게 바뀌지 않는 것 같다.

나 어렸을 때는 대체로
다 바느질 가위로 잘랐어.
무쇠로 된 거 큰 거 있잖아.

둘, 손톱깎이

나는 언제 손톱을 깎나 생각해 보면 항상 글쓰기 직전이다. 내 손톱과 손가락 살은 높이가 거의 같다. 손톱이 조금만 길게 자라면 손톱이 먼저 키보드 자판에 닿는다. 그때 그 따닥 따닥 소리와 느낌이 불편해서 나는 글쓰기 전 손톱이 얼마나 자랐나부터 확인한다. 내게 손톱깎이는 노트북과 자판만큼이나 중요한 글쓰기 도구인 셈이다.

사람마다 손톱을 깎는 기준이 다르겠지만 대부분 하얗게 자란 부분이 2~3mm를 넘기지는 않을 거다. 손톱은 하루에 약 0.1mm씩 자란다고 하니 적어도 한 달에 2번 이상은 손톱깎이를 찾을 수밖에 없다.

내가 기억하는 첫 번째 손톱깎이는 초등학교 들어가기 전부터 사용하던 것인데 새끼손가락 크기에 장미 그림이 그려져 있었다. 하도 작아서 손톱을 갈고 다듬는 판도 없었고, 날이 무뎌 손톱이 깔끔하게 잘리지 않고 뜯기는 느낌이었다. 엄마 이야기론 당시에는 그마저 귀한 것이었다고 한다.

"나 어렸을 때는 대체로 다 바느질 가위로 잘랐어. 무쇠로 된 거 큰 거 있잖아. 천도 자르고 하는 거. 가윗날이 두꺼우니까 잘 안 잘리지. 발톱은 더 그렇고. 집마다 가위가 하나씩만 있던 시절이니까 어쩔 수 없지 뭐. 근데 우리 집에는 어디서 났는지 몰라도 얄팍한 가위가 있었어. 미군 병원에서 수술할 때 쓰는 가위라고 하더라고. 날이 얇고 끝이 길고 뾰족했어. 그걸로 자르기 시작한 뒤로는 다른 건 못 쓰겠더라고. 시집오기 전까지는 그 가위로 깎았던 거 같아. 그러다가 애기 낳으면서 손톱깎이를 샀을 거야. 너희들 손톱을 깎아줘야 하니까. 근데 깎을 때마다 아주 힘들었던 생각이 나. 내가 눈이 나쁘잖아. (엄마는 심한 난시다.) 애기 손톱이라 잘 보이지도 않고, 손 다칠까 걱정되고. 그래서 너희 아빠 보고 깎으라고 하기도 했어. 그 손톱깎이를 한 15년 쓰다가 너희 아빠가 (1989년에) 대만에 일하러 갔을 때 손톱깎이를 좋은 거 하나 사 왔지. 여태 그걸 쓰고 있어."

저품질의 손톱깎이, 88올림픽 순풍 타고 급성장

한겨레 2017.8.16.

손톱깎이 전문 도구는 1896년 미국의 채플 카터가 발명했다. 이 물건이 미국 특허를 얻은 것은 1905년이었고, 대중화한 것은 1947년 윌리엄 바셋이 트림(Trim)사를 창업한 뒤다. 우리나라에는 6 · 25전쟁 휴전 직후 미군 피엑스(PX)를 통해 유입되었다고 하는데, 오랫동안 '쓰메키리(爪切り)'라는 일본어로 불린 것으로 보아 일제 강점기에 도입되었을 가능성도 있다. 국산 손톱깎이는 1954년에 출시되었다.

우리나라에서 손톱깎이를 처음 생산한 곳은 벨금속공업이다. 6.25전쟁 직후인 1954년 미군에서 나온 드럼통을 자재로 손톱깎이를 만들기 시작해[1] 1960년대엔 태국과 이란 등으로 수출하기도 했다. 그때까지도 손톱깎이는 아직 귀한 제품이었고 사용의 편리성 때문에 선물용으로도 인기가 많았다. 그러나 품질은 썩 좋지 않았다.

◇

1 동아일보 1997.4.14.

매일경제 1967.5.24.

작년 한때 녹슨 제품으로 이곳(태국 방콕) 수입상에서는 다량 주문을 꺼려한 바 있으나 현재 계속 한국산에 대한 관심도가 높으므로 특히 대외 신용이 추락되지 않도록 품질 유지에 유의하여야 한다.

동아일보 1971.12.13.

어머니 생신선물도 살겸 몇 달 동안 절약했던 용돈을 가지고 친구와 어느 백화점엘 갔다. 나는 몇 가지 물건을 사고 친구는 손톱깎이 등을 샀다. 그런데 친구가 산 손톱깎이가 위쪽에 동그랗게 장식이 있기 때문에 손톱이 깎여지지를 않는다.

동아일보 1981.4.4.

손톱깎이가 무디어지면 가뜩이나 손톱깎기를 싫어하는 어린이들이 더욱 깎으려 들지 않는다. 이것은 칼날이 무디어져서라기보다는 칼날을 누르게 돼 있는 자리에 이상이 생겼기 때문. 이럴 때는 손톱깎이의 핸들을 손톱을 깎을 때처럼 뒤로 꺾은 뒤 다시 들어 올려 얇은 알루미늄판이나 도화지 2, 3장 두께를 붙여놓는다. (…) 이렇게 하면 지렛대의 작용이 알루미늄판이나 도화지의 두께 때문에 강해져서 칼날이 다소 무디어졌더라도 잘 들게 된다.

1980년대에 들어서기까지 국내 손톱깎이의 품질은 좋아지지 않았다. 질 낮은 원료, 수공업 방식의 생산 과정, 기술 부족 등 원인은 다양했다. 사람들은 국내 생산 손톱깎이 대신 미국산이나 일본산을 선호했다. "손톱깎이 하나 제대로 못 만든다"는 자조 섞인 말이 나돌 정도였다.

매일경제 1983.3.19.

국산과 미국산, 일본산의 품질 시험 결과 외관은 국산이 100% 모두 양호한 것으로 밝혀졌으나 내식성에서는 기준미달이 33.3%였고 날의 강도는 33.3%, 도금 두께는 100%가 기준에 미달한 것으로 밝혀졌다. 반면 외산은 모두 품질기준을 넘었고 외관도 양호한 것으로 비교됐다. (…) 경도가 낮은 강판을 마구 사용, 손톱깎이와 몸체와 날, 줄을 만들고 따라서 품질은 애당초부터 나쁠 수밖에 없게 되는 것이다. 도금과 열처리도 문제가 있다. (…)

1980년대 초반 국내 손톱깎이 생산업체는 벨금속공업, 대성금속공업(현 쓰리세븐), 명성산업사, 로얄금속, 우신흥산 등 총 5개로 생산 과정의 절반 이상이 기계화되지 못한 상태였다. 이에 공업진흥청은 88올림픽이라는 국제적인 행사를 앞두고 공산품의 품질을 향상하겠다는 계획을 세워 집중 육성할 100개 품목을 선정했다. 이 중 1차 대상 품목으로 손톱깎이와 넥타이, 구두, 냉장고, 우산, 라이터 등이 있었고 대상 업체로는 금강제화, 엘칸토, 금성사, 삼성전자, 한국타이어, 협립제작소, 대림요업 등이 뽑혔다. 손톱깎이 생산업체 중에서는 대성금속과 로얄금속이 선정됐다. 이들은 전액 정부 지원으로 기술 지도를 받을 수 있었고, 운전자금과 시설자금도 집중 지원받았다. 이뿐만 아니라 정부는 이들 생산품의 수준이 향상되면 88올림픽 기념품으로 지정하는 혜택을 주겠다고 선언했다. 비록 손톱깎이는 기념품으로 선정되지 않았지만, 이후 품질은 크게 좋아졌다.

동아일보 1986.3.28.

주부클럽연합회가 최근 실시한 '국산품에 대한 소비자반응 및 인식도' 조사 결과에 따르면 국산품의 품질 향상에 긍정적 평가를 하는 소비자가 65%에 달하며 특히 외국제품에 비해 품질이 손색없다고 꼽는 품목은 주방용칼, 밥솥, 수저세트, 우산, 모발건조기, 손톱깎이, 수공구 등 주로 중소기업업체들이 생산하는 제품들인 것으로 나타났다.

'777' 상표권 놓고 벌어진 다윗과 골리앗의 싸움

손톱깎이는 국내뿐 아니라 해외 소비자에게도 인정을 받았다. 우리나라에서 가장 먼저 손톱깎이를 생산했던 벨금속공업은 'BELL'이라는 자체 브랜드로 1980년대 세계 손톱깎이 시장의 60%를 차지했다. 당시 해외여행에서 돌아오는 여행객들이 외국산 손톱깎이인 줄 알고 사 왔다가 국산인 것을 뒤늦게 발견하고 놀라는 일도 있었다고 한다. 정부의 지원을 받았던 대성금속 역시 '777' 브랜드를 만들어 사업 확장에 박차를 가했다.

경향신문 1993.2.17.

대성금속은 777이라는 고유상표로 세계 손톱깎이 시장의 절반을 차지하고 있다. 손톱깎이를 연간 5천만 개 만드는 천안공장은 단위 공장으로는 세계 최대 규모이다. (…) 777상표는 7이란 숫자가 행운을 뜻하며 행운이 겹친다는 의미로 김형규 사장이 직접 고안했다. 이 상표가 국제적으로 명성을 떨치자 중국제품이 555상표를 수출하고 있는 실정이다.

얼마 지나지 않아 대성금속은 뜻밖의 난항을 만났다. 미국의 세계적 항공사 보잉사가 민항기 '777'기를 개발하면서 기내에서 사용할 30여 가지 품목도 '777'로 상표등록을 했기 때문이다. 이 중에는 손톱깎이도 포함되어 있었다. 반면 대성금속의 '777'은 아직 미국 특허청에 상표로 등록되지 않은 상태였다.

매일경제 1995.8.17.

현재 미 특허법상 손톱깎이는 「클래스8」로 분류돼 대성산업이 먼저 사용한 「777」 상표라도 품목 기준이 다른 비행기에는 이 상표를 사용할 수 있으나 같은 품목 기준인 포켓용 나이프, 핸드백, 손톱깎이 등에는 사용할 수 없다는 게 대성금속 측의 주장이다.

대성금속은 부랴부랴 상표등록을 출원하고 보잉사를 상대로 상표등록 취소 심판을 청구했다. 그러나 미 특허청은 보잉사가 1990년에 먼저 상표를 등록했다는 이유로 대성금속의 상표권 등록에 불가 판정을 통보했다. 보잉사는 이를 근거로 대성금속 측에 상표 사용을 금지할 것과 로열티 지급을 요구했다.

회사 규모나 자금력 면에서 중소기업에 불과한 대성기업에게 보잉사는 버거운 상대였다. 그럼에도 대성기업의 승리를 점치는 이들이 많았다. 미국은 상표등록 시기보다 실제로 상표를 먼저 사용한 업체의 권리를 우선시했기 때문이다. 이른바 '선사용주의' 원칙이다. 대성금속의 손톱깎이는 1984년부터 미국에서 판매되기 시작했고, 보잉사의 '777'보다 무려 6년이나 앞선 것이었다. 두 회사의 소송은 1994년부터 4년을 끌었고, 결과는 절반의 승리였다.

동아일보 1998.5.7

다윗과 골리앗의 싸움으로 국제적인 관심을 끈 이 상표분쟁은 결국 양쪽의 승리로 결말이 났다. 대성 측은 6일 미 보잉사와 777상표를 공동 사용하기로 최종 합의했다고 밝혔다. 다만 대성의 경우 앞으로 777이란 상표 밑에 '대성'이라는 영문을 표기한다는 조건이 달렸다.

2000년대 들어 전 세계 인구의 절반 이상의 손발톱을 관리하던 한국산 손톱깎이는 저가 중국 제품들에게 밀려났다. 그래도 국내 시장에선 여전히 국산 손톱깎이가 시장 1위를 지키고 있다.

단순해 보여도
금속 기술의 집약체

미주중앙일보 2015.7.28.

내가 아주 어린 시절에는 손톱깎이가 특별히 없어서 무쇠 가위로 엄마가 깎으려고 하면 너무 아픈 기억 때문에 집을 몇 바퀴 돌고 도망 다니다가 엄마의 손에 잡혀서 할 수 없이 아픈 고통의 시간을 견뎌야 했다. 그러다가 손톱깎이가 나와서 많이 편리해졌다.

어려서 손톱을 자를 땐 꼭 신문지를 넓게 펼쳐놓아야 했다. 잘린 손발톱이 사방으로 튀었기 때문이다. 그러다 30여 년 전, 플라스틱으로 손톱깎이의 옆면을 감싸 손톱이 튀는 걸 막아주는 손톱깎이가 나왔을 때 무척 놀랐던 기억이 난다. 요즘에도 단단한 발톱이나 무좀에 걸려 두꺼워진 손발톱을 자르는 기능성 손톱깎이, 날이 1.5배 길고 크게 나온 특대형 손톱깎이, 확대경이 붙은 손톱깎이 등 나날이 진화한 손톱깎이들이 등장하고 있다.

너무 흔해서 보잘것없어 보이는 손톱깎이에는 사실 자동차나 항공기 부품 등을 만드는 데 필요한 각종 금속가공 기술이 동원된다. 크기가 작아 오히려 더 섬세한 기술이 요구되기 때문에 '금속가공 기술의 결정판'이라 부를 정도라 한다. 손톱을 깎아야 글을 쓸 수 있는 난, 기술 집약체인 이 사소한 물건에 오늘도 의지하고 의존한다. 어디 손톱깎이뿐일까. 평범한 내 일상은 앞선 사람들의 무수한 노동과 노력 덕분에 안락할 수 있음을 이 작은 손톱깎이가 일깨운다.

비 오면 어차피 다 젖어.
옛날엔 십 리 이십 리 길은
걸어 다니는 게 예사니까.

셋,

우산

여름날 오후 엄마와 시장에서 채소를 한 보따리 사 들고 집에 오는 길이었다. 해가 쨍쨍하던 하늘에 슬금슬금 먹구름이 몰려왔다. 집에 가려면 10분은 더 걸어야 한다. 하지만 하늘은 우리를 기다려주지 않았다. 이내 굵은 빗방울이 머리로, 어깨로 후드득 쏟아졌다. 어쩌지? 난감하던 그 순간, 엄마가 재빠르게 가방에서 양산을 꺼내 머리 위에 착 펼쳤다. 나는 조그만 양산에 머리와 어깨를 잔뜩 들이밀었다. 빗줄기는 점점 굵어져 이대로 계속 걷다간 온몸이 다 젖을 기세다. 근처 버스정류장에 앉아 잠시 비를 피하기로 했다.

"양산 없으면 어쩔 뻔했어. 내가 이럴까 봐 무거워도 꼭 양산을 챙긴다니까."

팔에 떨어진 빗물을 털며 엄마가 말했다. 딱 2초만 기다렸더라면 내가 그 말을 했을 것이다. 엄마 양산이 있어

참 다행이라고. 성격이 느긋해야 남에게 좋은 소리도 먼저 들을 수 있는 법이거늘, 엄마는 늘 이렇게 틈을 안 준다. 이 한결같은 조급함과 솔직함이 재밌기도 하고 왠지 얄밉기도 해서 나는 짓궂게 받아친다.

"엄마는 양산이랑 장바구니 안 챙기면 밖에 안 나오시는 분이잖아. 예전부터 쭉 그랬으면서 뭘 새삼스럽게."

"뭐 그렇긴 하지. 아무튼 여름에는 무조건 가지고 다녀야 해."

내가 어릴 때부터 엄마는 사시사철 조금이라도 흐린 날이면 보라색 3단 양산을 꼭 가방에 넣었다. 쿠웨이트에 일하러 갔던 아빠가 1981년 귀국할 때 사 온 것이다. 화려한 꽃이 그려진 그 양산은 어린 내가 봐도 집안의 다른 세간과는 영 어울리지 않게 낯설고 고급스러웠다. 특히 이 양산에 비해 우리 집 우산들은 아주 투박했다. 그마저 제일 튼튼한 건 아빠가, 그다음 멀쩡한 건 언니가 쓰고, 물건을 잘 챙기지 못했던 난 잃어버리거나 망가뜨릴 것에 대비해 제일 허름한 우산을 썼다. 그때는 살이 휘거나 때가 많이 탄 우산을 쓰는 게 영 못마땅했다. 게다가 무겁긴 또 어찌나 무거운지, 비 오는 날엔 유독 학교 가기가 싫었다.

"근데 예전엔 왜 그렇게 우산이 귀했을까? 어렸을 때 제대로 된 우산을 쓴 기억이 없어."

"그때는 네 아빠 월급이 적어서 사글세(월세) 내면 남는 게 없었어. 우산은 그냥 비만 안 맞으면 된다, 그렇게 생각한 거지. 그런데 나중에 월급 좀 오르니까 이것저것 살 여유가 생기더라고. 너희들 중고등학교 다닐 땐 그래도 협립우산 사줬을걸?"

기억난다. 1990년에 들어간 중학교 근처에 '협립우산' 도매점이 있었다. 엄마는 협립우산이 최고라며 집에서부터 버스로 40분이나 걸리는 그곳에서 식구들 우산을 샀다.

"조금 비싸도 튼튼한 걸 사야 오래 쓰니까. 그게 돈 아끼는 방법이더라고. 그전에는 시장에서 파는 걸 샀지. 근데 거긴 도매점이라 그런지 협립우산이 메이커인데도 시장에서 파는 것보다도 쌌어."

엄마는 내게 자주색 3단 협립우산을 사줬다. 그건 내가 처음으로 가진 온전히 내 몫의 새 우산이었다. 친구들과 하굣길에 갑자기 비가 올 때면 자랑스레 그 우산을 펴 들었다. 한 우산 아래 친구들과 몸을 뭉쳐 빗속을 걸을 때면 그렇게 웃음이 났다. 옷이나 가방이 조금 젖는 건 여름날의 낭만일 뿐이었다.

"엄마 어렸을 땐 어떤 우산을 썼어?"

"처음 쓴 건 종이우산이었어. 국민학교 다닐 때야. 문종이(창호지)에 콩기름인지 하여튼 기름을 몇 번 덧입히고 말려서 만든 거야. 생긴 건 지금 우산하고 비슷해. 대신 지금 우산은 펼치면 위가 둥근데 옛날엔 그냥 쭉 직선이었어. 대나무로 살을 만들었으니까. 손잡이도 대나무고. 우산이 힘이 없어서 오래 쓰지도 못했어. 두세 번 쓰면 살이 다 빠지고 바람 세게 불면 하루 만에도 다 망가져. 살이 부러져도 우산은 머리 가릴 정도만 되면 그냥 쓰고 다녔어. 그때는 멀쩡한 거 쓴 사람보다는 살이 몇 개 빠지고 좀 안 좋은 상태로 쓰고 다니는 사람이 훨씬 많았지. 근데 사실 우산보다 비료 포대를 많이 썼어. 비료 포대가 두껍고 뻣뻣한 비닐이었거든. 머리랑 등만 젖지 않게 뒤집어쓰는 거야. 비 오면 어차피 다 젖어. 종이우산 써도 그까짓 거 뭐, 지금처럼 잠깐 걷는 게 아니라 옛날엔 십 리[1] 이십 리 길은 걸어 다니는 게 예사니까, 비 오면 안 젖을 수가 없어."

◇

1 약 4km

“되게 불편했겠다.”

“대신 그땐 비 오면 밖에 잘 안 나갔지. 농사일도 못 하니까. 근데 난 비 오면 하나도 좋을 게 없었어. 어렸을 땐 집에서 엄마랑 모시 천 짰고, 좀 커서는 나무하러 갔거든. 그땐 다 나무를 땠잖아. 나무가 귀하니까 산 주인들이 누가 와서 나무 잘라 갈까 봐 멀리서 지켜보고 있어. 근데 비 오는 날엔 잘 안 지켜. 그래서 나는 그때 몰래 가서 나무를 해 왔지. 한번은 소나무 밑에서 잔가지를 낫으로 한참 치고 있는데 주인이 와서 막 난리를 치는 거야. 아주 뒈지게 혼나고서는 그냥 낫만 들고 비 맞으면서 집에 걸어오던 기억이 있어. 마음이 아주 안 좋았지. 그때가 열네다섯 살쯤 됐을 거야. 지금도 비가 오면 가끔 그때 생각이 나.”

비닐우산의 등장

경향신문 1963.5.26.

불과 2, 3년 전 만해도 소위 「지우산」이 태반이었다. 장판빛깔의 기름을 먹인 종이우산이다. 그러나 요즈음은 「비닐」우산에 쫓기어 완전히 그 자취를 찾아보기 힘들다.

동아일보 1993.8.30.

대나무살에 창호지를 바른 뒤 콩기름을 먹인 우산은 차라리 향수를 자아내게 한다. 살이 36개로 촘촘히 만들어진 기름종이 우산은 살이 8개뿐인 지금의 비닐우산과 비교할 수 없을 만큼 단단하고 질겨 웬만한 빗줄기에도 살이 꺾이지 않았다고 한다.

비 올 때 도롱이를 썼다는 얘기도 있다. 도롱이는 짚을 엮어 우비처럼 걸치도록 만든 것이다. 엄마의 이야기론 비 오는 날 논에 물꼬를 트거나, 물길을 내러 나갈 때 주로 남자들이 잠시 걸치는 용도로 사용했다고 한다. 이와 관련한 기사도 있다.

경향신문 1962.8.2.

비가 오면 비를 맞으며 학교에 갔다. 집에 삿갓과 도롱이가 있으나 학생이라는 체면상 그런 우비는 하지 않았다. 삿갓과 도롱이 차림을 했을 때에는 짚신에 삽을 들고 나서야 제격이다.

1960년대부터 비닐우산이 생산되기 시작했다. 도시에선 비 오는 날이면 장사하는 곳마다 비닐우산이 동이 나 외상도 주지 않았다고 한다. 하지만 누구나 비닐우산을 쓸 수 있었던 건 아니었다.

경향신문 1962.4.2.

중학교로 들어가는 길목을 지나다 보니 우산을 쓰지 않고 흠뻑 젖은 채 교문으로 들어가는 학생이 의외로 많은 데 놀랐다. (…) 완벽의 비옷차림 학생도 없는 건 아니지만, 거의 6할이 비닐우산인데, 으레 그 곁엔 알몸 친구가 들어있기도 하고, 아주 물속에서 기어오른 듯 젖어가는 학생을 본다.

엄마도 이 무렵 비닐우산을 사용했다.

"12살쯤 됐을 거야. 비닐우산 처음 나왔을 무렵인데 너희 외삼촌이 나무 팔러 시장에 갔다가 사 왔지. 파란색 비닐우산이었어. 종이우산 쓰다가 그거 쓰니까 좋더라고. 시골에는 우산 쓰는 사람이 별로 없었거든. 근데 비닐우산은 오래 쓸 수 있을 줄 알았더니 이것도 금방 망가졌어. 똑같이 대나무 살로 만든 거니까. 그런데 희한하게 비닐우산 나온 다음부터는 비료 포대 뒤집어쓰는 게 창피해지더라고. 경험이 무서운 거 같아."

100m도 못 가
뒤집힌 비닐우산

1970년대엔 비닐우산이 더 많이 생산되고 이용되었다. 그러나 엄마의 말처럼 질이 나쁜 것이 문제였다. 한 번 팔렸다가 버려진 우산을 주워다 고쳐서 되파는 일이 잦았기 때문이다.

경향신문 1974.5.25.

출근하던 김용운씨(33, K사 사원)는 서울시청앞 버스정류장에서 비가 갑자기 내려 1백 원에 사 쓴 비닐우산이 불과 5백m 떨어진 회사에 도착하기 전에 살이 어긋나는 등 못쓰게 됐다고 불평했다. (…) 서울에 나도는 우산은 거의가 재생품들로 재건대원들이 쓰레기통에서 주워온 못쓰게 된 비닐우산을 한 개 13원씩(많이 부서진 것은 2~3개에 13원)에 수집, 고쳐서 다시 시중에 내다파는 것.

답답한 시민들은 불만을 터트렸다. 어떤 이는 100원을 주고 산 우산이 100m도 못 가 뒤집어지자 서울시장에게 규제를 요청하는 편지를 쓰기도 했다.

경향신문 1974.6.5.

동네 아주머니들도 요즘 비닐우산은 한 번 이상 사용하기 힘들다는 말을 하고 있습니다. 다행히 뒤집어지지 않아 그대로 집에 놔두면 대가 썩기도 합니다. 또 어떤 우산은 비닐테두리가 넓기도 하고 어떤 것은 꼬마들조차 혼자 쓰기가 힘들 만큼 작은 것도 있습니다. 우산의 규격이나 품질을 일정하게 하고 가격을 규제할 길은 없는지요.

믿었던
철제 우산마저…

시중에 비닐우산만 있는 건 아니었다. 1950년대 중반 자전거 부품 생산 업체였던 (주)협립제작소는 우산 살대에 천을 씌운 철제 우산을 완제품으로 내놓았다. 앞서 말한 '협립우산'의 시작이었다. 1960년대에는 2단식 접는 양산과 1단 자동 우산도 생산했다.[2] 그래서 쉽게 망가지는 비닐우산 대신 철제 우산을 쓰자는 목소리도 나왔다.

◇

2 한겨레 1995.7.23.

경향신문 1971.5.15.

금속우산은 6백원에서부터 1천여 원에 이르기까지 여러 가지 종류가 있지만 아무리 질이 좋지 못한 것이라도 한여름철을 이용할 수 있게 된다. 비닐우산 10여 차례 사서 쓸 경비면 웬만한 금속우산을 살 수가 있다는 결론이 나온다.

하지만 협립우산은 값이 비쌌고, 이를 모방한 다른 철제 우산의 품질은 불량하기 이를 데 없었다. 황당한 일을 겪은 한 시민의 사연이 신문에 실렸다.

경향신문 1972.7.26.

하자 많은 비닐우산을 사느니보다는 좀 더 오래 쓸 수 있으리라는 계산 밑에 산 것이 가두(길거리)에서 팔고 있는 5백원 호가의 포지(布地, 천) 우산이었고 덕분에 비를 피하면서 그날 일을 마친 후 집으로 돌아오게 됐다. 그런데 이게 웬일인가. 노란 바탕 T샤쓰의 잔등이 부분은 어느새 거뭇거뭇하게 물들어 있지 않은가 말이다. 따져 볼 것도 없이 이는 질 나쁜 염색을 쓴 우산이었기에 빗물이 흘러 샤쓰에 떨어진 것이다.

엄마가 믿을 만한 '메이커' 제품인 '협립우산'을 최고로 치는 것도 이런 불량 우산(양산)들 때문이었다.

“1975년에 시장에서 파는 양산을 처음으로 하나 샀는데 잘 펴지지도 않고 안 좋더라고. 몇 년 후에 새 양산 사러 시장에 갔더니 주인이 좋은 거라면서 양산 하나를 보여주는 거야. 2단으로 접는 건데, 만져 보니까 짱짱해. 좀 비싸도 오래 쓸 생각으로 샀지. 그 양산에 ‘협립양산’이라고 쓰여 있었어.”

엄마는 “10년은 넘게 쓸 생각”이었다고 했지만, 삶에는 늘 예기치 않은 사건이 일어나 결심을 흩트리곤 한다. 협립 양산의 색이 햇빛에 너무 빨리 바랜 데다가 앞서 말한 것처럼 몇 년 후 아빠가 중동에서 일제 양산을 사 왔다. 이 양산은 다른 무엇과도 견줄 수 없는 엄청난 특징이 있었다.

“아빠가 3단 자동 양산을 사 온 거야. 정말 너무 좋더라고. 내 주위에서 그런 양산 가진 사람이 없었어. 동네 사람이 빌려달라고 할 정도로 귀했고, 나도 굉장히 소중히 아꼈어. 그때부터 여름만 되면 꼭 그 양산을 가지고 다녔지. 파란색에 아주 화려한 꽃무늬가 있는 양산이었어.”

“잠깐만, 보라색이 아니라 파란색이었다고?”

“응. 하도 썼더니 색이 바래서 나중엔 보라색이 되더라고.”

엄마가 이 세련되고 화려한 양산을 쓰고 다닌 1980년대에도 국내 우산의 품질은 만족스러운 수준에 도달하지 못했다.

경향신문 1983.7.22.

시판 우산은 발수도, 물 견뢰도, 염수 분무, 도금 두께 등 검사 기준에 대부분 미달되어 완전한 우량제품의 비율은 8%에 지나지 않는 것으로 밝혀졌다. 비를 맞았을 때 빗방울이 떨어져 나가는 발수도는 80% 이상이어야 하는데 방수처리가 안 돼 70% 이하인 것이 수두룩하고 천의 염색이 쉽게 변하며 니켈, 크롬 등의 도금 상태가 부실하고 얇아 소금물을 살대에 안개처럼 뿌려본 결과 16시간 안에 부식되는 것이 반수 이상이었다. 또 우산을 접거나 펼 때 뻑뻑하고 스프링이 약해 작동이 안 되는 게 많았고 천과 살을 2가닥 실로 2~3번 꿰매야 하는데 엉성한 박음질의 상품이 태반이었다. 우산꼭지 부분이 너무 길고 뾰족해 안전사고 위험도 많았다.

이 문제를 해결하기 위해 정부에서도 대책을 마련했다. 우산을 사전 검사해 기준을 통과한 합격품에 '검'자 마크를 붙여 시판하도록 한 것이다. 사람들은 불량 우산에 속느니 돈을 좀 더 주고라도 튼튼한 우산을 사길 원했다. 이후 우산의 품질과 디자인은 급속도로 좋아졌다.

산성비에 머리가 빠진다고?

1990년대 들어 반드시 우산을 써야 할 사정이 생겼다. 공기오염 때문에 하늘에서 산성비가 내리는데, 이 비를 맞으면 머리가 빠진다는 주장이 나온 것이다. 더는 비를 맞는 것이 자연스러운 행동이라거나 낭만일 수 없었다. 물론 산성비 논쟁은 1980년대에도 있었지만, 이번에는 '대머리'라는 자극적인 단어가 사람들 뇌리에 깊이 박혔다.

동아일보 1993.9.18.

> 산성비의 문제는 (…) 숲은 말라 죽을 것이며 농사는 폐농의 위기를 당하고 우산을 쓰지 않고 비를 맞으면 머리카락이 빠져 남녀불문하고 대머리가 생길지도 모르고 전선이 부식되어 전철이 불통될 위험이 있다는 것이다.

특히 이제 막 내리기 시작한 비를 맞으면 훨씬 타격이 크다는 이야기도 있었다. 대기 중 떠다니는 오염물질이 처음 내리는 비에 가장 많이 녹아든다는, 공신력 있는 연구

결과에 근거한 주장이었다.

조선일보 1994.4.16.

『비가 오면 처음 10분간은 피해야 한다』 서울시 산하 보건환경연구원의 김민영 연구팀이 15일 한국대기보전학회 주최로 열린 대기보전학술대회에서 「서울지방강수의 수소이온농도와 동태에 관한 연구」를 통해 내린 결론이다. 피부 손상, 눈병, 탈모 등을 유발하는 빗속의 산성분 90%가 초반 10분 사이에 집중적으로 쏟아진다는 것이다.

그러나 이는 잘못된 이야기다. 비의 산성도 때문에 머리카락이 빠질 위험은 없다는 게 정설이다.

경향신문 2020.6.30.

대기오염물질에는 질소산화물과 황산화물이 있다. 이것이 수증기와 만나 질산이나 황산으로 변한 뒤 비에 흡수돼 내리는 것이 산성비다. 하지만 우리나라에 내리는 산성비의 수소이온농도(pH)는 아주 심해도 4.4~4.9에 불과하다. 반면 우리가 평소에 쓰는 샴푸는 pH3 정도로 산도가 산성비보다 10배 이상 높다. 산성비가 탈모를 일으킨다면 하루도 빠짐없이 샴푸를 사용하는 사람은 진즉 대머리가 됐을 것이라는 얘기다.

아무 죄 없는 '대머리' 논쟁이 대기오염에 대한 경각심을 불러일으키긴 했지만, 20년이 넘는 동안 우리는 대기오염 문제를 해결하지 못했다. 그리고 지금 인간의 활동에 의한 사상 최대의 기후변화 위기를 목도하고 있다. 그때나 지금이나 진짜 문제는 대머리가 아니었던 거다.

◇◇◇

엄마와 우산 이야기를 나누다 보니 어느새 비가 그쳤다. 채소가 든 장바구니를 챙겨 일어서려는데 엄마가 갑자기 생각난 듯 말했다.

"여기 이러고 있으니까 예전에 학교 갔다 오던 길에 남의 집 처마 밑에서 비 피하느라 서 있던 기억이 나네. 그러면 너희 할머니가 우산 가지고 데리러 왔었어. 시골이라 길이 하나밖에 없으니까 오다가다 만나게 되거든. 근데 내가 농사일하러 다닐 땐 그냥 비를 맞았단 말이야. 왜 그땐 비를 피했나, 왜 엄마가 나를 데리러 왔나 생각해 보니까, 이제 기억이 나. 책 때문이었어."

엄마의 허리춤에는 책보가 매달려 있었다.

"교과서랑 공책 안 젖게 하느라 애를 쓴 거 같아. 내가 비 맞는 건 상관이 없는데 책은 젖으면 안 되니까."

언젠가 봤던 외국 배경의 사진 한 장이 생각났다. 비 오는 날 트렌치코트를 입은 남자가 자신은 비를 맞고 선 채로 첼로에게 우산을 씌워주고 있는 사진이었다. 그 사진 아래에는 이런 문구가 적혀 있었다.

나는 비에 젖더라도 내 꿈아, 너는 젖지 말거라.

엄마가 책보 속에 감싸 두었던 꿈은 지금쯤 어디로 갔나. 괜히 울적해져 하늘을 보니 그새 날이 개었다. 사방의 물방울들이 햇빛에 반짝이고 있다. 엄마 말에 대꾸는 안 하고 나는 또 딴소리를 했다.

"엄마, 조금 있다가 무지개 뜰 거 같아. 해지기 전에 꼭 동쪽 하늘을 봐!"

갈대 빗자루 하나 있으면
닳고 닳아서
주먹만 해 질 때까지 썼어.

넷, 진공청소기

고양이 미미와 코코는 1년 간격으로 우리 집에 왔다. 공교롭게도 둘 다 길고양이였고, 둘 다 8월에 가족이 됐다. 여름만 되면 이 녀석들을 처음 만났던 때가 생각난다. 고된 바깥 생활로 삐쩍 마른 모습이 안쓰러워서 데리고 올 수밖에 없었다.

4~5년 동안 함께 살다 보니 눈빛만 봐도 뭘 원하는지 안다. 강아지는 대체로 먹을 걸 달랄 때가 많지만 고양이는 놀자고 보챌 때가 많다. 성격 따라 좋아하는 장난감도 다르고 놀이 방식도 달리해줘야 하는 까탈스러움이 불만스럽다가도 이내 그 고집과 개성이 고양이들의 매력이라며 마음을 고쳐먹는다. 냥님들이 원하는 대로 이 방 저 방 뛰어다니며 한바탕 신나게 놀고 나면, 두 녀석은 밥을 먹고 각자 좋아하는 자리에서 잠을 자기 시작한다.

조용한 방안. 내 눈엔 이 녀석들에게서 쏟아져 나온 털만 보인다. 몸집도 작은 녀석들한테서 어찌나 많은 털이 빠지는지 선풍기를 돌리면 솜털들이 바람을 타고 이리저리 휘날리다가 둥글게 뭉쳐져 방 여기저기를 굴러다닌다. 음식 위에 솜털이 고명처럼 내려앉는 것도 예사다. 이 날리는 털은 빗자루론 어림없다. 털을 공기처럼 마시고 싶지 않다면 하루 한 번 이상 반드시 청소기를 돌려야 한다. 오, 나의 신 청소기! 청소기가 없었다면 고양이와 지금처럼 행복하게 살 수 있었을까? 아마 쉽지 않았을 거다.

내가 기억하는 최초의 청소기는 1989년 아빠가 대만에 1년간 일하러 다녀오면서 사 온 기다란 빨간색 청소기다. 먼지통이 손잡이 부근에 달린 핸디형으로, 소리가 아주 요란했다. 청소기를 돌리면 정신이 하나도 없을 정도. 엄마는 그 청소기를 못마땅하게 여겨 자주 사용하지 않았다. 청소하기 편했을 거 같은데 뭐가 그렇게 싫었을까.

"아빠가 청소기를 사 왔었다고?"

당황스럽게도 엄마는 그 청소기를 기억하지 못했다.

"전혀 모르겠어. (내 기억으론 엄마가 무거워서 싫어했던 거 같은데.) 그랬나? 그때 내가 손목이 안 좋긴 했어. 빨래하고 나면 손목이 시큰거렸거든. 하여간 기억이 안 나. 내 기억에 나는 여기 집으로 이사 오면서부터 청소기 쓰기 시작했어. 1996년이지. 이전에는 집이 좁아서 청소기를 쓸 일이 없었어."

엄마는 자식들에게 집안일을 못 하게 했다. 어릴 때 지겹도록 일을 많이 한 바람에 자식 낳으면 아무것도 안 시키겠다는 다짐을 했다고 한다. 나는 이 얘길 꽤 자주 들으며 자랐다.

"제일 어려서 한 건 청소였지. 5살 때 이사를 갔는데 마루가 넓어서 청소하기 힘들었던 기억이 나. 빗자루로 쓸고 걸레로 닦았는데, 빗자루는 수숫대나 갈대로 만들었어. 제일 좋은 건 갈대 빗자루. 갈대에 씨가 들기 전에 베어다가 솥에다 넣고 쪄. 쪄서 말리면 갈대가 질겨지는 거지. 그걸 엮어서 방을 쓸면 최고였어. 옛날엔 바닥이 다 흙이니까 발에 흙이 많이 묻잖아. 마당에서 발을 씻고 들어와도 흙이 발에 묻는단 말이야. 그래서 늘 방이 서걱서걱하지. 근데 갈대 빗자루로 쓸면 흙이 하나도 없어. 수수 빗자루는 흙이 잘 안 쓸려. 갈대 빗자루는 귀한 편이어서 대체로

수수 빗자루를 많이 썼지. 갈대 빗자루 하나 있으면 닳고 닳아서 빗자루가 주먹만 해 질 때까지 썼어."

"청소는 얼마나 자주 했어?"

"매일 했지. 요즘에는 이틀에 한 번도 하는데, 그땐 저녁마다 매일 했어. 이유가 있었어. 이불 깨끗하라고. 이불 더러워지면 빨래하기가 워낙 힘드니까. 그게 습관이 돼서 요즘도 청소는 저녁에 해. 아침에 청소한다고 생각하면 좀 이상해. 청소하고, 싹 씻고, 방에 들어와 쉬는 거지."

청소기는
아내를 행복하게 한다?

동아일보 1971.1.1.

전기냉장고, 전기청소기, 전기세탁기, TV, 스테레오전축, 기타 등등, 전기를 업은 오토메이숀이 생활을 급변시킨다. 첫째 부인들이 할 일이 없어진다. 할 일이 없어지니까 돌아다니는 게 일이다. 부인 상대 「하품교습소」가 등장해서 어떻게 하품을 하는 게 70년대식일까, 어떻게 하품과 기지개를 켜는 게 현대감각에 맞을까 (…) 하품세미나 하품공청회가 열려서 부인들이 바쁘다.

'71년식 코메디'라는 지면에 실린 콩트 중 일부이다. 전자제품 때문에 할 일이 없어진 '부인'들이 하품교습소를 찾아가 70년대식으로 하품하는 법을 배워 남편들에게 가르친다는 내용이다. 글 속의 부인들은 허영기가 가득한 반면, 남편들은 '아내를 위해' 전자제품을 사려고 애쓰고 집에선 하품조차 맘대로 하지 못한다. 청소기는커녕 냉장고나 세탁기를 사용하는 집이 거의 없던 시기였는데도 이런 내용이 '웃자는 이야기'로 새해 첫날 신문에 실렸다. 가전제품은 사용되기 전부터 이미 '여성들'을 위한 제품으로 여겨진 거다. 이런 편견이 시작된 곳은 미국이었다.

매일경제 1973.1.23.

(미국 가정의 가전제품 보급률은) 전기세탁기가 94.3%이며 전기청소기는 92.0%이다. 텔레비전의 보급률은 1968년 1월 현재 98.1%이며 64년의 92.8%, 보급률 이후 상승은 거의 한계에 도달하고 있다.

동아일보 1978.4.10.

미국의 어느 보고서에 의하면 "가정의 전화가 완비되어 갈수록 주부의 알레르기 증세가 늘어간다"고 한다. 가정전화가 되어 갈수록 그만큼 주부들에게 여가가 생기고 그것을 주체하지 못하게 된다는 얘기다. 세탁은 세탁기가 청소는 청소기가 해준다. 힘은 덜 들게 되었지마는 세탁이나 청소를 했다는 만족감은 얻지 못한다. 즉 노동에서 얻던 만족감을 利器(이기) 때문에 잃어버리고 욕구불만 때문에 알레르기 반응이 일어난다는 것이다.

미국에서 가정용 진공청소기는 1910년대부터 생산, 보급되어 1940년대에 이르러서야 절반 정도의 가정에서 사용하는 필수품이 되었다. 초창기 광고업자들은 자동차가 남성의 필수품이듯이 청소기는 주부의 필수품이어야 한다는 내용의 광고를 만들었다. 이후에는 건강과 위생을 강조했다. '후버 청소기'는 처음으로 청소기를 통해 '허드렛일로부터의 해방'을 내세우는 광고를 실었다. 1929년에는 청소기와 청춘을 연결시킨 광고까지 등장했다.

나는 매년 크리스마스에 남편으로부터 값싸고 귀여운 장신구를 선물 받는 여성이었다. 젊음이 너무나 빨리 시들어 버리고 청소 부담이 너무나 버거운 여자. 어느 해 나는 젊음이 빨리 시들지 않을 수 있고 청소가 부담스럽지 않아도 된다는 것을 알게 되었다. 지난 크리스마스에 남편이 후버 진공청소기를 사주었다. (김덕호, 《세탁기의 배신

(2020)》, 뿌리와이파리)

이 책에는 이런 내용도 나온다.

남편은 청소기를 구매할 수 있는 화폐를 제공해 주는 사람으로, 그리고 아내는 단지 그 청소기를 이용하는 사용자로 등장하고 있다. 남녀의 역할이 확실하게 분담되어 있음을 알 수 있다.

'선진국'인 미국의 문화를 선망하며 많은 영향을 받은 우리나라는 이러한 광고 속 성별 구분의 논리를 그대로 흡수했다. 국내 청소기 생산업체도 비슷한 내용의 광고를 만든 것이다. 1977년 신일산업은 "여보, 정말 고마워요-신일가전제품은 당신의 아내를 행복하게 합니다"라는 문구를 진공청소기와 세탁기 신문 광고에 실었다.

동아일보 1978.9.22

좀 형편이 나은 집 얘기겠읍니다만 세탁은 세탁기, 청소는 청소기, 밥은 전기밥솥, 요리는 가스레인지, 공부는 과외선생이 맡아 틈은 많이 나는, 즉 가사로부터 자유로운 모양인데 일을 못 찾아 방황하는 예는 얼마든지 볼 수 있습니다. 팔자 좋은 여자 가운데 내면적으로 권태로 불행을 느끼기도 하지요. (…) 사회에서 여자에게 일을 안 주는데 여자가 할 수 있는 일을 남자로부터 빼앗는 시대가 올 것입니다.

위 기사는 1978년 이름 있는 두 전문가의 대담 내용 중 일부로, 시간이 많은 여성에게 사회가 일자리를 주지 않으니 나중엔 남자의 일을 여자가 빼앗을 거란 내용이다. '얼마나 많은 집에 청소기가 있었길래?' 하는 궁금증이 생길 만하다. 그러나 청소기 보급률은 10년 후인 1988년에야 겨우 15%에 이르렀을 뿐이다.

물걸레 기능 추가, 소음 저감…
품질 향상 위해 노력

중소기업이 이끌던 국내 소형 가전제품 시장은 1980년대 중반 대기업인 삼성, 금성, 대우가 삼파전을 벌이고 수입품까지 가세하면서 부쩍 성장했다. 초반에는 흡입력을 중요하게 여기다가 점차 다양한 기능을 추가한 새로운 상품을 내놓았다. 1990년에는 '퍼지이론'을 적용한 상품들이 관심을 끌었다.

매일경제 1990.10.27.

가전업체들이 '퍼지가전제품'으로 한판승부를 서두르고 있다. (…) 퍼지가전제품은 퍼지회로를 IC에 내장해 프로그램화한 것으로 기존의 마이컴 가전제품이 처리할 수 없었던 부분을 기기가 처리할 수 있도록 설계돼 있다. 인간의 사고, 판단 등에 포함돼 있는 조금, 약간, 보통 등에 해당하는 애매한 부분을 수치로 정량화시켰기 때문에 이를 가전제품에 적용하면 기기가 이를 판단, 처리해준다.

이듬해 삼성전자와 금성사는 흡입되는 먼지의 변화를 인식해 흡입력을 자동으로 조절하는 '퍼지 청소기'를 차례로 출시했다. 그러나 관심만큼 큰 반향을 얻지는 못했다. 대신 같은 해 걸레질을 하는 한국식 청소법을 적용한 물걸레 청소기가 개발되어 인기를 끌었다.

"이 집 사면서 물걸레 청소기 샀잖아. 비쌌지. 처음에는 좋은 줄 알았어. 근데 한쪽 면으로 계속 닦잖아. 손으로 하면 걸레를 접으면서 깨끗한 쪽으로 방바닥을 닦을 수 있는데 청소기로는 그게 안 되는 거야. 그렇다고 걸레 갈아 끼우려니 너무 귀찮더라고. 그래서 나중엔 안 썼어."

1992년 청소기 보급률은 30%대에 들어섰다. 1993년엔 문턱을 자유롭게 이동할 수 있도록 청소기 본체에 바퀴를 단 청소기도 출시했다. 청소기 사용 가구가 늘어나면서 소음이 문제가 됐고, 이후부터는 소음을 없앤 청소기를 만드는 것이 관건이 되었다. 1994년 삼성전자가 소음을 4분의 1로 줄인 '잠잠'을, 1997년 금성사가 LG전자로 이름을 바꾸고 '쉿'을 출시했다. 그러나 모터로 공기를 빨아들이는 방식으로 작동하는 청소기 특성상 소음을 줄이는 일은 쉽지 않았다. 그래서 요즘도 밤중에 청소기를 돌리는 것은 '비매너'로 꼽힌다.

청소기는
정말 청소 시간을 줄였을까?

청소기는 엄마의 청소 시간을 줄여줬을까? 엄마는 "아니"라고 딱 잘라 말했다.

"옛날에는 금방 했어. 방이든 마루든 넓지가 않았고, 집안에 살림이 거의 없으니까 청소할 데가 없었지. 집안에 가구도 몇 개 없으니까 지금처럼 닦을 데가 많지도 않았어. 5살짜리가 할 수 있을 정도니 말 다 했지, 뭐. 지금은 혼자 사는데 방이 3개나 되고, 아주 청소할 때마다 힘들어 죽겠어. 그리고 청소기 돌린다고 청소가 끝나나? 걸레질도 해야지. 옛날엔 걸레질을 해도 까만 때가 안 나왔어. 지금은 잠깐만 문 열어놔도 걸레가 새카매져. 자동차 매연 때문에 그런가 싶기도 하고."

엄마가 직관적으로 한 이야기는 상당히 일리가 있다. 가전제품을 구입한다는 건 관리해야 할 물건이 늘어난다는 뜻이다. 또 외부에 있던 화장실과 목욕탕, 창고 역할을 하는 수납공간과 베란다까지 집 내부로 들어오면서 청소할 공간이 몇 배로 늘었다. '바깥일'은 남성이, '집안일'은 여성이 해야 한다는 가부장제의 성별 분업 논리에 따라, 집안으로 밀고 들어온 이 많은 것들은 여성이 책임져야 할 몫으로 강제로 떠넘겨졌다. 제아무리 눈부신 기술이 가전제품의 성능을 좋게 만든다고 해도 그것을 사용할 역할과 책임이 가족 구성원 모두에게 있다는 인식이 생기지 않는 한, 아마 여성의 청소 시간은 줄어들지 않을 것 같다.

한창 멋 부릴 땐
정장 바지를
요 밑에다 깔고 잤지.

다섯,

다리미

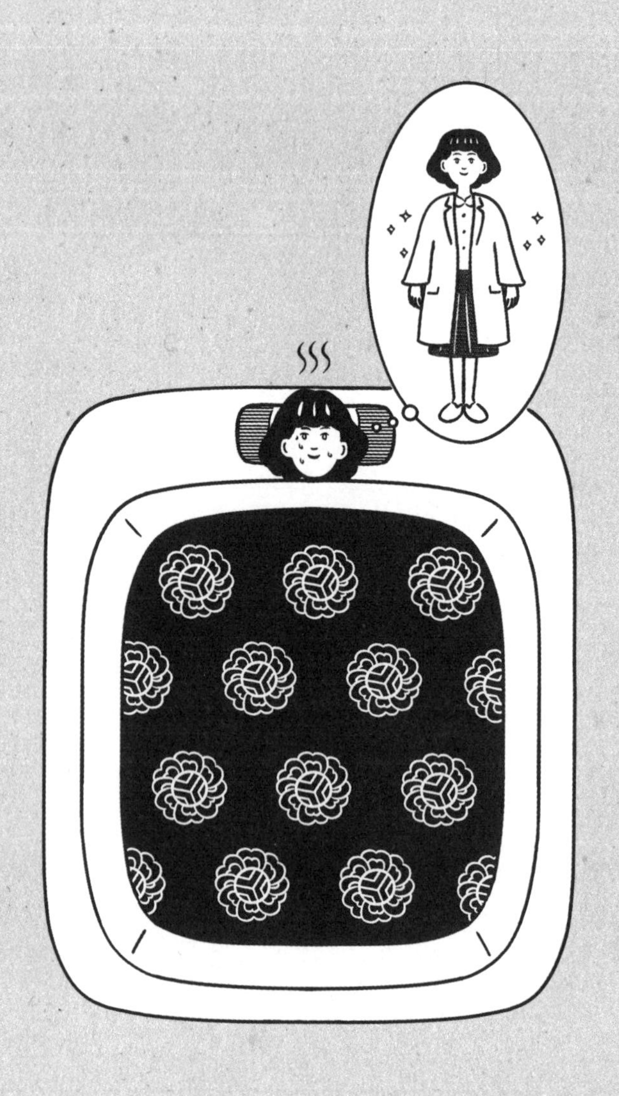

지인 결혼식에 입고 갈 옷을 고르느라 장롱을 열었다. 왜, 어째서, 옷은 항상 부족할까? 초여름 간절기라 옷 입기가 애매해 선택이 더욱 어렵다. 빽빽하게 걸린 옷들 사이에서 하얀 재킷을 겨우 찾아냈다. 안타깝게도 다른 옷들에 눌려 팔과 앞섶 곳곳이 잔뜩 구겨져 있었다. 깨끗한 옷을 구김 때문에 다시 세탁소에 맡기긴 아깝단 생각이 들었다. 음, 다림질이란 걸 한번 해볼까. 자신은 없지만, 망치면 그때 세탁소에 보내면 되겠지.

백만 년 만에 창고 벽장에서 다리미를 꺼냈다. 다리미판에 재킷을 올리고 분무기로 물을 칙칙 뿌렸다. 오랜만이라 그런가. 이렇게 저렇게 애를 써 봐도 다림질이 영 서툴다. 가슴팍을 다리면 팔이 구겨지고, 옷감이 접혀 새로운 주름이 자꾸 늘어나니 속이 터질 지경! 날은 덥고 옷에선 뜨거운 김이 올라오고 손과 이마에서 진땀이 난다. 어깨와 허리도 아프다. 아무래도 좀 쉬었다 해야겠다 싶어, 방바닥에 팔다리를 대자로 뻗고 드러누웠다. 지금까지 내 손으로 다림질을 한 게 몇 번이더라. 5번은 될까? 그렇다고 다림질한 옷을 안 입어본 것도 아니다. 중고등학교 시절, 엄마는 주말마다 나와 언니, 남동생의 교복을 빨고 다려주었다. 아주 빠르고 정확하게. 월요일 아침, 교복 블라우스에 팔을 넣으면 얇은 종잇장 같은 칼주름이 팔등에 날렵하게 올라서 있었다. 그 또렷한 주름은 가난의 옹색함을 감춰주는 자존심이 되어주기도 했다.

엄마는 언제부터 다림질을 그렇게 잘했던 걸까. 나한테는 이렇게나 어려운데. 옛날 농사짓던 시절에 굳이 다려 입어야 할 옷이 있었을까 싶기도 하다. 핸드폰 너머 엄마의 답변은 의외였다.

"옛날엔 지금보다 옷을 더 자주 다려 입었어."

엄마의 유년 시절에는 주로 여름엔 삼베옷을, 겨울엔 솜이 든 무명옷을 입었다고 했다.

"보통 농사일할 땐 그냥 빨아서 툭툭 털어서 입었지만, 외출할 땐 삼베옷에 풀을 먹여서 다렸어. 안 그러면 축 늘어져서 아주 후줄근해. 무명옷은 빨아 말리면 쪼글쪼글해지거든? 이것도 풀을 먹여서 다려야 해."

"옷에 풀을 먹인다고?"

"응. 밀가루에 물 붓고 끓이면 걸쭉하고 끈적해져. 그걸 풀이라고 했지. 옛날에는 지금처럼 유리문이 없었잖아. 그래서 나무 창살에 창호지 바를 때 밀가루나 밥으로 풀을 쒀서 붙였어."

"아, 밥풀이 그래서 밥풀인가?"

"그거야 모르지. 하여간 밀가루가 있을 땐 그걸로 바로 풀을 쑤지만, 없을 땐 찬밥으로 죽을 만들어야 해. 죽을 삼베 보자기에 담아서 물에 넣고 조물조물하면 물이 뿌옇게 되잖아. 그 물에 옷을 마지막으로 헹구는 거야. 그러면 옷이 마르면서 천이 빳빳해져. 풀물이 너무 멀거면 옷감에 힘이 안 생기고, 너무 되직하면 천이 막 뚝뚝 끊기니까 농도를 잘 맞춰야 해."

풀을 먹인 옷은 축축할 때 걷어 적당히 갠 후 보자기로 싼다. 그리고 발로 자근자근 밟아 큰 주름을 없앤다. 옷에 풀을 먹이면 옷감에 힘이 생겨 옷을 입었을 때 모양이 살기도 하지만 때가 덜 타는 효과도 있었다고 한다.

"풀이 옷감에 다 박여서 옷이 납작하고 반반해져. 그리고 풀을 먹인 옷에는 때가 잘 안 스며들어. 천이 아니라 풀에 때가 묻는 거야. 빨래할 때 풀이 물에 씻겨 나가면서 때도 같이 빠지는 거고. 확실히 때가 쉽게, 빨리 져."

지금의 섬유 방오가공 방식 중에도 이와 비슷한 것이 있다. 이런 방법을 생각해낸 것도 놀랍지만, 먹기에도 충분치 않은 곡기를 옷을 깨끗하게 하는 데 사용한 것에는 이유가 있지 않을까? 현대 의학이 도입되기 이전까지 세균 감염으로 죽는 인구가 상당했다고 하니, 아마 살아남기 위해선 먹는 것만큼이나 청결도 필수였을 것이다. 또한 집단생활을 해 온 인간은 무리에서 쫓겨나지 않아야만 목숨을 부지할 수 있었으니 남의 눈에 깨끗해 보이는 것도 중요했을 것이다. 이런 진화의 결과로 옷을 단정하게 입게 된 게 아닐까?

하지만 '옷을 다리는 과정'은 여기서 끝이 아니다. 옷의 큰 주름이 가시면 이제 다듬이질을 할 차례다. 이 역시 만만한 작업이 아니다.

"잘못하면 안 돼. 무턱대고 때리면 옷에 구멍이 나기 때문에 내려치는 힘이 적당해야 하거든. 그런 걸 알 정도가 되어야 다듬이질을 할 수 있어. 나는 한 예닐곱 살 때부터 한 것 같아. 엄마랑 마주 앉아서 톡탁톡탁 두들기는 게 재미있었어. 엄마가 '더 약하게 해라' '좀 세게 해라' 이렇게 얘길 해줘. 그러면서 익혀 가는 거야. 근데 무명 솜옷을 빨기 전에는 항상 바느질 꿰맨 부분 실을 다 뜯었어. 천 조각들을 삶아 빤 다음에 말려서 다시 솜 넣고 바느질해서 옷을 만들더라고. 그다음에 풀을 먹여서 다듬이질이나 다림질을 하는 거지. 매번 그렇게 했어."

옷 한 번 빨 때마다 이렇게 복잡한 과정을 거쳐야 한다니, 이거 실화인가!

경향신문 1947.11.30.

소복(素服-하얀옷)을 많이 입는 관계도 있어 세탁이 너무 많다. 그리고 빨래를 할 때면 다시 옷을 뜯어가지고 해야 되기 때문에 빨고 풀메기고 다듬이질하고 다시 바느질하는 이 엄청나게 복잡한 「푸로쎄스」야 말로 허다한 노력과 시간의 허비를 강요한다.

"그땐 겨울에 왜 그렇게 콧물이 많이 났나 몰라. 휴지가 있기를 해, 뭐가 있어. 그냥 소매로 닦으니까 소매가 까맣게 반질반질했어. (으악, 정말?) 그럼. 그땐 겨울옷이 얇으니까 아마 추워서 콧물이 많이 나온 거 같아. 여름에 삼베옷은 바느질을 뜯어서 빨지 않으니까 그나마 편했고. 물론 나는 삼베옷 입은 기억은 없어. 애들은 주로 나일론 천으로 된 옷을 입었지. 나일론은 구김이 안 가서 다릴 필요가 없었어."

나일론은 엄마가 제일 좋아하는 옷감이다.

"요즘 옷은 나일론이라 구멍도 안 나고 때도 안 타고 구김도 없어. 아주 좋아."

나는 어릴 때부터 이 말을 자주 듣고 자랐다. 그런데 중학교 가정 시간에 섬유의 종류에 대해 배우면서 엄마가 말한 나일론이 다 같은 나일론이 아니었다는 걸 알았다. 엄마는 폴리에스터와 아크릴 섬유 같은 것을 모두 나일론으로 부르고 있었던 거다. 석유화학제품인 합성섬유라는 공통점이 있을 뿐 저마다 만드는 방식이나 성질이 다르다. 최초의 합성섬유인 나일론을 합성섬유의 대표 이름으로 기억할 만큼, 엄마의 의복 역사는 나일론 등장 이전과 이후로 나뉜다.

아무튼 그 뒤로 엄마가 '나일론' 운운할 때면 몇 차례 정정을 해주고 옷 안쪽 태그 보는 법을 알려주기도 했다. 그러거나 말거나, 한번 각인된 엄마의 나일론 사랑은 지금까지 이어지고 있다. 이제는 나도 더는 토를 달지 않는다.

◇◇◇

엄마가 기억하는 다리미는 3가지다. 우선 프라이팬 모양으로 된 통에 숯을 담아 사용하던 것이다.

"어릴 때 이런 다리미를 썼어. 근데 그걸로는 혼자 다림질을 못해. 다림판이 없어서 옷을 바닥에 놓고 다릴 수가 없었거든. 두 사람이 마주 보고 옷을 잡아야 해. 근데 다리미를 잡은 사람은 양손을 다 쓸 수가 없잖아. 그래서 옷 한쪽은 다리미를 잡은 손 팔꿈치로 눌렀어. 다리미를 자유롭게 움직이기 어려우니까 그냥 주름만 펴는 정도였지. 또 숯이 까맣잖아. 잘못하면 재가 날라서 하얀 옷에 묻어. 그러니까 잘 다려야 해."

숯을 통 안에 넣고 뚜껑을 닫을 수 있는 다리미도 있었다. '양복 다리미'라고 불린 이것은 요즘 다리미와 비슷한 모양이었다고 한다. 엄마는 이 다리미를 사용한 적은 없다고 했다.

"매번 숯으로 다림질을 하기가 쉽지 않았어. 스무 살 넘어서 한창 멋 부릴 땐 정장 바지를 요 밑에다 깔고 잤지. 솜 요라서 무게가 있으니까 줄이 잘 섰어. 그런데 잘못하면 쌍 줄이 생겨. 당시엔 그러고 다니는 사람이 많았어."

사건 사고가 많았던 그 시절 다리미

옷에 구김이 잘 가는 탓에 집집마다 다리미가 필수였다. 그만큼 다림질로 인한 사건 사고도 잦았다.

1924년 2월 4일, 설날을 하루 앞둔 새벽 서울 낙원동에서 불이 나 집이 모두 타고 다섯 살, 아홉 살 형제가 목숨을 잃는 사고가 있었다.

동아일보 1924.2.6.

원인은 두 아이들의 설빔을 밤이 늦도록 다린 후 다리미에 불이 다 꺼지지 않은 것을 그대로 마루에 내어놓았다가 마침내 불이 난 것인데 손해는 이천여 원이나 된다고.

오랜만에 맛있는 음식을 먹고 새 옷을 입을 기대에 가슴이 부풀었을 형제와 밤늦도록 설을 준비한 가족에게 닥친 비극이라니. 100여 년 전 일어난 사건임에도 가슴이 아프다. 때론 다리미의 불이 옷에 옮겨붙기도 했다.

동아일보 1933.4.26.

빨래를 다리다가 다리미 불이 치마에 튀어 속옷이 타고 살까지 타서 생명이 위독하게 된 사설이 생겼다.

아찔하다. 엄마에게도 이와 비슷한 일이 있었을까.

"숯에서 불티가 나와서 사방으로 막 날리고, 숯가루가 옷에 묻어서 거멓게 되기도 하고 그랬지. 조금씩 데이기는 했지만, 그래도 사고는 안 났어."

인명사고 이외에도 다리미를 사용한 뒤 뒤처리를 잘못해 불이 나는 일도 빈번했다. 1929년 최초의 전기다리미가 선을 보인 이후에도 화재는 여전했다. 전기 설비가 제대로 갖춰지지 않아 합선이나 누전, 접촉 불량, 정전기 등으로 사고가 자주 났기 때문이다. 게다가 가정마다 전기가 들어오지 않은 탓에 몰래 전선을 따로 내어 사용하는 이른바 '전기도둑(도전)'이 횡행했다. 감전과 합선의 위험을 무릅쓴, 그야말로 목숨을 건 도전(盜電)이었다.

동아일보 1937.7.6

종로 삼정목칠팔 양복상 의춘우(29) 방에 천정에서 불이 일어낫엇으나 즉시 진화하엿는데 원인은 60"워트" 전기다리미를 도전 사용하다가 전기"스위치"에서 불이 일어난 것이라고 한다.

동아일보 1948.5.30.

전기 사정이 곤란하다 함은 이미 체험하고 있는 바이다. 그러나 아직도 일부에서는 전기곤로, 전기다리미 등을 사용할 뿐 아니라 심한 자는 중간에서 중간선을 간선으로 변경하여 부정 사용하는 등 전기취체규측을 위반하는 사실이 만흠에 비추어 (…) 그중 악질 사용자 200여 명을 송청하고 나머지는 29일간의 구류에 1만 원 과료 정도의 처분을 하였다.

다리미, 이렇게 사용하세요!

한복이 점차 사라지고 의복 문화가 바뀌면서 다리미를 사용하는 일이 더욱 잦아졌다. 1950년대 후반부터 다리미 사용법과 관리법을 다룬 기사가 눈에 띄게 많아졌다.

경향신문 1960.6.3.

다리미 바닥에 풀이 묻었을 때는 종이를 펼친 위에 소금을 고루 뿌린 후 그 위에 뜨겁게 한 다리미를 문지르면 기분 좋게 떨어진다.

동아일보 1960.9.20.

전등선에 두가닥 세가닥이 난 「소케트」를 꽂고 전구 이외에 다리미나 전열을 규정 이상으로 사용하는 일이 있는데 이 방법은 절대로 삼가야 한다. 이런 때에 「소케트」를 만져 보면 손을 댈 수 없을 정도로 뜨겁다.

동아일보 1959.7.23.

주부들의 가사 중에 제일 중노동에 속하는 것이 빨래와 다리미질이다. 매일 같이 땀에 젖은 와이샤스와 부라우스를 빨아 다려내기란 여간 힘드는 일이 아니다. 그것도 마루나 방바닥에 담요 정도를 깔아놓고 앉아서 다리는 것이다. 앉아서 다리는 것은 서서 다리는 것에 비해 갑절이나 힘이 드는 데 비해 적당한 높이의 다리미 대를 이용하면 노력과 시간이 절약돼 (…)

온몸을 구부려 다림질하는 장면을 상상하니 내 목과 허리 디스크가 괜히 움찔거리는 것 같다. 주부들의 관절에 파스라도 붙여주고 싶은 마음이다. 한편 시장에는 기성복 상점과 구제품 의류상, 수선업을 하는 사람을 상대로 다림질을 해주는 업종이 등장했다. 오로지 다리미 하나로 하는 사업 치고는 수입도 꽤 짭짤했다고 한다.

엄마의 다리미

엄마의 세 번째 다리미는 1981년 아빠가 쿠웨이트에서 사 온 제너럴 일렉트릭사 제품이었다. 요즘 빈티지 가게에서 종종 보이는, 검은 손잡이에 연파란색 온도조절 장치가 달린 그 다리미다.

"미제였어. 당시에 최고로 좋은 거. 외국 갔다 오는 사람은 다 그 다리미를 사 오더라고. 나도 너희 아빠한테 꼭 사 오라고 했지. 그 다리미로는 주로 아빠 남방이랑 바지를 다렸어. 아주 오래 썼지. 귀하게 다뤘으니까."

이 다리미는 성능과 내구성이 좋았으나 무거웠다. 이후 등장한 다리미는 점점 품질이 좋아지고 무게도 가벼워졌다. 버튼을 누르면 증기를 뿜는 기능도 추가되었다.

엄마는 몇 년 전 오래된 다리미를 처분하고 가벼운 다리미를 새로 샀다. 현 국내 다리미 시장 점유율 1위인 테팔사 제품이다. 하지만 새 다리미를 사용할 일은 그리 많지 않다. 그 사이 교복을 입던 세 자식은 모두 출가했고, 남방을 즐겨 입던 아빠도 돌아가셨다. 다섯 식구가 북적이던 집엔 '나일론' 소재의 옷을 훌훌 털어 입는 엄마가 단출하게 혼자 산다.

"너희 학교 다닐 때가 집안일 제일 많이 할 때였지. 새벽밥 먹여서 학교 보내고, 낮에 청소랑 빨래하고, 장 봐서 다음 날 밥 준비해 놓고, 너네 아프면 병원도 데려가고, 자율학습하고 밤늦게 집에 오면 도시락통 씻어서 엎어 놓아야 하루가 끝나는 거야. 토요일엔 교복 빨아서 널고 일요일엔 다 마른빨래 걷어서 다림질을 했어. 여름에 다림질하려면 아주 땀이 많이 나고 손목도 아프고 그랬지. 지금처럼 에어컨 있는 시절이 아니니까. 그래도 다려야 깔끔해 보이니까 꼭 다려야지. 돈이 없어서 못 해주는 건 할 수 없지만, 돈 안 드는 거, 내 몸으로 할 수 있는 건 최선을 다해서 해주려고 했어."

전화기 너머 엄마는 잠시 말이 없었다. 마지막 말에 울컥한 나도 무슨 말을 해야 할지 몰라 머뭇거렸다. 내가 잘 다려진 교복 블라우스의 손목 단추를 채울 때마다 엄마의 손목은 점점 약해져 갔을 거란 뒤늦은 깨달음, 그리고 내가 엄마의 시간과 육체를 너무 당연하게 소모해왔다는 자각과 미안함.

나는 얼른 다른 이야기로 말을 돌렸다. 다리미 이야기 도중 떠오른 어린 시절 일화가 있었다. 뭐든 직접 해보는 것을 좋아했던 나는 초등학교 때 언니의 교복을 다리던 엄마를 졸라 난생처음 다림질을 해봤다. 다리미가 무거운 데다 잠시라도 다리미 든 손을 멈추면 "옷 탄다, 옷 구겨진다"며 성화를 대는 엄마 때문에 정신이 하나도 없었다. 결국 "저리 가라"는 매정한 말에 1분도 안 돼 다리미를 내려놓고 말았다.

"엄마, 그때 기억나? 찬찬히 좀 가르쳐 주지 그랬어."

"아휴, 기억 안 나지. 바빠 죽겠는데 그거 가르치고 있을 시간이 어딨어? 그리고, 너는 꼭 내가 야단친 것만 기억하더라. 궁금한 거 다 물어봤으면 그만 끊어."

크흠. 전화를 끊고 재킷을 마저 다렸다. 어설프긴 해도 안 한 것보다는 훨씬 나았다. 다리미를 도로 벽장에 넣었다. 이 다리미는 결혼 직후 동네 벼룩시장에서 만 원을 주고 산 것이다. 사용할 줄도 모르고 몇 번 사용하지도 않을 다리미를 나는 왜 산 걸까. 이전까지 다리미가 없어도 불편한 줄 몰랐고, 결혼 후 다림질할 옷이 갑자기 새로 생긴 것도 아니었다. 그저 다리미를 본 순간 집에 하나쯤 있어야 할 것 같은 삼삼한 기분이 들었을 뿐이다.

아마 난 다리미를 결혼생활의 필수품으로 여겼던 것 같다. 주말마다 식구들 옷을 기계처럼 척척 다리던 능숙한 엄마의 모습이 내게 깊은 잔상을 남겼을 수도 있다. 청결과 단정함을 여성이 추구하고 실천해야 할 덕목으로 여기는 세상의 목소리가 내면화된 탓도 크다. 그렇지 않다면 결혼 초, 배우자의 와이셔츠를 다리려 애쓰던 나를 설명할 길이 없다. 당시엔 세탁소에 들어가는 돈이 아까워서라는 그럴듯한 이유를 댔지만, 사실 난 그렇게까지 절약 정신이 투철한 사람이 아니다. 게다가 정작 다린 옷을 입어야 하는 나의 배우자는 나와 달리 다리미를 거들떠 보지도 않았다. 다리미가 애초에 자신과는 아무 상관 없는 물건이라는 듯이. 나만 괜한 곳에 시간과 에너지를 들인 셈이다.

이런 재밌는 생각도 든다. 어쩌면 엄마가 다림질 방법을 찬찬히 가르쳐주지 않은 건, 고된 노동을 대물림하고 싶지 않았던 엄마의 큰 그림 아니었을까.

세상에나, 엄마에게는 다 계획이 있었구나!

늘 그게 신경이 쓰였어.
불 꺼져서 방 추울까 봐.

여섯,

가스보일러

몇 해 전 겨울, 기온이 영하 15도까지 내려간 날이었다. 전기난로를 주방으로, 거실로, 가는 데마다 끌고 다니다가 더는 안 되겠다 싶어 보일러를 돌렸다. 1시간도 안 돼 집안이 훈훈해졌다. '이렇게 따뜻한데 진작 틀걸.' 후회를 하다가 문득 엄마 생각이 났다.

엄마가 사는 서북향 집은 늦은 오후에 잠시 햇빛이 든다. 해가 일찍 지기 시작하는 초겨울부터 집안에 냉기가 돌기 시작해 겨울이 깊어지면 찬 공기가 뼛속까지 스민다. 집안에서도 허연 입김이 날 정도다. 그런데도 엄마는 여간해선 보일러를 돌리지 않는다. 난방비를 아끼려는 건가 싶어 따로 비용을 챙겨 드려도 겨울엔 늘 어깨를 움츠린 모습이다. 아무래도 이런 엄마를 닮아 나 역시 보일러 돌리는 데 인색한 거 같다. 나야 아직 나이가 한창이니 추위를 좀 버텨보는 것도 괜찮다지만, 몸 곳곳에 노화가 진행 중인 엄마라면 얘기가 다르다. 감기처럼 사소한 질병이 폐렴

같은 큰 병으로 번지는 경우를 주변에서 심심찮게 봤다. 좀 따뜻한 집으로 이사 가면 좋을 텐데 그놈의 정 때문에 엄마는 결단을 내리지 못한다. 엄마가 47살 때 처음으로 장만한 '내 집'이니 그럴 만도 하다. 전화를 걸어보니 역시나, '춥다'는 말이 먼저 나왔다.

"그렇게 춥게 지내다가 병이라도 나면 어쩌시려고…."

"그러게. 겨울에 따뜻하게 지내본 적이 별로 없네. 근데 익숙해서 괜찮아."

어릴 때 살던 오래된 단독주택은 웃풍이 심했다. 그래도 추위로 고생한 기억은 없다. 늘 아랫목이 따끈따끈했다.

"예전엔 따뜻하게 살았던 거 같은데?"

"너희 방만 그렇게 땐 거야. 아빠랑 나는 춥지만 않게, 미지근한 방에서 잤어."

부모님이 못 먹고 못 입는 건 눈에 빤히 보여서 잘 알고 있었다. 하지만 자식들이 자는 방에만 연탄불을 활활 지펴 놓았다는 건 처음 알았다.

“너희 방은 불문 구멍을 많이 열어 놨지. 그러면 방이 따끈따끈해. 대신 연탄이 빨리 타고. 항상 새벽 서너 시쯤에 일어나서 너희 방 불(연탄)을 갈았어. 안 그러면 꺼지니까. 늘 그게 신경이 쓰였어. 불 꺼져서 방 추울까 봐.”

나도 기억한다. 새벽녘, 아궁이 덮개를 여닫는 쇳소리가 잠결에 들리곤 했다. 그럴 때면 늘 고마우면서도 미안했다. 엄마라고 해서 달콤한 새벽잠을 끊고 몸을 일으키는 것이 어찌 힘들지 않았을까. 하지만 철없던 어린 난 그저 보살핌 받고 있다는 안락함을 느끼며 다시 스르륵 잠에 빠져들곤 했다.

난방의 시작은 땔감이었다

경향신문 1946.10.13.

장작은 일제 전쟁 시대와 해방 직후에 교통이 편리하고 가까운 산의 나무는 거의 전부를 함부로 베어다가 때어버리어 지금 남어 있는 곳은 멀고 깊은 산속밖에는 없다.

엄마에게 난방의 역사는 땔감을 구하러 다닌 기억에서

시작한다. 엄마는 10대 시절부터 여기저기로 땔감을 구하러 다녔다고 했다.

“주로 산에 떨어져 있는 나뭇가지를 주웠어. 산이 다 주인이 있으니까 막 나무를 베면 안 되거든. 생나무를 자르다가 주인한테 들켜서 잡혀간 사람도 있었어. 요즘엔 산에 나무가 많지만, 예전엔 거의 벌거숭이였단 말이야. 집집마다 땔감으로 나무를 썼으니까 산에 나무가 남아나지를 않지. 찬 바람만 불면 ‘어디 가서 또 나무를 해올까’ 하고 늘 마음이 불안한 거야. 저 멀리까지 온 산을 돌아다니면서 싸리나무를 베. 솔잎을 갈퀴로 긁어서 가져오기도 하고. 온종일 모으면 이삼일 땔 정도 양이 돼. 그러면 마음이 좀 놓이는 거지.”

1950년대까지 난방 연료로 가장 많이 사용한 것은 장작과 볏짚, 건초였다. 대부분 농사를 짓던 터라 볏짚은 흔했다. 문제는 너무 금방 타버린다는 것이었다.

“나무는 주로 오빠들이 해왔어. 썩은 나무(둥치)나 뿌리를 곡괭이로 캐서 쪼개서 썼지. 나는 낫으로 소나무 아래쪽 잔가지를 쳐서 가져왔고. 제일 좋은 건 소나무 옹이였어. 송진이 많아서 불쏘시개 없이 성냥으로도 바로 불이 붙고 아주 오래 타거든."

그렇게 해 온 나무는 아끼고 아껴서 땠다.

"그게 습관이 돼서 지금도 보일러를 못 트는 거 같아. 나 하나 따뜻하자고 보일러를 돌린다는 게 좀 이해가…. (엄두가 안 나?) 응, 그렇지. 엄두가 안 나지. 너무 아깝다고 해야 하나?"

죽음의 신, 연탄가스

조선일보 1936.12.12.

겨울철 가정연료로는 연탄이 만히 쓰이게 되엿습니다. 오래동안 목탄이 유일한 가정연료이엿스나 연탄이 목탄보담 경제된다는 것을 알게 된 까닭으로 요사히는 목탄의 약 이활 가량이나 수용이 되고 아프로 느러갈 것입니다. (…) 구멍탄이란 연탄이 잇는데 보통 만히 쓰이는 것입니다. 원료는 무연탄을 주장하고 냄새를 업새기 위하야 석회를 너헛습니다.

1930년대에 구멍탄이라 불리는 연탄이 생산되고 있었

다. 구공탄, 구혈탄으로 부르기도 했다. 일본에서 처음 만들어지기 시작해 국내에 들여온 것으로, 장작이나 짚에 비해 값이 싸서 땔감을 직접 구하기 어려운 도시의 가난한 서민들에게 요긴했다.

경향신문 1957.10.28.

요즘 월동용 19공탄을 한꺼번에 사들이는 가정이 적지 않다. 100개 이상이면 60환씩에 살 수 있다. 9척 4방짜리 "온돌"을 표준으로 하여 매일 평균 2개씩 때면 겨울을 춥지 않게 지낼 수 있으니 하루에 평균 120환씩을 연료비로 보면 된다. 다른 연료와 비교해 볼 때 역시 19공탄이 제일 싸게 먹힌다.

1959년 7월 22일 동아일보에 "5년 전 (석탄) 88만 톤을 캐고서도 팔지 못해 안달"했는데 "올해는 380만 톤을 캐고서도 수요가 부족하다"는 내용이 실렸다. 당시 한 해 소비하는 열량을 석탄으로 환산하면 1,500만 톤 분량이었다. 이 중 석탄이 차지하는 양을 제외한 1,120만 톤에 해당하는 열량을 나무와 짚, 건초가 담당했다. 하지만 산림은 한 해에 겨우 150만 톤이 늘어날 뿐이었다. 계산에 의하면 해마다 820만 톤의 열량만큼 생나무로 불을 때는 형편이었다.

연탄 소비량은 점차 늘어나 1965년을 기점으로 장작 등 초목 연료 소비량을 넘어섰다.[1] 엄마가 처음 연탄을 사용한 것도 이 무렵이었다. 엄마는 그때를 또렷이 기억하고 있었다.

"내가 잊지를 못해. 16살 때(1965년)부터야. 이사 간 집에 연탄아궁이가 있었지. 장작을 안 해와도 돼서 좋겠다 싶었는데 가스 냄새가 너무 심하게 나는 거야. 아침에 일어나다가 기절하기도 했어. 토한 것도 여러 번이고. 온 가족이 쓰러져 몇 번이나 죽을 뻔했지. 그래서 서너 달 살다가 결국은 다른 데로 이사를 갔어."

연탄가스는 골칫거리였다. 1930년대부터 연탄가스에 질식돼 숨졌다는 기사가 심심찮게 등장하다가 1960년대에 들어서면서부터 겨울철만 되면 사망 기사가 속출했다. 당시 난방은 연탄아궁이의 열기가 방바닥에 깔린 구들장 밑을 지나면서 방을 데우는 방식이었는데, 흙으로 바른 구들장이 깨지고 갈라진 곳이나 벽 틈으로 여러 가지 유해 물질과 일산화탄소가 새어 나오는 일이 많았다. 그래서

◇

1 한겨레신문 1995.1.12.

방이나 창고, 사무실에서 연탄을 피워놓고 잠을 자다가 사망하는 일도 잦았다. 1968년 한 해 서울에서만 350여 명이 연탄가스로 숨졌다. 그러나 1971년 대한예방의학회 학술대회 보고에 따르면, 사망자 수가 제대로 집계되지 않았을 가능성이 커 실제 사망자 수는 2배에 이를 것으로 추정했다.[2]

사망자가 속수무책으로 늘어가자 서울시는 이를 해결하기 위해 시민들의 지혜를 모으기로 했다. '가스제독제'를 발명한 사람에게 무려 상금 1,000만 원을 주겠다는 공고문을 낸 것이다.

동아일보 1968.11.15.

서울시는 연탄제조과정에서 유독가스를 완전 제독하는 연탄가스제독제 발명자에게 1천만 원의 상금을 내걸었다. 또한 아궁이개량, 가스제독제 살포 등으로 유독가스를 제거하는 방법을 제시하는 사람에겐 연구상금 2백만 원을 주기로 했다.

사상 최고의 현상금에 시민들은 술렁였다. 보름 만에

◊

2 조선일보 1971.10.16.

700여 건의 제안이 밀려들었다. 서울시에 직접 제안한 270여 명(우편 제외)의 직업은 연탄공장직공, 연탄배달원, 연탄장수 등 연탄 관련업 30%, 아궁이와 온돌, 굴뚝 정비공 15%, 무직 40% 등이었다.

경향신문 1968.12.2.

경북 문경군에서 한약방을 경영한다는 L모씨(49)는 음양오행설을 그럴 듯하게 설파, "연탄을 피울 때 가야산의 영약 ××초의 잎을 태우라. 나의 안이 채택되면 이 약초 이름을 공개, 중생을 연탄가스의 위험에서 구하겠다"는가 하면 "숯불을 피울 때 소금을 뿌리면 머리가 아프지 않아요. 연탄에 소금을 뿌리세요"란 국민학교 꼬마의 순진한 제안이 있고 "방안에 호롱불을 켜라" "고추를 태워라" "대추를 넣어라" "방안에 찬물그릇, 간장, 동치미그릇을 비치하라"는 등 (…) 밀가루 반죽을 뒤집어 씌운 듯한 하얀 연탄을 들고 와 즉석에서 실험을 요구하기도 (…)

결과는 어땠을까. 안타깝게도 "본심에 올라온 아이디어는 모두 8건, 모두가 공모의 의도와는 거리가 먼 것"이었다. 심지어 "몇 사람이 실험 중 목숨까지 잃은 것으로 전해지고 있다"고 했다.[3] 그렇게 기대와 관심을 모았던 공모

전은 당선자 없이 끝났다. 서울시는 1970년 현상금을 줄여 연탄가스 위해방지안을 한차례 더 공모했으나 이 역시 뚜렷한 해결책 없이 마무리되었다.

연탄가스중독 사망자는 계속 늘어 서울에서만 1973년 580명, 1975년 850여 명, 1976년에는 1,013명이 사망했다.[4] 연간 20여만 명의 서울 시민이 가스중독에 시달린다는 조사도 있었다.[5] 집계되지 못한 전국 곳곳의 사망자까지 짐작하면 연탄가스 사고는 재난이나 마찬가지였다.

잠을 자는 동안 사고를 많이 당한 이유는 수면 중에는 가스 냄새를 인지하고 이에 대처하기가 어렵기 때문이다. 또 때가 되면 갈아야 하는 연탄의 속성도 한몫했다. 아침까지 연탄불이 꺼지지 않게 유지하려면 잠을 자기 직전 새 연탄을 아궁이에 미리 넣어두어야 한다. 이때 연탄을 천천히 오래 타게 하려면 화력을 조절하는 '불구멍'을 작게 열어놔야 하는데, 그러면 산소 공급이 원활하지 않아 연탄에 제대로 불이 붙지 않으면서 일산화탄소가 다량 배

◊

3 동아일보 1969.5.6.

4 서울신문 2017.4.30.

5 경향신문 1977.2.22.

출될 수 있다. 연탄은 불이 붙기 시작할 때 가스가 가장 많이 나오기 때문이다.

연탄가스 중독은 일상적으로 일어났다. 물론 우리 집도 예외는 아니었다. 내가 기억하는 최초의 두통은 연탄가스로 인한 것이었다. 초등학교에 들어가기 전 어느 아침, 까무룩 눈을 뜨니 속이 몹시 매스껍고 머리가 아팠다. 생전 처음 겪는 고통에 정신이 없었다.

"머리 아프지? 이거 마셔, 얼른."

엄마가 내민 건 동치미 국물이었다.

연탄가스중독,
식초가 살린다?

연탄가스가 '죽음의 신'으로 불리며 국가적인 골칫거리가 된 무렵, 엄청난 뉴스가 모든 신문의 1면을 장식했다. 1977년 2월 22일 조선일보와 동아일보, 경향신문 등 주요 일간지에 '연탄가스 중독 식초 요법으로 완치'라는 기사가 일제히 실린 것이다.

동아일보 1977.2.22.

한양대 의대 생리학교수 이병희 박사, 연세대 화학과 교수 이길상 박사, 한국과학기술연구소 분석실 수석연구관 이원 박사 등 3명은 21일 오후 한양의료원에서 '일산화탄소 중독에 관한 연구'의 중간결과를 발표, 연탄 가스중독을 포함한 일산화탄소 중독 환자에게 빙초산(식초)을 솜에 묻혀 코에 대주어 호흡시키면 호흡이 완전히 끊어지지 않는 한 회복될 수 있다는 자가치료법을 밝혔다. (…) 연구팀은 2년 동안 토끼 등의 임상 실험을 거쳐 최근 한양의료원에 입원한 응급환자 13명과 치료를 받았으나 회복이 안 된 중환자 27명에게 이 방법을 쓴 결과 완전히 깨어났다고 말했다.

연구팀은 식초가 산소를 조직으로 옮겨주는 헤모글로빈을 증가시키고, 깊은 호흡을 할 수 있도록 한다고 추정했다. 같은 날 경향신문은 가정에서 연탄가스에 중독됐을 때 할 수 있는 '식초 요법'을 자세히 소개했다.

경향신문 1977.2.22.

일반 가정에서 연탄가스 중독 환자가 발생했을 때 식초요법은 어떻게 하는 것일까. 이병희 박사팀의 연구결과를 토대로 간추려보자. 우선 ▲환자가 약하게 호흡하는 것을 확인하고

▲숨을 쉬면 마루나 마당 등 환기가 잘 되는 곳으로 환자를 옮겨 눕히며 ▲빙초산(가정용 식초도 좋음)을 솜에 묻혀 환자의 코 가까이에 대어 1분간 호흡시킨다. ▲1분간 호흡시킨 후 3분간 쉬었다가 다시 1분간 호흡시키는 동작을 되풀이하면서 쉬는 시간을 5분으로 늘려 3~4회 계속한다.

어느 집에나 있는 흔해 빠진 식초가 죽음의 신을 몰아내는 기특한 치료제였다니 다들 얼마나 반가웠을까. 역시나 반응은 뜨거웠다. 곳곳에서 식초 요법으로 효과를 봤다는 제보가 속출했고, 한 연탄 제조회사는 이 연구팀에 성금 200만 원을 보냈다.

그런데 같은 해 6월 서울대학교에서 동물실험 결과 "식초 요법이 아무런 효과가 없고 오히려 회복 시간이 더디고 치료 시간을 늦춰 사망에 이를 위험이 더 크다"는 연구 결과를 내놨다. 이때부터 효과가 있다, 없다 하는 논쟁에 불이 붙었다. 하지만 팽팽히 맞서기만 할 뿐 확실한 결론은 나지 않았다. 연탄가스를 마셔 속이 메슥거릴 때 시큼한 동치미 국물을 마시면 속을 가라앉히는 데 도움이 된다는 속설도 이 무렵 등장했다.

논란 속에서도 기업들은 발 빠르게 움직여 식초 요법 기구를 만들어 판매하고, 1980년 11월엔 식초와 암모니아를 이용해 연탄가스를 예방하는 '가스킬러'라는 상품도 시장에 내놨다.

하지만 이후로도 사망자 수에는 큰 변화가 없었다. 사람들은 식초에 아무런 효과가 없음을 자연스레 알게 되었다. 1980년대 중반 이후 식초와 연탄가스 관련 기사는 신문에서 슬그머니 사라졌다. 하지만 바로 그 순간까지도 우리 엄마와 아빠를 비롯해 대다수의 어른들은 가스 냄새를 맡으면 동치미 국물을 마시고 먹였다. 한 번 잘못 번진 속설을 바로잡는 건 쉬운 일이 아니었다. 해결책이 없는 상황에서는 더욱 그랬다.

2015년 도시가스 보급률 64.6%

가스중독 사고는 연탄아궁이를 연탄보일러로 바꾸면서 자연스럽게 줄어들었다. 연탄아궁이를 사용하는 가구는 1983년 33%에서 1986년 17.4%로 떨어졌고, 대신 연탄보일러는 45.8%에서 63.4%로 크게 증가했다.[6] 이후 기름보일러와 가스보일러가 보급되면서 연탄을 갈고 재를 버리는 일에서 해방되는 가정이 늘어났다.

난방방식이 획기적으로 변한 건 도시가스(LNG)와 프로판가스(LPG)를 연료로 사용하기 시작하면서부터다. 우리나라에서 가장 먼저 도시가스를 사용한 곳은 서울 용산구의 외국인아파트였다. 1970년 10월 도시가스사업소를 발족하고 외국인아파트에 시험 공급을 시작했다.

조선일보 1975.11.16.

도시가스의 보급은 71년부터다. 이촌동 아파트단지부터 시작, 72년에는 여의도 일대, 73년엔 영등포구 목동에 남부 공장이 건립되면서 공급지역이 확대되어 현재는 서교, 아현, 영등포, 용산, 반포지구등 총 2만4천5백가구로 늘어났다.

일반 가정에서 도시가스(LNG)를 사용하게 된 건 한참 후의 일이다. 1987년부터 서울시 아파트 단지를 중심으로 도시가스가 공급되었고, 1989년 환경청은 대기오염 방지를 위해 서울시 신설 아파트 중 14평 이상은 액화 천연가스나 경유를 의무적으로 사용해야 한다는 방침을 발

◊

6 매일경제 1988.1.8.

표했다. 1991년엔 도시가스 보급이 도청소재지까지 확대되었다.

그러나 편리함 뒤에 치명적인 문제가 도사리고 있었다. 바로 가스폭발의 위험이다. 1970년대부터 아파트에서 종종 가스폭발 사고가 일어나 시민들의 불안감이 높아졌다.

경향신문 1978.10.18.

지난 16일 서울현대아파트에서 발생한 LP가스폭발사고는 5명의 목숨을 앗아간 신반포 주공아파트 폭발참사가 있은 지 불과 한달 남짓, 그것도 가스시설시공업자가 같은 업자였다는 사실에 아연해질 수밖에 없다. 박살이 난 현대아파트 71동 308호는 가족들이 모두 집을 비우고 있었기 때문에 다행히 목숨을 잃는 사태까지는 이르지 않았지만 신반포아파트폭발사고(9월 4일), 을지로2가 맥주홀폭발사고 등 (…)

대책을 마련해야 했다. 정부는 관련 법을 정비하고 감독과 점검을 강화하기로 했다. 가스 생산이나 판매 등에 쓰이는 각종 기기 및 용기의 신고제를 허가제로 바꾸고 안전 검사를 하지 않을 경우 벌칙 규정도 강화했다. 고압가스 보안협회를 가스안전공사로 개편해야 한다는 의견도 나왔다. 그러나 1980년대 들어서도 가스 사고는 이어졌다. 사고는 대부분 일반 가정 등 가스 사용 신고 대상에서 제외된 시설에서 벌어졌다.

당시엔 가스 공급자가 배달할 때 안전 여부를 점검하게 되어 있었다.[7] 1990년 들어서야 "가스 사용 시설에 대한 안전 점검을 반드시 실시한 뒤 적합 시설에 대해서만 가스를 공급할 수 있도록" 하고 부적합한 용기에 가스를 충전하거나 6개월마다 실시해야 하는 자체 검사를 하지 않을 경우 벌금과 사업 정지 처분 등 엄격한 행정제재를 하기로 하는 등 단속을 강화했다.[8]

한편 가스 점검의 책임을 주부들에게 돌리는 설문조사도 있었다. 알고도 지키지 않는다는 것이다.

동아일보 1992.12.28.

> 한국가스안전공사가 최근 전국 주요 도시의 주부 9백11명을 대상으로 실시한 「가스안전에 대한 국민의식조사」 결과 나타난 것으로 응답자의 거의 전부가 비눗물 등으로 이음새 부분

◇

7 동아일보 1989.8.12.

8 경향신문 1990.7.5.

의 가스누설 여부를 점검해야 한다는 사실을 알면서도 실제로 점검하는 주부는 열 명 중 한 명에 불과했다. (…) 88%의 주부들은 귀찮거나 필요치 않다고 생각해 점검을 안 한다고 응답했고 상당수는 깜박 잊었기 때문이라고 응답했다.

가사노동을 담당한다는 이유로 국가가 해야 할 가스 점검의 책임을 주부들에게 내맡기는 건 무책임하고 위험한 발상이다.

1990년대 중반까지 도시가스의 허가, 관리 감독, 안전 점검 등 관련 업무를 총괄하는 주체가 없었다. 그 와중에 1994년 아현동에서 도시가스 폭발사고[9]가, 이듬해인 1995년 대구지하철공사장 가스 폭발사고[10]가 발생해 도시가스에 대한 국민들의 불안은 더욱 커졌다. 두 사건을 계기로 정부는 도시가스업체가 배관 10km마다 안전 점검원을 두도록 하는 등의 법률을 제정하고 외부 공사에 의한 피해를 예방하기 위한 '종합 가스안전관리체계'를 도입

◇

9 1994년 12월 7일 14시 50분경 서울시 마포구 아현1동 606 도로공원 한국가스공사 아현 밸브스테이션 지하실에서 계량기 점검 시 전동 밸브 틈새로 다량 방출된 가스가 환기통 주변 모닥불 불씨에 점화되어 폭발한 사고이다. 이 사고로 사망 12명, 부상 101명 등의 인명피해와 건물 145동(전파 75, 부분 파손 70), 동산 431건, 영업 손실 47점, 차량 손실 92대 등의 물적 피해 및 이재민 210세대 555명 등을 초래하였다. (국가기록원 자료, 2006)

했다. 초중고교 사회과목에는 안전 의식을 강화하기 위한 내용을 반영하기로 했다.[11]

대도시를 중심으로 도시가스가 자리를 잡으며 2000년 전국 55.6%였던 도시가스 보급률은 2018년 84.3%로 늘어났다.

엄마에게 도시가스는 축복

어쨌든 웬만해선 난방을 하지 않는 엄마에게도 도시가스는 축복이다.

"땔거리 걱정 안 해도 되고 연탄불 안 갈아도 되니까 너무 편해. 방도 금방 따뜻해지고, 뜨거운 물도 잘 나오고,

◇

10 대구시 상인동 70번지 영남중고교 앞 네거리 지하철 1호선 제1~2구간 공사장에서 일어난 가스폭발 사건이다. 인근 대구백화점 상인점 신축 공사장에서 지반을 다지기 위한 천공작업 중 그 부근을 지나던 지름 100mm의 가스관을 파손해 이 가스관으로부터 새어 나온 가스가 하수관을 타고 지하철 공사장으로 흘러들어 괴었다가 폭발하였다. 천공작업을 하던 (주)표준개발은 가스관이 파손된 지 30여 분이 지난 뒤에야 도시가스 측에 신고하고, 신고를 받은 대구 도시가스 측도 신고 후 30여 분이 지난 뒤에야 사고 현장으로 통하는 가스 밸브를 잠그는 등 늑장 조처로 큰 피해를 초래했다. 폭발음과 함께 50여 m의 불기둥이 치솟았으며, 지하철 공사장 복공판 400여 m 구간이 내려앉아 차량 150대가 파손되고 주택, 건물 등 80여 채가 파괴되었다. 그리고 등교 중이던 학생 42명을 비롯하여 사망 101명, 부상 145명 등 246여 명의 사상자를 냈다. 피해액은 약 600여억 원으로 추정되었다. (두산백과)

11 동아일보 1995.5.30.

얼마나 좋아. 기름보다 값도 싸잖아. 옛날에 어떻게 살았나 싶어. 너는 상상도 못 할 거야."

나무하러 온 산을 헤매고, 때맞춰 연탄을 갈기 위해 새벽잠을 끊고, 연탄불에 씻을 물을 데워 바가지로 고무 대야에 퍼 나르던 엄마는 이제 버튼 하나만 누르면 방이 훈훈해지고 수도꼭지에서 뜨거운 물이 나오는 시대를 산다. 하지만 편안한 생활을 온전히 누리자니 몸에 익은 습관이 너무 질기다.

경향신문 1949.11.6.

벌써부터 남의 집에 높은 담정에 가즈란히 쌓아올린 장작을 바라볼 때 그것만을 부러워할 것이 아니라 나도 저만큼은 못해도 준비해야 되겠다는 결심으로 하루 석 단 때는 나무면 두 단만 땔 각오로 하루에 한 단씩은 여유를 두어야 될 것입니다. 매일 이런 각오로 주부가 노력한다면 이제부터 더 추워질 동안 상당한 저축이 될 것입니다.

국어사전에 '나무하다'라는 동사가 있다. 땔감으로 쓸 나무를 베거나 주워 모은다는 뜻이다. '도둑나무하다[12]' '먼산나무하다[13]' '삯나무하다[14]'란 말도 있다. 땔감에 대한 표현이 이토록 다양한 이유는 땔감을 마련하는 일이 그만큼 우리 삶에 밀착했기 때문이 아닐까.

'나무하다'란 말을 몇 번 중얼거려보았다. 벌거숭이산에서 솔가지를 긁어모으는 15살 여자아이가 보일 듯 말 듯 하다. 그 무겁고 버거웠던 짐 이제는 좀 내려놓으시고, 앞으로의 겨울은 부디 따뜻하게 지내시면 좋겠다.

◇

12 남의 산에서 주인 몰래 땔나무를 마련하다.

13 먼 산에 가서 땔나무를 마련하다.

14 삯을 받고 나무를 하여 주다.

비싸니까 그걸 또 본드로 붙여서 쓰고.
그래도 없는 것보다는 나았어.

일곱,

고무장갑

설거지를 하다 보니… 아, 이런! 검지 쪽이 축축하다. 며칠 전부터 물이 조금씩 스며든다 싶더니 구멍이 커졌나 보다. 다행히 내 싱크대 서랍엔 언제나 새 고무장갑이 몇 개씩 쌓여 있다. 전부 엄마가 가져다준 것이다. 언젠가 내가 구멍 난 장갑을 접착제로 때워 사용하는 걸 본 뒤부터 엄마는 종종 "싸게 팔더라"며 새것을 한아름씩 사다 주신다. 조그만 구멍 하나 때문에 고무장갑을 통째로 버리는 것이 아까워 나름 방법을 궁리해 본 것인데, 그것이 엄마에겐 궁색하게 보였나 보다. 고무장갑이 비싸거나 귀한 물건도 아니고, 하루 정도 안 써도 크게 문제 될 일 없으니 사 오지 마시라 여러 번 이야기했다. 그래도 엄마는 멈추지 않았다. 이제는 같은 일로 실랑이를 반복하기 싫은 마음과 엄마에겐 사다 주는 재미도 있겠거니 싶은 짐작 속에 그냥 넙죽 받아서 쓰고 있다.

새 장갑을 낄 때마다 떠오르는 일이 있다. 초등학교 시절, 잠을 자기 전이면 늘 언니, 동생과 부엌에서 양치질을 했다. 어느 날은 이를 닦다가 설거지통에 걸쳐져 있는 고무장갑을 보고 장난기가 발동했다. 평소 같았으면 제일 먼저 입을 헹구고 방으로 들어갔겠지만, 그날은 일부러 가장 늦게까지 칫솔을 붙잡고 있었다. 그리고 언니와 동생이 방으로 들어가자마자 설거지통의 고무장갑을 집어 들어 그 안을 물로 가득 채웠다.

다음 날 아침, 밥을 먹으며 엄마의 눈치를 살폈다. "누가 고무장갑에 물 넣었어!"라고 엄마가 호통을 치면 나는 당연히 모른 척 시치미를 뗄 작정이었다. 하지만 엄마는 여느 날처럼 우리 학교 갈 채비를 돕느라 바쁘게 움직일 뿐, 특별히 기분이 나쁘다거나 화가 난 것 같지 않았다. 그 뒤로도 몇 번 해봤지만 똑같았다. 반응이 없으니 재미도 없었다. 그래도 잊을 만하면 한 번씩 물을 부었다. 아마도 엄마의 관심을 받고 싶은 마음에서 나온 짓궂은 행동이었을 거다. 요즘 말로 '관심종자'. 그게 딱 나였다.

엄마는 그 바쁜 아침에 얼마나 귀찮고 짜증이 났을까? 새삼 미안한 생각이 들었다. 지금이라도 자진해서 사과하고 싶었다. 엄마에게 전화를 걸어 그때 나의 만행을 소상하게 밝혔다. 엄마가 놀라워하며 큰 소리로 깔깔 웃었다.

"아, 생각나. 어쩐지…. 내가 분명히 물 안 들어가게 잘 두었는데 자꾸 물이 들어가 있어서 이상하다, 이상하다 했지. 그냥 어쩌다 물이 들어간 줄 알았어. 누가 일부러 그랬을 거라고 상상이나 했겠니? 하여간 너는 참 짓궂었어."

우와, 우리 엄마 기억력 끝내준다. 어쩜 그렇게 사소한 걸 기억할 수 있지?

"그때만 해도 고무장갑이 소중해서 구멍 안 나게 쓰려고 늘 조심했거든. 사려면 다 돈이잖아. 많이 아끼고 살아서 그런지 살림에 대한 건 잘 안 잊히더라고."

얘기가 나온 김에, 고무장갑 이야기를 좀 더 들어보기로 했다. 엄마가 처음 고무장갑을 썼을 때부터.

"글쎄… 언제 나왔는지는 잘 모르겠어. 동네 사람들이 쓸 때도 나는 안 썼으니까. 결혼 후인 건 분명해."

엄마는 1973년, 24살에 결혼했다.

"그즈음에 한겨울에만 한 개씩 사다 쓴 것 같아. 그땐 지금처럼 질기지 않아서 잘 찢어졌어. 설거지나 빨래할 때만 낀 게 아니라, 옛날엔 채소 같은 거 다 우물 가서 씻었으니까 꼭 고무장갑을 꼈지. (설거지, 빨래 등 용도에 따라) 구분 안 하고 하나로 다 썼어. 오죽하면 부엌도 추우니까 고무장갑을 끼고 칼질을 했단 말이야. 그러면 잘못해서 장갑 끄트머리를 칼로 잘라먹는 거야. 장갑이 비싸니까 그걸 또 본드로 붙여서 쓰고. 그래도 없는 것보다는 나았어."

그럼 그전에는 한겨울에도 고무장갑 없이 설거지와 빨래를 했다는 건가? 찬물에 손을 담그고 몇 시간씩 일하는 상황을 구체적으로 떠올리니 내 손가락뼈가 다 시려왔다.

"손 시린 거야 뭐, 말도 못 하지. 손이 빨갛다 못해 새카맣게 트고 손바닥도 버석버석하게 다 일어나서 스타킹 같은 건 만지지도 못했어. 올이 다 나가버리잖아. (아이고… 크림이라도 바르지.) 크림? 그 많은 식구 옷 다 손빨래해야지, 설거지해야지, 밥해 먹여야지, 걸레질해야지, 온종일 손에서 물이 안 마르는데 크림을 언제 바르겠어. 자기 전에 바셀린이나 좀 바를까…."

'집안일은 장비빨'이란 말이 있다. 좋은 장비가 일의 능률을 높인다는 뜻이다. 좀 비싸더라도 고무장갑을 사용하면 일을 덜 고통스럽게 할 수 있었을 텐데.

"뭐, 돈도 넉넉하지 않았지만, 나를 위해서 돈을 쓴다는 게 참 어렵더라고. 그때 살림하는 사람은 다들 그랬을 거야. 지금도 그게 습관이 돼서 나한테 제일 인색한 것 같아. 잘 고쳐지질 않아."

고무장갑을 사는 게 왜 엄마를 위해 돈을 쓰는 거냐고, 고무장갑은 일할 때 쓰는 도구 아니냐고, 왜 엉뚱한 생각으로 스스로를 소중히 여기기 않았느냐고 엄마에게 괜히 목소리를 높일 뻔했다. 하지만 이미 지난 일. 화를 내면 뭐하나 하는 생각이 들어 간신히 참고 전화를 끊었다. 어쩌면 이런 사고방식은 엄마만의 것이 아닐 수도 있다. 찬찬히 이야기를 더 들어보고 당시 신문 기사도 살펴보면서, 엄마가 왜 이런 생각을 하게 됐는지 짚어보기로 했다.

김장철,
고무장갑 사용량 폭주

1950년대까지 고무장갑은 주로 전기 작업이나 의료용으로 사용했다. 1956년 10월 27일 동아일보에는 "빨래를 할 때와 같이 오랜 시간을 두고 물을 쓸 경우에는 연고를 바르고 통풍이 좋은 무명장갑을 끼고 그 위에 「고무」가 두꺼운 장갑을 끼면 (피부가 거칠어지는 것이) 완전히 예방이 될 수 있다"는 기사가 실렸다. 전쟁이 끝난 지 고작 3년이 지난 때임을 감안하면 고운 손을 가꾸기 위해 고무장갑을 구매할 수 있는 이들은 극소수에 불과했을 것이다.

1962년 12월 10일 경향신문에 처음으로 여성이 사용한 실용적인 고무장갑이 등장했다.

경향신문 1962.12.10.

며칠 전 김장하기 전날 손에 양념이 묻으면 쓰릴 거라고 (남편이) 고무장갑을 사갖고 들어온 날은 여간 기쁘지 않았다.

고무장갑을 산 이는 은행원인 남편이었다. 1960년대 들어서는 김장철에 고무장갑을 판매한다는 기사가 신문에 나오기 시작한다.

경향신문 1964.11.20.

거리에서 고무장갑을 팔기 시작했다. 김장철이 된 것이다.

다음 기사를 보면 고무장갑에 대해 좀 더 자세히 알 수 있다.

매일경제 1966.11.4.

고무장갑은 본래 병원에서 욋과용으로 사용되는 것이었으나 최근 5~6년 전부터 주부들의 김장용으로도 전용, 매년 김장철만 되면 주부들로부터 인기가 높다. 고무장갑은 김장할 때 주부들이 추위에 찬물과 고춧가루, 소금을 만지게 되어 손이 트는 것을 보호해 주며 또 맨손보다 위생적이기 때문에 매년 그 수요가 늘어나고 있다. 고무장갑을 만드는 곳은 현재 '삼원', '대웅', '아리랑' 등 3개 사이지만 요즈음 매일 1천여 개씩 생산하고 있다. 「메이커」의 대부분이 영세한 소규모 공장들로써 원료인 생고무와 「라텍스」 등을 시중에서 구입하여 생산하고 있다. 생산된 제품은 주로 행상 계통을 통하여 판매되고 있는데 앞으로 본격적인 김장철이 되면 야간작업을 해도 공급이 딸릴 정도로 인기가 높다.

당시 가정용 고무장갑은 모두 빨간색이었다. 고춧가루

양념 색이 배어도 얼룩덜룩한 티가 덜 나기 때문이다. 이 무렵의 기사와 광고에서 한 가지 공통점을 발견할 수 있다.

경향신문 '대한스폰지 화학공업주식회사의 광고' 1968.11.11

손 트는 계절입니다! 여성미의 상징인 주부들의 고운 손을 보호하십시오.

매일경제 1970.3.5.

매끼 설거지통에 손을 담그다 보면 뽀얗던 솜털도 없어지고 벌겋고 퍼런 일꾼손이 된다. 이런 손에다 아무리 매니큐어를 부지런히 바르고 고급 반지를 끼어 봐도 역시 보기 흉한 부엌데기 손은 어쩔 수 없을 것이다. 이를 감안하여 등장한 것이 고무장갑. 이 고무장갑을 끼고 매일 찬물에서 설거지나 빨래를 거듭해도 우리 손은 여전히 곱게 보존될 수 있다.

동아일보 1973.12.13.

일주일에 한두 번 정도 콜드크림이나 올리브기름으로 마사지해주고 잘 닦아낸 다음 크림을 발라 준다. 거친 손은 일할 때 고무장갑을 끼고 하고 잘 때는 면장갑을 끼고 자면 손의 살결이 한결 부드러워진다.

얼핏 읽으면 화장품이나 미용 도구 설명 같다. 종일 물일을 하느라 거칠어진 손을 '흉한 부엌데기 손' '일꾼 손'이라 말하는 것도 거북하지만, '이를 감안해 고무장갑이 등장했다'는 기사의 논조엔 동의하기가 어렵다. 왜 엄마가 고무장갑을 사는 데 선뜻 돈을 쓰지 못했는지 짐작이 갔다. 엄마에겐 손 시림과 살이 트는 고통을 덜기 위해 고무장갑이 필요했을 텐데 기사와 광고들은 '고운 손'을 앞세웠다. 만일 엄마가 스스로 고무장갑을 집어 든다면 제 손 가꾸려고 돈을 쓰는 사람이 되고 마는 것이다.

'아름다움'은 유독 여성에게 강요된 가치이기도 하지만, 한편으론 아름다움을 추구하는 것을 두고 사치와 허영이라며 비난하기도 한다. 이렇게 여성에게 가해지는 이중잣대는 엄마에게 내면화되어 고무장갑을 집어 들 수 없게 만들었을 것이다.

"나는 손이 시리니까 장갑을 꼈지. 손 곱게 하려고 쓰지는 않았어. 그건 부잣집 사람들 보라고 만든 광고 같은데? 처음엔 물일 할 때 썼고, 나중엔 김장할 때 쓰면 좋다고 하더라고. 고춧가루랑 마늘 같은 매운 양념 때문에 김장하고 나면 손톱 밑이 아주 매워. 그래서 꼭 꼈지."

사실 '고운 손'을 강조한 고무장갑 광고는 여성이 아닌, 남성을 향한 것이었을 가능성이 높다. 구매력 있는 자의 주머니를 노리는 것이 광고의 속성이니까. 남성들이 기획하고 제작했을 이 광고들은 소기의 목적을 달성했을까? 그러니까, 기사를 읽은 '남편들'은 아내의 '아름다운 손'을 위해 지갑을 열었을까? 엄마의 이야기에서 알 수 있듯, 고무장갑이 잘 팔리게 된 건 상품의 요긴함 때문이지 광고에 마음이 움직인 남성들 덕이 아니다. 고무장갑을 일단 사용해 본 사람이라면 이것이 얼마나 유용한 도구인지, 이것이 있고 없음이 얼마나 큰 차이인지 금방 알 수 있었다. 그렇게 서로의 고통과 노고를 알아본 여성들은 이 물건의 유용함을 입에서 입으로 퍼트려 상품의 판매를 촉진했을 거다. 아내의 거친 손이 흉하니 어서 고무장갑을 선물해 '여성미'를 지켜주라는 광고와 기사는 내용도 사실과 거리가 멀뿐더러 애당초 쓸모가 없었는지도 모른다.

"고무장갑에서 중금속" 발표 직후 대기업 시장 진출… 우연일까?

1970년대 고무장갑 사용이 조금씩 늘어나면서 헌 고무장갑 활용법도 속속 등장했다. 고무장갑을 잘라 "밴드로 활용"하라거나[1] "떨어진 고무장갑은 헌 고무장갑을 잘라 본드로 붙여 쓰고 왼쪽은 뒤집어 오른쪽으로 짝 맞추어 쓴다"[2]는 내용이다.

하지만 1973년 4월 20일 경향신문에 "물건을 담아주는 비닐봉지를 고무장갑 대용으로 재활용하라"는 기사가 실린 것을 보면 이때까지만 해도 고무장갑이 흔하게 사용되는 물건은 아니었던 듯하다.

실제로 당시 신문에 "꼭 필요한 물건만 산다는 생활신조 때문에 고무장갑은 번번이 외면당하고 마는" 한 독자의 사연이 실리기도 했다.

경향신문 1974.12.16.

날씨가 차가와지면서부터 시장가는 날이면 나는 벌써 몇 번째나 메모지 첫머리에 '고무장갑'을 적어 넣는다. 그러나 올겨울 김장을 담글 때도, 또 12월에 들어서도 아직 고무장갑을 사지 못했다. 김장을 담글 때는 손이 확확거려 고무장갑 생각이 간절했었다. 추운날 빨래를 할 때도 고무장갑 생각이 나곤 한다.

◇

1 매일경제 1973.10.22.
2 동아일보 1974.2.14.

(…) 나도 고무장갑 한번 사서 한해 겨울 내내 쓴다면야 왜 안 사고 궁상을 떨겠는가. 그러나 겨울 한철에 6~7켤레의 고무장갑을 사기엔 돈이 너무 많이 들고 맘먹고 한 켤레 사면 얼마 동안만 좋았다가 그만이니 차라리 처음부터 사지 않고 배겨나게 된 것이다.

이 주부는 남편 도시락에 넣을 장조림 고기를 사느라 그날도 결국 고무장갑을 못 사고 말았다. 당시 여성들이 타인, 특히 남성들을 챙기느라 정작 자신을 돌보지 못하는 경우를 종종 본다.

"나도 그랬어. 돈 벌어다 주는 게 제일 중요하다고 생각했어. 늬 아빠 위주로 물건도 사고, 아빠한테 다 맞춰 주는 거지. 내 몸 아끼는 건 그땐 중요하게 생각 안 했어. 내가 하는 일은 여자라면 누구나 당연히 해야 하는 걸로 알았거든. 장갑이야 뭐 있든 없든 형편에 맞추면 되는 거였고."

비용에 대한 부담과 심리적 저항감이 있을지언정, 고무장갑은 살림하는 이들에겐 정말 긴요한 물건이었다. 1970년대 후반, 많은 가정에서 고무장갑이 필수품으로 자리 잡았다. 바로 그 무렵, 기다렸다는 듯 일이 터졌다. 고무장갑에 중금속 등 유해 물질이 들어있다는 'YWCA 주부클럽'의 발표가 나온 것이다.

경향신문 1978.11.2.

> 대부분의 주부들이 즐겨 사용하고 있는 고무장갑. 중금속이 함유돼 있는 것으로 알려져 주부클럽 등에서 사용하지 말 것을 당부하고 있다.

주부들은 술렁였다. 언론은 주부클럽이 발표한 내용을 그대로 인용하며, 사용을 자제하라는 기사들을 쏟아냈다. 이에 고무장갑생산업자들이 신문 광고란에 해명서를 올렸다. "고무장갑 제조에 헌 타이어나 고무찌꺼기를 주원료로 사용하는 일은 도저히 있을 수 없는 일"이고 "사용하는 약품은 미국 식품위생공사(FDA)에서 승인한 것으로 인체에 해가 없으니 앞으로 계속 애용해"달라는 내용이었다.[3]

정부가 이와 관련해 어떤 조사를 했고, 어떤 조치를 취했는지 설명하는 기사는 찾을 수 없었다. 중금속 사건은 확실한 결론이 나지 않은 채 신문에서 유야무야 사라졌

◇

3 경향신문 1978.11.10.

다. 이로부터 두 달 후인 3월 17일 매일경제에 실린 기사가 예사롭지 않다. 당시 국내 굴지의 신발 회사였던 '삼화' '태화' '동양고무산업' 등 대기업이 고무장갑 분야에 진출했고, 80여 개 중소업체 중 절반인 40여 개 업체가 이미 도산했다는 내용이다. 중금속 사건 직후 대기업이 중소기업 업종이었던 고무장갑 시장에 진출한 것, 과연 우연일까?

매일경제 1979.3.17.

정부가 중소기업 고유업종을 선정, 대기업의 침투를 막고 동업자 간의 과당경쟁으로부터 우선 보호 · 육성키 위해 지난 10일 특화업종으로 지정한 고무장갑 제조업 분야에 국내 굴지의 신발메이커인 삼화 · 태화 · 동양고무산업 등이 참여, 생산시설을 확충하고 시장을 장악함으로써 기존 80여 중소업체들 중 40여 개 업체들이 이미 도산되었으며 나머지 업체들은 조업단축과 대기업의 하청생산에 의존하고 있는 실정이다.

한쪽 장갑 만들기,
그렇게 힘들었을까?

이후 고무장갑은 크기와 종류가 다양해지고 품질도 좋

아졌다. 관련 기사를 좀 더 찾아보다 한 가지 흥미로운 점을 발견했다. 1982년 2월에 이런 기사가 처음 실렸다.

경향신문 '고무장갑 한 짝도 팔았으면' 1982.2.11.

주부들이 겨울철에 애용하는 것 중에 고무장갑이 있다. 그런데 사용하다 보면 왼손이나 오른손 중에서 한 짝이 구멍이 나거나 찢어져 못 쓰는 경우가 있다. 이때는 할 수 없이 성한 한 짝을 놔두고 또 새것 한 켤레를 사서 쓰지 않으면 안 된다. 분명한 낭비다. 어린이들이 크레파스를 낱개로 사 쓰듯이 고무장갑도 한 짝씩 팔았으면 좋겠다.

이후 1990년대 초반까지 같은 내용의 건의가 반복해 다양한 신문에 등장했다. 그러나 고무장갑 생산업체는 묵묵부답. 드디어 14년 만인 1996년 6월 19일 경향신문에 한화유통에서 만든 한쪽짜리 장갑이 인기가 높다는 기사가 나왔다. 그런데 자세히 읽어보니 한화유통 자체 제작 상품이어서 전국 60여 개 매장, 특히 백화점 매장을 중심으로 판매한다는 내용이었다.

1998년 매일경제와 한겨레신문에 고무장갑을 한쪽씩 팔아야 한다는 기사가 다시 등장했고 1999년엔 "고무장갑 한쪽판매 환영, (그러나) 왼손잡이도 배려했으면"이라는 기사가 한겨레에 실렸다. 앞서 한화유통에서 만든 한쪽 장갑은 왼쪽은 없는 오른쪽 장갑뿐이었기 때문이다.

업체 입장에서 한쪽 고무장갑을 판매하는 게 아주 힘든 일이었든지, 아니면 한쪽 고무장갑을 판매하는 게 업체에 이득을 덜 주었든지, 아니면 한쪽 고무장갑을 요구하는 주부들의 목소리가 들리지 않았든지 뭔가 이유가 있었을 것이다. 결국 한쪽 장갑은 20세기가 끝날 때까지 대중의 손에 가닿지 못하고 2001년 마미손이 만든 "한쪽 고무장갑"에 바통을 넘겨주고 말았다.

비싼 것도, 귀한 것도 아닌데 왜 고무장갑에 집착해?

어느 소설가의 문학관에는 대하소설을 쓰는 동안 사용한 볼펜과 원고지가 탑처럼 쌓여 있다고 하는데, 엄마들이 평생 담근 김치와 사용한 고무장갑을 한눈에 쌓아놓으면 어떤 붉은 스펙터클이 나올지 상상해본다. (은유, 《다가오는 말들(2019)》, 어크로스)

기사를 훑어보고 나니 고무장갑을 사지 못했던 엄마의 입장이 조금 이해가 갔다. 엄마는 결혼 후 줄곧 가사노동을 전담했다. 고무장갑이 필요한 사람은 엄마뿐이었단 소리다. 그리고 주부들의 노동은 '아무 일 안 하는 것', 심지어 '집에서 노는 것'으로 여겨지곤 했다. 노동이 노동으로 여겨지지 않고 그 가치와 노고를 인정받지 못할 때 살림 도구는 가족 전체를 위한 것이기보다 그것을 사용하는 사람의 개인 물품으로 받아들여지기 쉽다. 특히 고무장갑 같은 새로운 물품이라면 유행을 타는 개인의 호사품으로 취급될 가능성이 크다.

엄마는 요즘 나오는 고무장갑이 예전보다 훨씬 튼튼하다며 높은 만족감을 보인다. 질이 좋아졌을 뿐만 아니라 안쪽에 기모를 덧댄 고무장갑, 손바닥의 실리콘 돌기로 수세미 없이 설거지를 할 수 있게 만든 장갑 등 기능성 고무장갑도 속속 출시되고 있다. 이제 고무장갑을 미용 용품이라 여기는 사람은 아무도 없다.

엄마는 여전히 고무장갑에 무한 애정을 보인다. 고무장갑을 도매가로 판매하는 가게에서 한 번에 20개씩 사서 절반을 내게 가져온다. 아무리 필요 없대도 소용이 없다.

그런데 도저히 알 수 없던 이런 엄마 행동의 이유를 글을 쓰는 동안 어렴풋이 깨달았다. 엄마의 무의식엔 꽁꽁 언 손으로 빨래를 하고 설거지를 하던 시린 고통과 고무장갑 하나 내 맘대로 돈 주고 살 수 없었던 무력감이 아주 크고 깊게 새겨져 있다. 엄마는 그걸 잊으려야 잊을 수가 없다. 그건 엄마의 짙은 추억이자 결코 딸에게 물려주고 싶지 않은 아픈 기억일 것이다. 그러나 나는 이 기억들을 그냥 흘려보내고 싶지 않다. 이 또한 내게는 잊지 않아야 할 소중하고 생생한 역사이기도 하니까.

밥솥은 무조건 커야 해.

여덟,

전기밥솥

20대 중반, 처음 독립을 준비할 때였다. 친구가 선물로 전기압력밥솥을 사주겠다며 5인용으로 할지, 10인용으로 할지 알려 달라고 했다. 나는 고민할 것도 없이 5인용이라고 답했다. 마침 엄마가 우리 통화를 옆에서 듣고 있었다.

"밥솥은 무조건 커야 해."

전화를 끊자마자 엄마가 속사포처럼 말했다. 손님이 왔을 때 밥솥이 작으면 밥을 2번 해야 하는 상황이 생길 수 있다는 것이다. 생각해 보니 그랬다. 밥을 2번 하면 먼저 해놓은 밥이 식어버릴 게 분명했다. 그건 우리 집에 온 손님에 대한 예의가 아니다.

"10인용으로 사달라고 해, 얼른."

친구에게 곧장 전화를 걸어 10인용으로 말을 바꿨다.

지금까지 우리 집에 손님이 10명 이상 온 날은 딱 한 번뿐이었다. 그날 밥솥 가득해놓은 밥이 반도 넘게 남아 난감했던 기억이 난다. 생선회와 보쌈, 닭강정 등 맛난 요리들 앞에 밥은 말 그대로 찬밥 신세였다. 지난 15년 동안 그 밥솥은 단 한 번도 제 역할을 한 적이 없었다.

게다가 그 밥솥은 너무 컸다. 작은 원룸 집에 10인용 밥솥이라니! 나는 밥을 안칠 때마다 작은 밥솥을 사지 않은 걸 후회했다. 엄마 말을 덮어 놓고 따른 게 패착이었다. 밥이 급하면 즉석밥이라도 데워 내놓으면 되는 것을. 무엇보다 지금은 밥이 귀한 시절이 아니다.

어릴 적, 엄마는 다섯 식구의 아침과 저녁상에 늘 따뜻한 밥을 올렸다. 어느덧 1인 가구로 홀몸 노인이 된 지금도 10인용 밥솥을 쓴다. 밥솥이 작으면 불안하기 때문이란다. 엄마에겐 다섯 식구의 살림을 도맡아 하던 그 시절의 계량법이 몸에 감각으로 밴 듯하다. 주로 혼자 밥을 먹는 나에게 '10인분'은 5일에서 일주일 동안 먹을 양인데, 여전히 다섯 식구 계량법으로 셈을 하는 엄마에겐 고작 밥상 2번 차리면 끝나는 양이다. 현실이 어떻든 큰 밥솥을 든든하게 여기는 엄마 심정도 이해가 간다.

◇◇◇

밥솥을 생각하니 떠오르는 장면들이 있다. 양은 냄비 바닥에서 축축한 누룽지를 떼어먹었던 일, 단 한 번이었지만 석유곤로에 올려놓은 밥이 타 좁은 부엌이 연기로 가득찼던 일. 언젠가 이런 적도 있었다. 초등학교 2학년 때, 언니가 학교에서 발표회를 한다고 해 엄마와 함께 갔다. 예상보다 행사가 길어졌는지 엄마는 나에게 "밥솥에 쌀 씻어 놓았으니, 얼른 집에 가서 전기밥솥의 000을 눌러라"라는 주문을 했다. 부리나케 달려가 밥솥 앞에 섰는데, 그 순간 엄마가 누르라고 한 것이 무엇인지 하나도 기억나지 않았다. 고민에 고민을 거듭하다 결국 누를 수 있는 건 모두 다 눌러버렸다. 다행히 취사 버튼과 냄비 뚜껑이 들썩이지 않게 고정하는 장치를 다 눌러, 그날 저녁밥을 무사히 먹을 수 있었다. 그때가 1985년, 나는 이 기억 덕분에 그 무렵 우리 집에서 밥은 전기밥솥이 담당했다는 걸 확신할 수 있다. 그리고 그 밥솥은 분명 예약 기능이 없었다. 만일 있었다면 매사에 철두철미하던 엄마는 외출 전 밥솥 예약을 해놓았을 테고, 그랬다면 나를 집으로 돌려보내는 일은 일어나지 않았을 테니까.

엄마에게 처음 전기밥솥을 사용했을 때가 기억나는지

물었다.

"냄비에 밥을 하면 끓어넘치는지 봐야 하고 시간 맞춰서 불을 줄여야 하잖아. 깜박하면 태울 수도 있고. 아주 신경이 쓰여. 근데 전기밥솥은 쌀 씻어서 앉혀만 놓으면 신경 안 써도 되고 또 보온까지 되니까 좋았지. 밥맛은 좀 덜해도 쓸 수밖에 없었어."

"밭에 나가 할 일이 많은데 게을러질 틈이라도 있겠어요"

우리나라에서 전기밥솥은 1965년 '금성'에서 처음 만들었다. 이듬해 1월 4일 동아일보엔 전기밥솥, 전기곤로, 시계, 전기냉장고가 산타와 함께 그려진 '금성전기기구' 광고가 실렸다. 주변에서 볼 수 없었던 국산 가전제품이 속속 등장하기 시작한 것이다. 그러나 이 중에서 전기밥솥은 생산을 지속하지 못했다.

매일경제 1969.12.4.

얼마 전 금성사에서 1대당 5천5백 원에 생산한 바 있으나 요즘은 생산이 중단됐고 시중에는 현재 일제 '히다찌' '내셔널'

'산요' 제품만이 등장되고 있다. 현재 살 수 있는 제품은 거의 4~5인분의 밥을 지을 수 있는 것들인데 가격은 역시 1만5천 원으로 균일. 사용법은 간단하여 '스위치'를 돌려 전기를 보내면 20분 내외에 밥이 되고 밥이 되는 시간과 동시에 전기가 꺼지게 돼 있어 위험도는 낮다. 분량에 따라 시간을 조정할 수 있어 적은 밥이나 많은 밥을 얼마던지 지을 수 있다. 수명은 보통 10년, 수시로 열판을 갈아 끼우면 된다.

1970년 대기업 사원의 월급이 2만 원, 대학 한 학기 등록금이 2만 5천 원가량이었으니 전기밥솥은 최소 중산층 월급의 절반을 줘야 살 수 있는 꽤 비싼 물건이었다.

상황이 이렇다 보니 서민을 울리는 '밥솥사기단'도 등장했다. 경기도 파주에 사는 윤 씨에게 "남자 외판원 2명이 나타나 전기밥솥 1개에 1만 8천 원, 보온밥통 1개에 2만 8천 원인데 두 가지를 모두 살 경우 2만 원에 주겠다고 꾀어 엄청나게 싼값으로 사는 것인 줄 알고 구입"했으나 알고 보니 사기였다는 내용이다. 밥솥을 만든 업체도 무허가였다는 걸 알고서 윤 씨는 그만 몸져눕기까지 했단다.

경향신문 1974.12.4.

경기도 파주군 탄현면 죽현리 윤옥순 씨(31)는 외판원에게서 전기밥솥과 보온밥통을 속아 사 며칠째 몸져 누워 있었다고 3일 한국부인회에 호소해왔다. 윤씨는 지난달 29일 남자 외판원 2명이 나타나 전기밥솥 1개에 1만8천 원, 보온밥통 1개에 2만8천 원인데 전기밥솥 1개와 보온밥통 2개를 모두 살 경우 2만 원에 주겠다고 꾀어 엄청나게 싼값으로 이들 상품을 사는 것인 줄 알고 이 전기밥솥 등을 구입했다는 것. 이들이 떠난 후 동네부인들에게 자랑삼아 이들 상품을 내보였더니 사기를 당했다며 그 외판원을 찾으라고 알려주더라는 것. 윤씨는 즉시 외판원이 사라진 쪽으로 달려가 이들을 찾았으나 윤씨를 본 이들은 그대로 도망쳐버렸다는 것.

1970년대 초부터 1990년대 초까지는 전자제품이나 책, 그릇 세트, 화장품 등 고가의 제품을 '외판원'이라 부르던 방문판매상을 통해 구입하는 일이 흔했다. 서민들의 순수한 물욕을 이용해 사기 행각을 벌이는 이들도 같은 시기에 집중 등장했다.

1976년 금성사에서 다시 전기밥솥을 생산하기 시작했다. 이듬해 농촌의 다섯 집 중 한 곳에서 전기밥솥을 사용한다는 기사가 실렸다. 1977년 7월 7일 경향신문엔 "단추 하나만 누르면 쌀이 적당히 익고 보온까지 되는 전기밥솥과 밥통은 농가 부엌에 있어서 취사 방법의 혁명적인 존재로 여겨진다"고 쓰여 있다. 이어 충남에 사는 한 주부는 "지난해 가을 집안 식구 모르게 쌀 다섯 말을 퍼주고 전기밥솥을 샀다가 시부모에게 발각돼 쫓겨날 뻔"했고, 어떤 이들은 "솥을 닦는다고 통째로 물속에 집어넣었다가 전기부품에까지 물이 들어가 써보지도 못한 채 버리기도 일쑤"라는 안타까운 사연들도 실렸다. 농가에서 전기밥솥을 반기는 이유는 밥 지을 때 사용하는 연료인 볏짚보다 전기세가 저렴했기 때문이기도 했다. 전기밥솥 사용으로 주부들이 게을러지는 거 아니냐는 주위의 의구심 어린 눈빛에, 한 촌부는 이런 똑 부러진 대답을 한다.

"밭에 나가 할 일이 많은데 게을러질 틈이라도 있겠어요."

'복부인'에 이어 '전기밥솥부인'?

저절로 밥이 되는 이 기특한 물건은 한편으론 잦은 고장으로 속을 썩이기도 했다. "전기밥솥 밥 타기 일쑤"[1] "고발-불량 전기밥솥"[2] "국산 전기밥솥 고발, 23%가 밥 탄다 불만"[3] "밥 지어지지 않는 전기밥솥"[4] "세 번 고친 전기밥솥 또 고장"[5] "전기밥솥 밥 타고 누렇게 변색"[6] 등 고장 기사가 끝도 없이 쏟아졌다. 특히 고장은 국산 전기밥솥에서 훨씬 많이 발생했다.

밥이 타면 식구들에게 제때 밥을 못 주게 될 뿐 아니라 아까운 쌀을 버려야 한다. 불량 밥솥은 이만저만한 고민이 아니었다. 당연히 더 좋은 밥솥이 필요했다. 이때 일본 조지루시사의 '코끼리표 전기밥솥'이 주부들 사이에서 꿈의 밥솥으로 불리며 인기를 끌었다. 코끼리표 밥솥은 밥이 타지 않을 뿐만 아니라 밥통에 밥을 넣은 지 3일이 지나도 군내가 나지 않는다고 했다. 하루만 지나도 누렇게 말라버리는 국산 밥통과는 비교조차 할 수 없었다. 그래서 1980년대 초반 일본에 다녀온 사람들 손엔 코끼리표 밥통이 한 개씩 들려있었다는 말이 돌 정도였다.

◇

1 동아일보 1975.3.11.
2 경향신문 1976.1.14.
3 동아일보 1983.2.19.
4 경향신문 1984.7.16.
5 경향신문 1985.3.18.
6 경향신문 1985.5.6.

1983년 2월, 사건이 터졌다. 전국주부교실 부산지부 회원 17명이 일본 여행을 다녀오면서 많은 양의 일본 상품을 사들여 왔다는 소식이 보도됐다. 그러자 온 나라가 떠들썩해졌다. 이들이 사 온 것은 전기밥솥과 밍크 목도리, 진공청소기, 카메라, 전기 약탕기 등 모두 690만 원 상당의 물품이었다. 이 일은 일본 아사히신문에 "한국 주부들이 시모노세키에서 일제 상품을 산더미같이 사 갔다"는 내용이 보도되면서 우리나라에 알려진 것이다.

매일경제신문엔 "복부인에 이어 이번엔 전기밥솥부인"이라며 "재교육시켜야겠다"는 글이 실렸다. 비난의 수위는 점차 높아져 이들의 명단을 공개해야 한다는 주장까지 나왔다. 이른바 '신상털이'를 하라는 요구였다.

적발된 이들도 할 말은 있었다. 그들은 "대부분의 해외여행자들이 갖고 오는 수준 이상의 물품을 갖고 오지 않았다"고 주장했다. 이 말은 사실이었다. 해외여행이 흔치 않고 국산 전자제품 성능이 시원찮던 시절, 해외에 나갔다 들어오는 이들은 남녀 불문하고 본인이 사용할 물건을 비롯해 친척과 이웃이 부탁한 다리미나 라디오, 텔레비전 등을 잔뜩 사들여 오는 일이 흔했다. 그중에서도 '일제' 전자제품은 세련된 디자인과 우수한 성능으로 단연코 인기가 많았다.

대한민국 사람이라면 누구나 아는 사실을 일본 언론이 덜컥 터트리니 당황한 사람들이 있었던 모양이다. 언론은 재빨리 태세를 정했다. 논란이 된 이들의 신분을 '부인'으로 특정하고 허영심과 잘못된 도덕심을 탓했다. 문제의 원인을 살피고 반성하기보다 소수의 약자 책임으로 돌려버린 것이다.

이 사건은 결국 여행회사 직원 2명을 외환관리법 위반 등 혐의로 구속하고 여행자 1명을 입건하는 것으로 마무리되었다. 이후 정부는 내국인 여행자의 휴대품 반입 규정을 대폭 강화했다. 일본산 전기밥솥은 아예 들여올 수 없었고, 세금을 내지 않고 반입할 수 있는 휴대품은 술 1병, 담배 10갑, 향수 1병, 이외에 해외 취득 가격 10만 원 이내의 물품 정도였다. 관세청이 정한 20여 가지 반입 금지 품목에는 컬러TV, 전자게임기, 무선전화기가 들어 있었다. 여행자용품으로 볼 수 없는 품목은 세관으로 넘긴다는 조항을 넣어 전기밥솥과 전축, 텔레비전 등은 하나만 가지고 오더라도 세금을 내도록 했다. 사건이 벌어진 직후인

1983년 4월 25일 경향신문엔 "국내 전기밥솥의 판매량 58% 증가"했다는 기사가 실렸다.

판매량만큼 품질도 나아졌다면 좋았겠지만 안타깝게도 그러지는 않은 것 같다. 이후로도 국산 전기밥솥에 대한 불만은 끊이지 않았다.

경향신문 1985.3.18.

김형석씨(서울 마포구창전동)는 수리비만 세 번 받고는 「고칠 수 없다」고 발뺌한 동교동 금성서비스센터를 지난 7일 주부교실에 고발. 김씨는 2년 전에 구입한 금성전기밥솥을 서비스센터에서 세 차례에 걸쳐 부속 교체비로 모두 9,500원을 주고 수리했으나 이날 또 고장이 났다는 것. 서비스센터에 4번째로 수리를 의뢰하자 「꼭맞는 부속이 없어 고칠 수가 없다」고 발뺌을 했다. 전에 3차례나 갈아넣은 부속은 전부 맞지도 않는 셈이다. 주부교실이 항의하자 금성사 본사측은 지난 8일 「온도퓨즈가 고장난 것일 뿐」이라 밝히고 김씨의 전기밥솥을 무상으로 고쳐 주었다.

하지만 완벽하지 않더라도 전기밥솥의 편리함을 포기할 순 없었다. 이렇게 전기밥솥 사용이 늘어가고 가정 필수품으로 자리 잡을 무렵 남성들 사이에선 옛 밥맛, 누룽지와 숭늉에 대한 그리움이 모락모락 피어올랐다.

조선일보 '이규태 코너-지옥의 꽃' 1983.3.4.

옛 어머니들은 같은 밥을 짓더라도 물의 분량, 솥 불의 강약으로 열두 가지 밥맛을 달리할 수 있었다던데, 전기밥솥이 밥맛에 스민 그 다양한 인간미를 앗아가 버렸다.

조선일보 '신한국인15-숭늉의 지혜' 1985.7.16.

숭늉이나 누룽지 맛을 모르는 사람들-이것이 바로 지금 우리가 이야기하고 있는 신한국인이다. 이제 도시에서 사는 10대들은 숭늉이나 누룽지란 말조차 모를 지경이 되었다. (…) 한국의 중동 취업자들 사이에 일제보다 국산 전기밥솥이 더 인기가 있었다는 익살맞은 이야기를 생각해보면 알 것이다. 불량한 국산 밥통일수록 밥이 잘 눌어, 눌은 밥이나 숭늉을 해먹을 수 있었기 때문이다. 그러나 이와는 반대로 숭늉과 누룽지 맛을 잃어버린 신한국인들에게는 일제 밥솥만이 행복의 우승컵처럼 보일 것이다.

위의 두 글은 시대의 지식인으로 오랫동안 칭송받아온, 지금도 이름만 대면 알만한 이들이 썼다. 취사도구도 시원

잖던 부엌에서 추우나 더우나 때맞춰 밥을 대령해야 했던 노고를 한 번이라도 진지하게 생각해 보았다면 쉽게 "열두 가지 밥맛" "숭늉"을 운운할 수 있었을지 의문이다. 이에 대한 엄마의 생각이 궁금했다.

"나도 그런 말 들은 적 있어. 누룽지 없어서 숭늉을 못 먹는다는 말. 동네 노인네들, 할아버지들이 그런 잔소리를 하더라고. 구수한 숭늉이 없으니 그냥 찬물 먹기가 싫다나 뭐라나. 숭늉 만들려면 연탄불이나 석유곤로에 밥을 눌려서 누룽지를 만들어야 하잖아. 연탄불에 밥할 때는 특히 더 힘들어. 연탄불이 확 올라왔을 때 밥하면 빨리 되고 좋은데, 그 시기를 밥 때마다 맞추기가 아주 어렵단 말이야. 그에 비하면 전기밥솥은 정말 편했지. 이런 것도 모르고 숭늉 타령할 땐 '직접 해 먹어라' 싶지."

1989년 2월에 "국산 전기밥솥 안전도 높아", 1990년 12월엔 "전기밥솥 품질 일제와 대등"이란 기사가 실렸다.[7] 어느덧 국내 전기밥솥의 품질도 안정기에 들어섰다.

◊

7　한겨레신문 1990.12.

IMF 딛고 일어선 '쿠쿠'
1년 만에 업계 1위

1980년대 중반엔 압력솥이 개발됐다. 사람들은 옛날 가마솥 밥맛이 돌아왔다며 압력솥을 반겼다. 게다가 밥하는 시간도 절반이나 단축돼 고가임에도 압력솥을 사용하는 이들이 늘었다. 1993년 8월 29일 한겨레신문 기사를 보면 서울 경기지역의 여성 5백 명에게 실시한 밥솥 사용 실태 조사에서 전기밥솥을 사용하는 가구가 62.3%, 압력밥솥이 32.7%, 일반 솥이나 냄비를 사용한다는 이가 5.1%를 차지하는 것으로 나왔다.

압력밥솥에 밀릴세라 전기밥솥도 점점 진화해갔다. 예약 기능이 더해졌고, 밥 이외에 죽이나 갈비찜 등 다른 요리를 할 수 있는 기능도 추가됐다. 1990년대 중반엔 드디어 전기압력밥솥이 출시되었다. 전기를 많이 먹는 단점에도 불구하고 전기압력밥솥 시장은 나날이 커졌다. 심지어 1997년 찾아온 IMF 외환위기도 밥솥 시장만큼은 비껴갔다. 어려워진 경제 사정으로 외식이 줄어든 대신 집에서 밥을 해 먹는 이들이 늘어났기 때문이다. 1998년 홈쇼핑에서 전기압력밥솥이 3개월 동안 1만 500개가 팔려 전체 상품 중 판매량 1위를 차지했다.[8]

그중에서도 '성광전자'의 활약은 단연코 눈에 띄었다. 성광전자는 자체 브랜드 없이 주문자생산방식으로 제품을 판매하던 기업이었다. IMF 여파로 납품 물량이 절반 수준으로 떨어지자 타개책으로 1994년부터 준비한 독자 상표 '쿠쿠(CUCKOO)'를 1998년 시장에 내놓았다. 세련된 디자인과 품질을 인정받아 1999년 한 해에만 무려 40만 대를 판매하며 시장점유율 35%를 달성, 출시 1년 만에 업계 판매량 1위를 차지했다. 지금도 쿠쿠전자의 전기압력밥솥은 밥솥 시장점유율 67%로 부동의 1위를 유지하고 있다.[9]

◇◇◇

"나도 다음에는 밥솥 작은 걸로 사야겠어."

12년 차 독거노인 엄마 입에서 반가운 소리가 나왔다.

"왜 그런 결정을 하셨어? 밥솥은 커야 한다면서요."

"너무 크고 무거워. 설거지해서 엎어 놓으면 건조대가 꽉 차. 그리고 나도 맛있는 밥 좀 먹으려고."

◇

8 경향신문 1998.5.2.

9 금융감독원 전자공시시스템 자료(2016년)

엄마는 한번에 잔뜩 밥을 해 냉장고에 넣어두었다가 조금씩 전자레인지에 데워 먹곤 했다.

"갓 한 밥이 맛있는 줄 몰라서 찬밥 먹은 줄 알아? 밥하는 게 징글징글해서 그랬지."

엄마는 일고여덟 살부터 식구들 밥을 하기 시작했다. 결혼 후엔 가난한 살림에 외식 한번 제대로 못 하고 다섯 식구의 삼시 세끼를 꼬박꼬박 차려냈다. 언니와 나, 동생이 차례로 독립한 뒤 아빠까지 돌아가시자 엄마는 밥을 챙길 이가 아무도 없다는 것이 무척 낯설었다고 한다. 하지만 허전함도 잠시, 드디어 지겨운 '밥 노동'에서 벗어났다는 해방감이 찾아왔다. 그리곤 최소한의 밥 노동만 하면서 10인용 밥솥과 함께 한 시절을 보낸 것이다.

맘껏 자유롭고 홀가분했으니 이제 다시 자신을 위해 따뜻하고 맛있는 밥을 해주고 싶다는 엄마. 엄마의 얘기를 듣고 미안함과 고마움에 눈물이 찔끔 날 뻔했다. 이제 엄마에게 10인용 밥솥은 가마솥처럼 구시대의 유물이 되려나 보다. 엄마도 밥솥도, 그동안 고생 많으셨소. 고맙소이다!

여름에는 밥이 제일 문제였어.
뚜껑을 덮어 놓으면 쉬고,
안 덮으면 파리가 들어가.

아홉, 냉장고

전날 끓인 미역국이 상해버렸다. 온종일 바깥에 있느라 미처 신경을 못 썼다. 냄비째 냉장고에 넣어두었더라면 좋았을 것을. 후회해 보지만 이미 늦었다. 어느새 여름이 성큼 다가온 것이다.

1980년대 우리 집에선 가을부터 봄까지 냉장고를 사용하지 않았다. 대신 부엌 찬장과 조그만 항아리에 반찬과 양념을 보관했다. 그러다 장마가 시작할 무렵, 날이 덥고 습해 슬슬 음식이 상하는 시기가 오면 엄마는 냉장고를 돌리기 시작했다. 아마 전기세를 아끼려는 생각이었을 것이다. 한여름 냉장고에서 물이라도 꺼낼라치면 "얼른 문 닫아, 전기세 나가"라는 엄마의 목소리가 내 뒤통수를 때리곤 했다. 지금도 집이나 편의점, 동네 마트, 그 어떤 냉장고 앞에서도 얼른 문을 닫아야 한다는 조바심이 앞선다. 그래서 살 물건을 결정하기 전엔 웬만해선 냉장고 문을 열지 않는다. 환경을 보호하는 좋은 일이지만, 내겐 강박처럼 느껴질 때가 있다. 잠깐의 틈도 주지 않고 냉장고 문을 단속해야 할 정도로 전기세가 많이 나왔을까?

"그럼. 정확히 기억은 안 나는데 냉장고 켜면 전기세가 많이 나왔어."

1976년 10월 29일 경향신문에 "냉장고 24시간 가동으로 한 달에 52kWh"이라는 내용이 나온다. 당시 가정용 냉장고의 용량은 130~250L였다. 요즘은 800L 넘는 냉장고의 한 달 전력 사용량도 30kWh를 넘지 않는 것이 많다. 용량 대비 8배 정도 전력을 덜 사용하게 된 셈이다. 텔레비전이나 오디오 등 다른 가전도 예전에는 지금보다 훨씬 많은 전력을 사용했으니 서민 살림에 가전제품의 전기요금은 분명 큰 부담이었을 거다.

"냉장고 없을 땐 여름에 어떻게 살았어?"

"그전에는 집에 뭘 많이 사놓지를 않았어. 대부분 농사짓거나 조그만 텃밭에다 뭐 길러 먹을 때니까, 채소는 먹을 만큼 텃밭에서 따왔지. 두부나 생선 같은 건 그날그날 장 봐서 해 먹고, 생선은 소금을 많이 쳐서 말렸어. 채소들은 소금물 끓여 부어서 장아찌를 담가 놓는 거지. 오이나 깻

잎, 마늘, 무 같은 거. 여름엔 김치를 한번에 많이 안 해. 조금 해서 항아리에 담아. 그 항아리를 물 담은 다라에 넣어서 부엌에 두는 거야. 부엌에는 해가 안 드니까 시원하잖아. 그러면 김치가 좀 덜 쉬지. 나중엔 눈이 감길 만큼 시어져도 그냥 먹고. 시어빠진 김치라도 먹는 게 어디야."

"확실히 불편한 게 많았겠네. 시원하게도 못 먹고."

"그럼. 여름에는 밥이 제일 문제였어. 아침에 한 밥을 점심까지 먹고, 저녁엔 새로 해 먹었거든. 근데 밥을 하면 뜨겁잖아. 뚜껑을 덮어 놓으면 쉬고, 안 덮으면 파리가 들어가. 그래서 집집마다 천장 나무 서까래에다가 끈을 묶어서 거기에 바구니를 공중에 매달아. 그 바구니에 밥을 퍼서 뚜껑을 덮어 놓는 거야. 그럼 파리도 안 들어가고 통풍이 되니까 밥이 상하지 않지. 그때는 쥐도 많았어. 음식을 해서 잘 덮어 놓지 않으면 쥐가 먹거나 물고 가져가 버리니까 찝찝하잖아. 항상 조심해야 해. 근데 냉장고는 뭐든 그냥 넣어 놓으면 되니까 그 점이 편하고 좋더라고."

동아일보 1960.6.23.

한여름 냉장고 없이 합리적인 식생활을 하자면 (…) 음식은 그때그때 모두 먹어버리는 것이 제일 좋겠으나 저녁식사 후 음식이 남았을 경우에는 상하지 않도록 불에 끓여서 바람이 잘 통하는 곳에 두고 쥐와 고양이를 조심한다. 그리고 다음 날 아침에는 다 먹어치워야 한다.

한국 최초의 전기냉장고

우리나라에 처음 전기냉장고가 소개된 건 1959년 제너럴 일렉트릭사의 제품이 수입되면서부터다. 당시 냉장고를 살 수 있는 가정은 극소수였을 뿐 아니라 전기를 자유롭게 이용할 수 있는 지역도 도시 일부에 불과했다.

1965년 LG의 전신인 금성사에서 한국 최초로 전기냉장고를 생산했다. 어른 가슴 높이도 안 되는 크기에 용량은 120L, 냉장과 냉동 일체형 제품이었다.[1] 금성 냉장고 출시 이후 냉장고는 수입허가 품목에서 삭제되었다. 국내 산업을 보호하려는 명목이었겠지만, 당시 국산 전자제품은 인기가 없었다. 값이 비싼 데다 외국 제품에 비해 기술이 한참 부족했기 때문이다. 대신 냉장고의 국내 수요를 메운 건 밀수품이었다.

◊

1 조선일보 1965.6.20.

매일경제 1967.4.28.

> 3년 전부터 금성사 제품이 나오기 시작한 후 냉장고의 외국 수입은 불표시품목으로 전환하여 수입이 거의 없는 형편이지만 수요자는 국산품보다 외산을 더 많이 찾고 있다. 미군 PX(피엑스) 등 암 「루트」를 타고 시중에 흘러나오는 RCA(대형문 2개)는 36만 원까지 호가하고 있으며 작은 것이 18만 원에 거래되고 있다.

국산 냉장고라도 없는 것보다는 훨씬 나았다. 백화점은 경품 1등 당첨 상품으로 금성 냉장고를 내걸었고, 금성에선 신문에 연일 냉장고 광고를 내보냈다. 연말 보너스 타는 시즌을 겨냥해 "67년의 마지막 보너스로 금성 전기냉장고를 장만할 생각은 없습니까?"[2]라는 문구로 소비 심리를 자극하는 한편 "하루 298원으로 살 수 있는 최신 금성 전기냉장고"[3]라는 문구로 고가의 냉장고를 저렴하게 느끼게 하는 착시효과를 노리기도 했다.

엄마는 처음 냉장고를 목격한 순간을 기억하고 있었다.

◇

2 경향신문 1967.12.11.

3 동아일보 1968.9.13.

"결혼하기 직전이었으니까 1972년이야. 네 아빠가 이모한테 인사드리자고 해서 갔는데, 아주 부잣집이었어. 너희 아빠가 '저게 냉장고'라고 말해 줘서 보니까 하얀 쌀통만 한 게 문이 하나 달렸더라고."

엄마는 이때까지만 해도 냉장고를 '굳이 사용하지는 않을 물건'이라 생각했다. 내가 핸드블렌더나 오븐을 구입하지 않는 것과 비슷한 느낌이었을까. 사용해 본 적이 없으니 그것의 유용함도, 없을 때의 불편함도 모르는 상태.

"그건 아니고, 먹고살기 힘드니까 쳐다볼 수가 없었지. 언제쯤 사야겠다, 하는 희망적인 상상을 못 한 거야. 써 본 사람들이 김치가 안 쉰다고 좋다고는 하는데, 나는 그보다 더 급한 게 많았으니까. 월세 내고 끼니 때우는 거."

앞다퉈 등장한 다양한 형태의 냉장고

금성사가 독점하던 냉장고 시장에 1972년 삼성전자를 비롯해 신일, 한일, 대한전선, 동남전기, 국제전기 등 5개 회사가 뛰어들면서 판매 경쟁에 불이 붙었다. 1973년 금성사는 냉장고 값을 인하했고, 같은 해 삼성은 국내 최초로 300L 용량의 대형 냉장고를 생산했다. 기업들은 신기술을 앞세워 '문 2개 달린 냉장고' '서리 없는 냉장고' '아이스포켓 냉장고' 등 해마다 신제품을 내놓았다.

경향신문 1975.8.1.

올여름 가전제품상가에 나타난 또 다른 추세는 지난해부터 불붙기 시작한 냉장고의 수요가 금년 들어 더욱 급증한 것은 물론 규격도 대형화해가고 있다는 것. 냉장고는 지난 73년까지 연간 5만 대 내외가 생산, 판매되었다. 그런데 74년 들어서는 무려 2.4배가 증가한 12만8천 대를 생산했고 금년 들어서만도 1월과 5월 사이에 (…) 8만1천5백23대를 생산했다는 것.

기업들이 냉장고 판매에 열을 올리는 동안에도 엄마에게 냉장고는 여전히 딴 세상일이었다.

"그럼 우리 집엔 냉장고가 어떻게 들어오게 된 거야?"
"돈이 좀 생기니까 살 생각이 들더라고."
"돈이 어디서 났는데?"
"네 아빠가 1981년에 쿠웨이트에 1년 동안 일하러 다녀왔잖아. 내가 그 월급을 다 모아놨거든. 근데 그때 우리가 동두천에 살았잖아? 거기 부대가 있어서 직업군인이 많았어. 어떤 여자 남편이 군인이었는데, 부대 피엑스(PX)에서 냉장고 사면 면세라서 싸다고 그러더라고. 피엑스 물건은 군인들만 살 수 있으니까 나는 그 사람이 대신 사주는 식으로 해서 샀지. 부대에서 실제로 얼마에 팔았는지는 모르지만, 시중보다는 확실히 쌌어. 근데 막상 사니까 냉장고에 뭐 넣을 게 별로 없는 거야. 그냥 더울 때 보리차 시원하게 마시는 거, 김치 안 쉬는 거, 반찬 해서 하루 이틀 넣어두는 거. 처음엔 그 정도였어. 나중에는 얼음 얼려서 오이냉국도 해 먹고 그랬고. 돈이 좀 있으니까 그런 것 살 생각도 하지, 없으면 꿈도 못 꾸지."

그런데 군인 남편을 둔 이웃만이 아니라 기업들은 진작부터 가전제품 소비를 부추기고 있었다. 그중 하나는 물건을 월부로 판매하는 할부 방식이었다.

동아일보 1977.5.17.

월부구입방식이 유행하고 있다. 서적이나 마춤양복 월부는 이미 생활화 하다시피 됐고 최근 몇 년 전부터는 가전제품 월부가 점차 확산되고 있다. 시중 가전제품 가게의 말로는 서울의 경우 냉장고 판매량 중 70%가, TV는 50%가 월부로 팔린다고 한다. (…)

이전까지는 서민의 일상에 목돈이 들어갈 일이 그리 많지 않았다. 그런데 텔레비전, 냉장고 등 값비싼 가전제품이 등장하면서 소비 생활에도 큰 변화가 생겼다. 도시 노동자가 된 이들에겐 다달이 급여가 나왔다. 기업들은 월급이라는 미래의 소득을 담보로 물건을 내주었다.

그런데 월부에는 가전제품 값만 포함된 것이 아니다. 앞의 기사에는 이런 내용이 이어진다.

앞 기사

그러나 월부는 편리한 반면 값이 비싸게 먹힌다. 상환기간에 대한 금리에다 수금 수수료, 돈을 떼일 경우에 대비한 위험 부담료까지 가산되기 때문이다. (…) 이 경우 소비자는 23만8천 원을 꾸어 쓰고 27만5천 원을 한햇동안에 갚는 것이나 다름없다. 하지만 돈을 만기까지 쓰는 것이 아니라 매달 얼마만 갚아 나가는 것이니까 갚는 돈에 대해서도 이자를 적용해야 한다. 이런 것을 감안해서 따지면 금리는 월 4.3%가 된다. 사채금리와 조금도 다를 것이 없다.

냉장고는 만들기가 무섭게 팔려나갔다. 1970년에 금성에서만 연간 1만 대씩 생산하던 것이, 1976년이 되자 국내 전체 냉장고 판매량이 한 해 20만 대를 넘어서게 되었다. 기업들은 계속해서 가전제품 공장을 지어나갔지만 생산이 수요를 따라가지 못했다. 다시 오기 힘든, 그야말로 '초고도 경제 성장기'였다.

경향신문 1981.6.10.

냉장고의 올해 성수기(6~8월) 판매량이 60만 대로 작년 동기의 45만 대보다 33% 증가할 것으로 전망 (…)

엄마가 '암루트'를 통해 산 첫 냉장고는 용량 200L '눈표 냉장고'로 냉장과 냉동칸이 분리되어 있었다. 당시 신문 광고에는 "월 소비전력을 55kWh에서 37kWh로 줄였습니다"라는 문구가 적혀 있다.[4]

"그럼 처음부터 여름에만 틀었어?"

"그렇지. 안 쓰던 거니까 꼭 필요할 때만 쓰자는 생각이었겠지. 동네 사람들 다 그랬어. 근데 살다 보니 겨울에도

◇

4 동아일보 1981.04.01.

그냥 쭉 쓰는 게 편하더라고. 익숙해진 거지. 세월에 맞춰서 살아온 거 같아."

냉장고는 점점 크기가 커지고 기능이 다양해졌다. 위쪽에 냉장실이, 아래쪽에 냉동실인 냉장고가 잠시 나오기도 했고, 필요에 따라 달리 사용할 수 있도록 냉동 칸을 냉장 칸으로 바꾸는 기능을 추가하기도 했다. 1982년 금성에서는 맨 아래 채소 칸을 분리한 '3도어 냉장고'를, 삼성은 냉장과 냉동을 스위치로 조절할 수 있는 신제품을 출시했다.

광고 경쟁도 치열했다. '최초' '유일'이란 말을 자주 사용했고, 신문 기사 형식으로 회사 제품을 홍보하는 교묘한 광고 기법도 등장했다. 급기야 냉장고 판매를 둘러싸고 상대방을 비방한 삼성전자와 대우전자는 공정거래위원회의 시정 명령을 받았다.

경향신문 1988.2.6.

공정거래위원회에 따르면 삼성전자의 경우 광고전단을 통해 자사 제품을「12가지로 바꿔 쓰는 삼성특선냉장고」로 과장 광고하는 한편「대우IC냉장고의 전환 기능은 딱 한 가지」「얼음 좀 빨리 얼리자고 식품이 모두 상해도 괜찮다니」(…) 등의 객

관적 근거 없는 허위과장 내용과 함께 대우전자를 비방해왔다는 것. 이에 맞서 대우전자도 (…) 「냉장고가 영하 40도까지 못 내려가면 식품영양학상 이미 냉장고가 아니다」 「영하 1도의 맛냉실은 대우IC냉장고가 최초입니다」 등의 허위과장 비방광고를 해왔다는 것.

업체 간 경쟁으로 냉장고 기술은 날로 발전했다. 1990년 공업진흥청은 국산 냉장고가 외국산 제품에 비해 전력 소비와 소음, 성에 제거 시 냉동실 온도 변화 측면 등에서 성능이 우수하고 가격은 절반 수준임을 발표했다.

한편 1990년대 중반, 수입산 대형 양문형 냉장고를 찾는 이들이 늘었다. 그러자 1997년 삼성전자에서 양쪽으로 문을 여닫는 방식의 670L 대형 냉장고를 출시했다. 그리고 '삼성' 대신 '지펠'이란 브랜드명을 내걸었다. 이에 1995년 LG로 회사명을 바꾼 금성사는 1998년 초대형 양문형 냉장고 '디오스'를 출시했다. 마침 1997년 말 외환위기로 경제 불황이 찾아와 수입산에 비해 저렴한 국내 브랜드를 찾는 이들이 많아졌다. 덕분에 지펠과 디오스는 선전하며 지금까지 브랜드를 유지하고 있다.

◇◇◇

엄마의 첫 번째 냉장고에는 여름철 보리차와 콩 국물, 오이냉국이 주로 들어 있었다. 물론 김치는 기본이다. 두 번째 냉장고엔 우리 삼 남매의 도시락 반찬 재료와 간식거리가 쉴 새 없이 드나들었다. 그다음 냉장고를 생각하니 뭔가 애잔하다. 다섯 식구의 먹거리가 가득했다가 네 식구, 세 식구를 지나 끝내 한 사람 몫의 먹거리만 남았던 그 양문형 냉장고를 엄마는 가장 오랫동안 사용했다. 그리고 일흔이 되어 오롯이 엄마 자신만을 위한 네 번째 냉장고를 만났다. 이 냉장고에 머무는 먹거리들이 오래도록 엄마를 건강하고 행복하게 해주기를.

어떻게 이걸로
기름 바를 생각을 했을까,
참 신기했어.

열,

김솔

집에서 걸어서 10분 거리에 큰 시장이 있다. 늘 사람으로 북적여 언제 가도 명절 대목 같은 분위기가 난다. 이 번잡한 시장을 한 바퀴 돌고 오는 것은 글 쓰고 강의하는 단조로운 일상 중 꽤 격동적인 행복이다. 그래서 나는 특별히 살 것이 없어도 자주 시장에 간다. 좌판을 살피다 보면 먹고 싶은 것, 필요했던 것이 속속 떠오른다. 2천 원짜리 뜨끈한 순두부 한 봉지, 뿌리를 뽀얗게 다듬어 놓은 달래, 수면 바지, 하다못해 호떡이라도 사 오게 된다.

또 한 가지, 구이김도 빠지지 않고 사놓는다. 세 봉지에 5천 원. 가격도 가볍다. 당장 먹을 만큼 잘라서 통에 담고 나머지는 냉동실에 넣어 둔다. 그런데 구이김을 살 때마다 마음이 든든하면서도 뭔가 미안한 감정이 올라오곤 한다. 도대체 이 감정의 정체는 무엇인가.

나는 김에 기름을 발라 구워본 적이 없다. 다만 초등학교에 다닐 때 엄마가 김 굽는 과정을 지켜본 적은 있다. 먼저 생김을 20장 정도 꺼낸다. 김 양면에 솔로 골고루 기름을 바르고 소금을 뿌린다. 이 작업이 끝나면 김을 한 장씩 석쇠에 올린다. 겨울엔 연탄불에, 여름엔 석유곤로에 김을 굽는다. 이때 석쇠를 불에 너무 가까이 가져가면 김이 타면서 푸른 연기가 위로 솟아오르고, 불에서 석쇠를 너무 멀리 두면 김이 제대로 구워지지 않아 바삭하고 고소한 맛이 덜하다. 기름과 소금의 양, 석쇠의 적절한 높이와 굽는 시간에 따라 김구이의 맛은 완전히 달라진다는 걸 나는 일찌감치 깨달았다.

가끔 석쇠의 기름에 불이 붙어 김이 타기도 한다. 그러면 엄마는 석쇠를 공중에 흔들어 불을 끈다. 김 가루가 부엌 바닥에 떨어지고 좁고 어두운 부엌은 김 굽는 연기로 가득 찬다. 빽빽한 눈에서 눈물이 난다. 석쇠를 잡은 손과 허리가 뻐근한지 엄마는 허리를 두드린다. 그러다 옆에서 지켜보고 있는 나와 눈이 마주친다.

"뭐 하러 연기 냄새 맡고 여기 앉아 있어? 나가서 놀아."

그래도 나는 움직이지 않는다. 엄마는 이제 곧, 잘 구워진 김을 몇 장씩 도마에 올려놓고 칼로 자를 것이다. 나는 안다. 엄마가 기름 묻은 손으로 그 김 몇 장을 내 입에 넣어주리라는걸. 방금 구운 김의 바삭하고 짭조름하고 불내 가득한 맛은 냉장고에서 이삼일 묵어 눅눅해진 김과는 천지 차이다. 바로 이 순간을 위해 그 연기 냄새를 다 맡고 눈을 껌뻑이며 꿋꿋하게 엄마 옆을 지키고 있었던 거다.

김을 입에 넣고 행복해하는 내 옆에서 엄마는 손을 씻고 김 가루가 떨어진 부뚜막 주변과 부엌 바닥을 빗자루로 쓸었다. 그리고 기름 묻은 석쇠와 도마, 칼까지 설거지하면 비로소 이 지루한 김구이 과정이 끝난다.

저녁 밥상에서 다시 마주한 구이김에선 이런 엄마의 작업 과정이 전혀 보이지 않았다. 김 굽는 과정을 아빠와 언니, 남동생이 안다면, 김이 밥상에 올라올 때마다 엄마의 수고에 고맙다고 말할 텐데. 묵묵히 아무렇지도 않게 김에 밥을 싸 먹는 식구들을 보면서 엄마가 좀 서운해하지 않을까 하는 생각을 했다. 그래서인지 나는 구이김을 집는 게 망설여졌다. 엄마가 노력한 결과물이 너무 쉽게 사라지는 것이 미안했다. 노동의 목격자로서, 나는 혼자 김을 아껴먹었다.

그 후로 30여 년이 훌쩍 지났다. 이제는 기계가 알아서 김을 굽는다. 구이김을 먹으며 더는 미안해할 필요가 없다.

"엄마는 그 많은 집안일을 하면서 김까지 구웠어?"

"뭐든 반찬이 있어야 하니까. 너희들이 좋아하기도 했고."

"자주 먹은 것 같진 않은데."

"값이 아주 싼 편도 아니었고, 네 말대로 김 굽는 데 시간이 오래 걸리잖아."

"엄마 어렸을 때도 김 구워 먹었어?"

"그럼, 외할머니가 해산물을 좋아하셨어. 자주는 아니었지만 그래도 김을 꽤 먹었지."

엄마는 10살이 되기 전부터 외할머니와 집안 살림을 함께했다. 김에 기름을 칠할 때 솔이 없어 마른 짚을 묶어 사용했는데, 짚이 억세 간혹 김이 찢어지기도 하고 이래저래 불편했던 모양이다. 그런데 어느 날 외할머니가 처음 보는 것으로 김에 기름을 바르고 있었다.

"저게 뭘까, 하고 한참을 봤는데 잘 모르겠더라고. 나중에 자세히 보니 북어 꼬리인 거야. 북어 꼬리로 하니까 기름이 골고루 잘 발라지고 부드럽고 기가 막히게 좋았지.

어떻게 이걸로 기름 바를 생각을 했을까, 참 신기했어."

김 굽는 '꿀팁' 북어 꼬리

1967년 1월 28일 동아일보 '살림의 아이디어'란에 전북 옥구군에 사는 김수련 씨의 글이 실렸다.

동아일보 1967.1.28

짚의 속대를 15~20센티미터쯤 잘라 손가락 두께만큼 잘 묶어서 발라보았더니 골고루 잘 발라져서 한결 맛이 좋았고 김이 찢어지는 일이 없어서 모양이 좋아졌다. 한 번 쓰고 버리지 말고 깨끗하게 잘 간수하여 여러 번 쓸 수 있도록 하면 더욱 좋다.

3년이 지나자 김 솔이 신상품으로 처음 등장했다.

매일경제 1970.1.10.

김솔은 가벼운 「플라스틱」제 둥근 통의 첨단부분에 솔을 달고 그 둥근 통에 김을 쟁이는 참기름 또는 콩기름을 넣게 되어 있는데 사용할 때는 뚜껑을 열고 꺼꾸로 들면 통과 솔 사이에 뚫린 구멍을 통해 기름이 새어 나와 솔을 적시게 되며 이것으로

쟁이면 된다.

둥근 통 뚜껑에 솔을 달고, 그 솔이 통 바깥인 위쪽으로 튀어나오게 만든 듯하다. 거꾸로 들면 통 속 기름이 솔로 흘러나오도록. 이어진 글엔 놀라운 내용이 담겨 있다.

앞 기사

종래 우리가 가정에서 김을 잴일 때 손으로 기름칠을 하거나 북어 꼬리를 잘라 사용하는 등 비위생적인 면을 완전히 커버하고 있다.

북어 꼬리로 김에 기름을 바르는 방법은 당시 살림하는 이들 사이에선 '꿀팁'이었을 거다. 엄마가 나고 자란 곳은 6.25전쟁이 일어난 줄도 몰랐을 만큼 아주 외진 곳이었다고 한다. 그럼에도 할머니는 이 방법을 알고 있었다. 인터넷이 없던 시절에도 생활의 지혜는 입에서 입으로 몸에서 몸으로 널리 전달되었던 게 틀림없다.

이어서 1월 15일 동아일보에도 "새로 나온 기름 바르기는 매우 편리한데 (…) 얇은 김은 손을 놀릴 때 물 칠하듯 하면 찢어지니 꾹꾹 찍는 요령으로 바른다"는 내용이 실렸다. 김이 찢어진다는 걸 봐서, 나는 이 김 솔이 굉장히 뻣뻣했을 것으로 추측한다. 초등학교 때 엄마가 사용하던 김 솔도 억세고 질이 썩 좋지 않았다. 몇 번 쓰지 않았는데도 솔이 한쪽으로 눕기 시작해 이내 솔의 탄력이 거의 사라져 기름이 잘 칠해지지 않았다. 가끔 플라스틱으로 된 솔 가닥이 쑥쑥 빠지기도 했다.

"예전엔 물건을 사면 값은 되게 비싼데 질이 나빴어. 요즘은 별게 다 나와 있고, 하나 사면 오래 쓰고. 예전하고 비할 수가 없지."

며느리 음식 솜씨 판가름하는 방법?

가뜩이나 손이 많이 가는 까다로운 작업에 도구까지 시원찮으니 김 한 번 굽는다는 게 보통 각오로 덤빌 수 있는 일이 아니었다. 그런데 이런 할 말을 잃게 만드는 기사가 실렸다.

동아일보 1975.11.21.

서울지방에서는 옛날에 새며느리를 보고 제일 먼저 김을 재우

게 하여 음식솜씨를 판가름해왔는데 확실히 일리가 있는 것이었다. 기름을 알맞게 골고루 바르는데 기름이 지나치게 많으면 오그라들고 모자라면 쉬 타게 된다.

김 굽는 실력으로 며느리를 평가한다니, 집안에서 며느리의 위상을 잘 보여주는 사례다. 평가하는 이는 시어머니를 비롯한 여성들이었을 것이다. 왜냐하면 남성들은 언제나 여성들 사이의 권력관계에 별 관심이 없기 때문이다. '여적여(여자의 적은 여자)'라는 말도 흔하다. 어찌 보면 맞는 말 같기도 하다. 나도 첫 직장에서 같이 일하는 여성 선배에게 괴롭힘을 당한 적이 있다. 그땐 서로 돕고 살아야 할 이들이 왜 서로 적처럼 구는 건지 궁금했다. 그러다 책에서 다음과 같은 문장을 읽고는 '아하'하는 깨달음을 얻었다.

"여성은 결혼을 통해 친족과 혈연관계 등 가까운 인간관계가 남성 중심으로 재배치된다. 또한 물리적 장소도 남성 중심으로 이동한다. 인간관계와 물리적 장소가 이처럼 남성 위주로 배치되는 구조 속에서 자연스럽게 여성은 힘의 고리가 끊어진다. 나름의 주도권을 발휘할 수 있는 세계가 바로 집안이기에 집안에서 각종 권력관계에 참여한다. 시어머니는 며느리를, 맏며느리는 손아래 동서들에게 권력을 행사한다. 이는 엄밀히 말하면 집안일의 주도권을 여성에게 주는 척하면서 남성들이 자행하는 책임 회피다. 이렇게 가부장 없는 가부장제는 시어머니와 시누이에게 주로 악당 역할을 맡긴다. (…) 가정에서의 위치와 별개로 자신의 일을 통해 사회적 지위를 가지는 남성들은 '시아버지 되기'에 상대적으로 관심이 덜할 수밖에 없다. 집안 문제를 여성이 담당하니까 당연히 '갈등'의 당사자는 여성의 얼굴로 나타난다. 이를 두고 흔히 "여성의 적은 여성이다"라고 혀를 끌끌 찬다." (이라영, 《정치적인 식탁(2019)》, 동녘)

시선을 집 밖으로 돌려 보면 직장에선 '여성들'을 한 묶음으로 대하는 분위기가 있다. 누군가 실수를 하거나 '여성성'에 어긋나는 행동을 하면 '여자들' 운운하며 싸잡아 비난하는 문화가 있(었)다. 그래서 욕먹지 않으려고 같은 여성끼리 서로의 행동과 감정까지 단속하는 것에 익숙하다. 또 승진이나 인사에서 여성에게 주어진 자리가 너무나 적다. 자원이 극단적으로 한정된 곳에선 서로를 적으로 여기기 얼마나 쉬워지는지. '여적여'라는 말, 함부로 쓸 말이 아니다.

구이김 시장에 너도나도 뛰어들어

기름 바르는 솔이 나온 지 10여 년 만에 '자동 김구이' 기계가 개발되어 특허를 얻었다.

매일경제 1982.8.13.

「자동김구이」는 김의 품질에 따라 참기름 배출량과 소금 배출량을 조절해주면 김이 한 장씩 참기름 배출 롤러와 소금 배출 롤러를 통과, 적당량의 소금과 참기름이 발라지게 된다. 이렇게 참기름과 소금이 발라진 김은 다시 전열판을 통과, 타지 않고 알맞게 구워지게 된다.

'자동 김구이'라 불린 이 기계는 일반 가정에서 사용할 수 있는 물건은 아니었다. 대신 이 무렵 구워 나온 조미김이 서서히 시장에 상품으로 등장하고 있었다.

매일경제 1988.8.17.

「구이김」「맛김」 등으로 불리는 가공김이 우리나라에 첫 선을 보인 것은 지난 1980년 6월경, 태조실업, 삼해김 등이 일본의 것을 모방, 우리나라 사람들의 기호에 맞게 만들어져 선보였는데 소비자들로부터 큰 인기를 끌면서 새로운 식품으로 자리

잡았다.

일본에서 기계를 수입해 사용해오던 중 국내에서도 김 굽는 기계가 만들어진 것이다. 보통 가정에서 사 온 반찬을 상에 올린다는 것이 정서적으로 편하게 받아들여지지 않던 때인 만큼 중소기업들이 판매처를 찾기란 그리 쉽지 않았을 터. 업체들은 구매력 있는 고객이 많이 찾는 백화점을 공략했다. 손이 많이 가는 김을 편하게 사 먹을 수 있다니, 경제적으로 여유가 있는 이들이 이를 마다할 이유가 없었다. 조미김이 크게 환영받으면서 여러 중소업체들이 생산에 참여해 1980년대 가공 김 시장 규모는 해마다 40% 이상 확대되었다.

하지만 얼마 안 가 많은 중소업체들이 도산을 맞았다. 1986년 동원산업, 오뚜기식품, 동방유량이, 1987년엔 미원과 사조산업 등 대기업들이 이 시장에 뛰어들었기 때문이다. 대기업들은 시설과 장비, 인력을 갖춰놓은 중소기업을 차례차례 인수해갔다. 삼해김, 진양구이김, 유신갯마을김, 안성돌고래김 등 다양한 중소기업체들이 각축을 벌이던 조미김 시장이 점점 대기업 쪽으로 기울더니 1987년엔 동방유량의 해표김(25.5%)과 동원양반김(17.6%)이 시장점

유율에서 나란히 1, 2위를 차지했다.[1]

이 시기 대기업들은 조미김만이 아니라 김치, 어묵, 오징어 가공 시장에도 손을 뻗쳤다. 이 업종들은 시장 규모가 작아 대기업이 그동안 외면해온 분야였다. 그런데 아파트가 늘어나고 소득이 늘어나는 등 생활 모습이 크게 변하면서 국내 수요와 일본 수출이 늘자 대기업들이 관심을 보이기 시작했다.

40여 개 구이김 생산업체들은 정부에 대기업의 신규 참여를 막아달라고 요청했지만, 정부는 구이김이 중소기업 고유업종으로 지정되지 않았다는 이유로 모두 허용하고 말았다. 결국 대기업은 1988년 가공 김 시장의 80%를 차지했다.

기계로 대체된 노동, 까맣게 잊히는 건 아쉬워

요즘엔 김 양식이 늘어나 김값이 많이 저렴해졌다. 조

◊

1 매일경제 1987.9.12.

미김을 생산하는 중소업체들도 많아졌다. 덕분에 구이김을 예전보다 훨씬 흔하게 먹는다. 편하다는 생각조차 할 수 없을 정도로 평범해졌다. 구이김을 앞에 놓고 구태여 번거로운 노동을 떠올리는 이들은 이제 구세대에서나 겨우 찾아볼 수 있겠다.

노동이 줄어들고 사라지는 것은 반길 일이다. 기쁘게 환영한다. 그러나 단 한번도 제대로 보상이나 인정을 받지 못한 노동이 기계로 대체되어, 마치 세상에 아예 없던 일처럼 까맣게 잊히는 것은 슬프다. 적어도 내 피와 살을 만들어 준, 자세히 보지 않아 없는 줄 알았던 누군가의 소중한 피와 땀을 나는 잊고 싶지 않다. 오늘도 나는 구이김을 마음속으로 아껴 먹는다.

써보니 불 조절이 돼서
되게 편했어.

열하나, 가스레인지

멀쩡하던 가스레인지에 갑자기 불이 붙지 않았다. 그러고 보니 며칠 전부터 가스레인지에서 희한한 소리가 났던 것 같다.

오래된 가스레인지를 싱크대 매립형인 쿡탑형으로 바꾼 뒤부터 가스레인지에서 가끔 '삐빅'하는 소리가 났다. 불을 오래 켜 놓아 프라이팬이 과하게 달궈졌을 때, 또는 냄비를 식탁에 옮긴 후 깜박하고 가스 불을 끄지 않았을 때 이 소리가 났다. 그리고 가스 불이 저절로 꺼졌다. 얼마나 기특하고 고마운지! 그런데 이번엔 소리가 조금 달랐다. '삐빅'이 1번이 아닌 연속 5번. 뭔가 다급하고 중대한 신호 같은데 여전히 불도 잘 붙고 평소와 다를 게 없었다. 사용에 별문제 없으니 좀 더 지켜보자며 손 놓고 있는 사이, 가스레인지가 멈춰버린 거다.

그제야 인터넷 검색을 해보았다. 누군가 블로그에 올린

글을 보니 린나이 가스쿡탑의 경우, 이 신호는 점화할 때 사용하는 배터리가 거의 다 닳았으니 교체하라는 뜻이란다. 나는 가스레인지 안에 배터리가 들어가 있는 줄 몰랐다. 블로그에 나온 대로 가스레인지를 들어 올렸더니 안쪽에 커다랗고 둥근 배터리 2개가 박혀 있었다. 당장 배터리를 사러 나가긴 귀찮고, 대신 귀차니즘을 한껏 발휘했다. 일단 국은 전자레인지에 데웠다. 두부는 에어프라이어에 구웠다. 이렇게 가스레인지 없이 그럭저럭 세 끼를 때웠다. 없으면 없는 대로 산다더니, 조금 답답하긴 해도 꽤 나쁘진 않았다.

내가 초등학생이었던 1980년대엔 집에서 연탄을 땠다. 연탄불로 방을 데우고 음식도 했다. 난방을 하지 않는 계절엔 '곤로'라고 부르던 석유풍로를 사용했다. 연탄도, 곤로도 없이 아궁이에 불을 때던 시절엔 한여름에 어떻게 음식을 해 먹었을까. 엄마를 또 호출했다.

"부엌문 바깥에 부뚜막[1]이 또 있었어. 그래서 음식을 해도 열기가 방 안으로 안 들어왔어."

◊

1 아궁이 위에 솥을 걸어 놓는 언저리. 흙과 돌을 섞어 쌓아 편평하게 만든다.

아, 그랬구나. 그런데 조리하는 곳이 부엌 바깥이면 많이 불편했을 것 같다.

"부엌이 넓은 집은 굴뚝만 밖으로 빼고 부뚜막을 부엌 한쪽에 따로 만들기도 했어. 그런데 어느 집이나 부엌이 좁으니까 밖에다 해놓는 집이 많았지."

"나무를 태워서 음식을 한 거야?"

"그럼. 장작으로 불을 지펴야지. 밥이 부르르 좀 끓을 정도로만 나무를 넣어. 너무 끓으면 밥물이 넘치잖아. 아침저녁으로 밥을 하니까 나무를 얼마나 넣어야 하는지 느낌으로 알거든. 밥이 끓으면 불이 없는 상태로 한 15분 그대로 둬. 그리고 솥이 약간 식었을 때 아궁이에 솔가루(솔잎이 땅에 떨어진 것)나 나뭇잎을 좀 넣고 다시 불을 때지. 그러면 솥이 뜨거워지면서 뜸이 드는 거야."

"여름에 더운데 아침저녁으로 밥을 했어?"

"그러게. (잠시 생각하다가) 아마 여름엔 밥이 잘 쉬니까 한 번에 밥을 많이 안 했던 것 같아. 아침에 한 밥을 점심까지 먹고 저녁엔 새로 해 먹었어. 겨울에는 또 밥이 얼잖아. 옛날 부엌은 여름엔 덥고 겨울엔 무지 추웠어. 그래서 그때그때 밥을 해 먹은 거지. 여름에 불 때서 밥하려면 얼마나 땀을 흘렸는지 몰라."

불과 사투를 벌인 여성들

동아일보 1937.11.13.

겨울이 되면 밝기 전에 부억에를 나갈 것이니 손으로 더듬(어)서라도 석냥을 찾도록 두어두고 아궁이에는 탄불이라도 남엇으면 모르거니와 불이 없거든 장작이나 나무를 너허 불을 사르기만 하면 되도록 준비를 해야 합니다. 밥해 먹은 아궁이에 장작을 너허두면 마르기도 하고 이튼날 밥도 쉽게 됩니다.

경향신문 1977.7.7.

삼복더위에 아궁이 앞에 쭈그리고 앉아 불을 지피느라 비지땀을 흘리던 아낙네의 딱한 모습, 끼니마다 밥이 설익을세라 뜸이 덜 들세라 온 신경과 정성을 다하던 그 모습이 변해간다.

식구가 많은 집에선 하루에도 밥을 몇 번씩 하고 농번기엔 새참까지 만드느라 여성들은 부엌에서 살다시피 했다고 한다. 여름엔 덥고, 겨울엔 추운 곳에서 매 끼니를 차리려니 고생이 말도 못 했을 것 같다.

"아궁이에 불을 땔 때마다 연기가 많이 나니까 눈도 잘 못 떠. 어느 날 네 외삼촌이 부엌문을 이렇게 열어보더니,

내가 앞이 안 보이는 부엌에서 밥하고 있으니까 '너 어디 가서 식모살이라도 해라. 이보담은 낫지 않겠냐.' 그러더라고. 그때가 14살이었어."

엄마는 식모로 가는 대신 친구의 친척이 운영하던 서울 빵집에서 일했다. 그곳에서 5년 동안 먹고 자며 돈을 벌어 모두 집으로 보냈다. 빵집이 어려워져 고향으로 돌아온 1968년, 부엌엔 연탄아궁이가 들어와 있었다. 1960년대 들어서는 곳곳에 연탄이 보급되기 시작해 더는 장작을 구하러 다니지 않아도 된 것이다. 그런데 연탄은 불이 빨리 붙지 않는 특징이 있었다. 엄마는 연탄에 적응하느라 무척 애를 썼다.

"처음 연탄불을 썼을 땐 너무 답답했어. 장작은 나뭇가지나 나뭇잎 넣으면 금방 활활 타거든. 불이 확 올라오면 음식 하기가 편한데, 새 연탄은 불이 붙는 데 한참 걸리니까 불 조절이 쉽지 않더라고."

이런 어려움은 어느 집이나 비슷했다. 1962년엔 이런 기사가 실렸다.

동아일보 1962.3.7.

아침에 부엌에 내려가서 아궁이를 열었을 때 불이 아물아물한 다면 얼마나 당황할 일인가. 애들과 남편을 시간 맞추어 보내야 하는데 그 불로는 도저히 밥을 해낼 자신은 없고 더구나 얹을 숯도 없을 때는 막막하다. 갈아 넣었다가 불꽃이 오른 다음에 하면야 그만이겠으나 그러자면 모두 애매하게 한끼를 걸러야 한다.

난감한 상황에서 필자가 제안한 방법은 다음과 같았다.

위 기사

가물가물한 연탄을 집어내고 다음 아래에 깔린 완전히 연소된 재도 끄집어낸다. 이 둘을 반대로 다시 아궁이에 넣는다. 즉 불 있는 것을 아래로, 싸늘한 재를 위로 가게 한다. 아궁이 밑은 모두 열고 한 3분가량 있으면 신기하게도 다 탄 연탄에서 푸른 불꽃이 오른다. 밥은 물론 두세 시간은 그냥 무엇이나 할 수 있다.

난방과 취사의 완벽한 분리

1960년대 석유풍로가 가정에 보급되기 시작했다. 석유풍로는 장작불처럼 연기가 많이 나지 않았고, 연탄처럼 화력이 강해지길 기다릴 필요가 없다. 연료통에 석유를 넣고 심지에 성냥불을 붙이면 곧바로 적절한 화력으로 음식을 조리할 수 있었다. 게다가 아궁이도 필요 없었다. 석유풍로는 난방과 취사를 완벽하게 분리한, 그야말로 혁신적인 물품이었다.

"곤로(석유풍로)를 나는 다른 집보다 좀 늦게 썼어. 너 낳고 썼으니까 1978년쯤 될 거야. 곤로가 값이 아주 비쌌거든. 곤로엔 석유를 넣어야 하는데 그것도 연탄보다 비쌌고. 근데 써보니 불 조절이 돼서 되게 편했어. 물론 여름엔 그거 하나로 국도 끓이고 반찬도 만들어야 하니까 시간이 오래 걸리긴 했지."

장작이 화재 사고를, 연탄이 연탄가스 사고를 많이 냈다면 석유풍로는 폭발 사고를 종종 일으켰다. "부엌에서 석유풍로로 밥 짓다 석유풍로가 과열되어 폭발, 불길이 옷에 인화되어 전신에 중화상"[2]을 입은 이가 병원에서 숨졌고, 1978년 2월엔 한 초등학생이 "석유풍로에 휘발유를 부어 넣고 불을 붙이다 풍로가 폭발"[3]해 불이 나 숨졌다. 1983년 서울YMCA 소비자고발센터의 조사에 따르면 "시판되는 석유풍로의 80% 이상이 상태가 불량하거나 사용하기가 불편"했다고 한다.

경향신문 1983.5.10.

> 대부분의 제품이 유량계의 표시가 불량하고 연소 때 일산화탄소의 비율이 기준치를 넘어서는 것으로 나타났다. 또 조사대상 풍로 가운데 반 이상이 소화시간이 기준치보다 길었고 연소 때에는 남비에 그을음 현상이 일어났다.

이 무렵 도시에서는 가스레인지가 고급 주방기기로 인기를 끌고 있었다. 가스레인지는 1970년대 초부터 일본, 미국, 이탈리아에서 수입한 것을 일부 가정에서 사용하다가 1974년 금성사에서 대량 생산을 시작하며 국내 제품도 보급되기 시작했다. 하지만 가스레인지 자체만으로 값이 비싸고 연료값도 만만치 않은 데다 가스 폭발에 대한 위험 때문에 사용하기를 주저하는 이가 많았다. 가스레인

◇

2 동아일보 1967.12.5.

3 경향신문 1978.2.9.

지가 대중화된 것은 1980년대였다.

"가스 폭발한다는 말이 많아서 무서워서 안 샀어. 근데 아주 깐깐하기로 소문난 동네 사람이 너무 편하고 좋다면서 나더러 얼른 사라는 거야. 동네에서 가스레인지 없는 집이 없을 때였어. 그래서 나도 1988년에 가스레인지를 딱 들여놨는데, 세상에, 그렇게 좋을 수가 없어. 불을 켰는데 아무 냄새가 안 나는 거야. 연탄은 가스 냄새, 곤로는 석유 냄새가 나잖아. 근데 그것만 좋은 게 아니야. 연탄이든 곤로든 냄비를 올려놓으면 불 닿는 밑바닥이 새카맣게 그을음이 엄청 묻어. 그거 닦느라 되게 힘들었거든. 근데 가스레인지는 그 그을음이 안 생기는 거야. 음식도 2가지를 동시에 할 수 있잖아. 요리하는 시간, 설거지 시간이 반은 줄어든 것 같더라고."

국내 최초의 보험상품제도 이끈 가스레인지

당시 가스 폭발 사고는 막연한 상상이 아닌, 도심 곳곳에서 종종 일어나는 심각한 사건이었다. 1975년 서울의 한 아파트에서 방에 바퀴벌레약을 방에 뿌렸다가 도시가스가 폭발한 사건이 발생했다.

경향신문 1975.9.25.

서울시 도시가스 사업소가 폭발원인을 조사한 결과 가스 밸브 및 가스차단장치인 코크가 열려 있었고, 조양이 살충제를 뿌릴 때 부주의로 가스레인지를 건드려 레인지에 연결된 고무호스가 빠져 가스가 새어 나왔으며, 가스레인지의 한쪽 자동점화장치마저 고장나 꺼지지 않은 불꽃이 새어나온 가스에 인화돼 폭발한 것으로 밝혀졌으며 부엌에 뿌린 살충제로 인화성이 강해 폭발원인의 하나로 보았다.

이 사고로 주민 5명이 유리 파편을 맞아 경상을 입고 폭발 소리에 놀란 주민들이 뛰쳐나왔다. 다행히 큰 화재나 사망사고로 이어지진 않았지만, 비슷한 사고는 해마다 계속 일어났다. 대부분 가스가 새어 나와 불이 붙은 사고였다. 가스레인지 앞에서 조리하던 이들은 중경상을 입는 경우가 많았다. 지금은 상상할 수 없지만, 가스레인지에 연결된 고무호스가 빠지는 일도 있었다. 가스레인지를 허술하게 만든 제조업체와 관리를 제대로 하지 않은 도시가스 사업소의 책임이 큼에도 불구하고 피해자의 대부분인 주부들은 아무런 보상을 받지 못했다. 이에 소비자들의 항의와 불안이 이어지자 1979년 린나이 코리아에서 가스레인지를 보험상품으로 화재보험에 가입했다. 국내 최초의 보험상품제도가 마련된 것이다.

가스레인지에서 시작한 '생산물 배상책임보험제도'는 점차 전기장판, 가스버너, 구명대, 전화기, 자전거, 선글라스 등으로 확대되었다. 하지만 보험료가 비싸고 미가입 시 과태료가 적어 1990년대 중반까지도 이 제도는 제대로 정착하지 않았다.

경향신문 1994.11.14.

그러나 우리나라는 아직도 배상책임보험에 대한 인식 부족과 사업 규모의 영세성으로 인해 보험 가입이 매우 저조한 실정이다. 대형사고의 위험이 커 가입을 의무화하고 있는 가스사고 배상책임보험조차도 법적 제재 수단이 미약하여 67%의 낮은 가입률을 보이고 있다.

매일경제 1994.10.29.

보험 미가입시 가스사고배상책임보험은 1백만 원의 과태료를, 체육시설배상책임보험은 50만 원 이하의 과태료 및 6개월 이내의 영업정지 처분을 부가하는 등 법적 제재수단이 미약한 것도 한 요인으로 지적되고 있다.

사고의 위험이 있다 해도 가스레인지는 기존의 어떤 취사도구보다 압도적으로 편리했다. 가스레인지를 사용하는 집은 점점 많아졌고 제품의 안정성도 점차 높아졌다. 1987년 가스레인지 보급률은 농촌 42%, 1988년 도시 가정 80~90%로 치솟았다. 1980년대 말에 이르러서는 거의 대부분 가정의 주방에 완전히 자리 잡았다.

이후 가스레인지 생산 업체들은 가스레인지에 그릴을 장착하거나 화구를 3개로 늘리는 등 고급화, 다양화 전략을 내세웠다. 1990년대에 전기레인지와 자기력을 응용한 인덕션이 소개되었으나 별 반응을 얻지는 못했다. 그러다 2010년대에 들어 가스레인지에서 조리 시 유해 성분이 많이 나온다는 뉴스가 빈번하게 나오고, 미세먼지로 환기가 어려운 날이 늘어나면서, 인덕션이 가스레인지를 대체할 취사도구로 큰 인기를 끌게 되었다.

"80년대에 연탄가스로 인한 일산화탄소 중독 환자는 여성이 남성의 거의 두 배였는데, 이는 결코 여성의 가사노동과 무관하지 않을 것이다. 요즘도 마찬가지다. 요리할 때

나오는 각종 연기가 폐암을 유발한다는 보고서가 얼마 전에도 나왔지만, 집에서 요리하다가 폐암에 걸려도 이는 산재도 아니고 직업병도 아니다. '엄마'라는 이름은 유령 노동자니까." (이라영, 《정치적인 식탁(2019)》, 동녘)

다른 이의 삼시 세끼를 차리는 노동은 노동일까 아닐까? 이 질문에 어떤 대답도 내놓지 않는 사회에서 아궁이가 석유풍로로, 가스레인지로, 인덕션으로 대체된다는 건 어떤 의미일까. 가사노동으로부터의 해방도, 의미 있는 경력도, 4대 보험이나 노후보장도, 그 무엇도 아니라는 게 섬뜩하다. 똑같이 초졸 학력을 가진 아빠가 공장 노동을 하며 급여를 받고 기능공에서 공장장이 되어 사회적 관계와 경력, 지위를 쌓는 동안 엄마는 '부엌데기' '주부' '집안일하는 사람' 심지어 '노는 사람'으로 불렸을 뿐이다. 돈을 벌어오는 아빠는 집에서 늘 당당했고 목소리도 컸다. 집밖 남성의 노동에만 돈과 권력을 몰아주는 가부장 시스템이 쥐여 준 힘이었다.

주눅 들어 살 이유 없었던 엄마가 어떻게 하면 당당하게 살 수 있었을까. '만약에'라는 건 없다지만, 그래도 엄마에게 질문을 던져보았다.

"엄마. 만일 아빠 월급에 '주부 수당'이 있었다면 어땠을 것 같아? 금액은 월급의 절반쯤 되고 말이야."

엄마는 어리둥절한 듯했다. 엄마가 집 안팎의 많은 일을 해결했기 때문에 아빠는 회사만 다닐 수 있었던 거라고, 그래서 아빠의 월급엔 원래 한 가족의 몫이 포함되어 있었던 거라는 이야길 찬찬히 했다. '주부 수당'은 하나의 예일 뿐, 가사노동, 돌봄노동, 양육노동에도 응당 가치와 보상이 매겨져야 한다는 것도. 엄마는 내 말에 공감한다며 이렇게 말했다.

"돈을 준다는 건 인정을 해준다는 거잖아. '아, 나도 돈을 받는다' '돈 안 주면 나도 집안일 안 해', 이런 생각하지 않았을까? 나 자신이 당당했을 거 같아. 그때 남자들이 여자들한테 '집구석에서 뭐 하는 거냐'는 소리 많이 했는데, 그런 말 들으면 얼마나 기가 차고 열받는지 몰라. 집안일은 죽겠다고 해놔도 표가 안 나고, 안 해야 표가 나잖아. 만날 해놓고도 허무하고 그랬는데, 돈이 나오면 (집안일도) 대가가 있다, 존중받는 일이다, 이런 생각을 했을 거 같아."

나는 한발 더 나아가 이렇게 물었다.

“만일 주부 수당이 엄마 통장으로 바로 들어왔다면?”

“그럼 최고지! 열심히 돈을 모았을 거야!”

그저 상상해 보는 것만으로도 엄마는 신이 난 듯했다. 레고를 조립해나가듯 엄마와 나 사이에 둘만 아는 새로운 세계가 조금씩 만들어지는 것 같았다. 보일 듯 말 듯, 아직은 알 수 없는 세계가 머지않은 미래에 디즈니랜드처럼 현실에 우뚝 서는 날이 오길 바라며.

늘 해 먹어 버릇해서
사 먹는 건 영 익숙지 않아.

열둘, 김치냉장고

엄마는 혼자 살면서 해마다 김장을 한다. 나는 그중 딱 한 포기를 얻어먹는다. 사실 진작부터 엄마에게 '김치 독립'을 선언하고 김치는 사서 먹는 걸 원칙으로 하고 있었는데, 김장을 맛보길 바라는 엄마의 마음을 똑 잘라내자니 야박한가 싶은 거다. 그래서 한 포기로 타협을 했다.

그 한 포기 외에 엄마 김치는 가져가는 사람도 없고, 엄마네 집이 늘 손님으로 들끓지도 않는다. 이제 한겨울에도 웬만한 채소는 다 살 수 있고, 엄마 혼자 김치를 그리 많이 먹지도 않는다. 그래서 엄마는 봄만 되면 늘 묵은지 처리에 신경을 쓴다. 나한테 가져가서 지져 먹어라, 볶아 먹어라, 전화를 한다. 어느 해에는 묵은지가 상할까 봐 냉동실에 얼리기까지 했다는 말을 듣고는 기함을 했다.

"엄마, 그냥 조금씩 사 먹으면 안 돼? 왜 그렇게 김장을 꼭 하려고 해?"

"김장철에 나오는 배추가 제일 맛있거든. 봄배추는 물이 많아서 김치를 하면 물러."

"김치 회사들도 다들 겨울 배추로 김치를 만들지 않을까? 그때가 배춧값이 제일 저렴할 테니까."

"그러게. 파는 김치도 맛있긴 하더라. 근데 어렸을 때부터 늘 해 먹어 버릇해서 사 먹는 건 영 익숙지 않아."

예전엔 김장을 얼마나, 어떻게 한 건지 이야기를 들어보기로 했다.

"어렸을 땐 집집마다 요즘처럼 수도가 없으니까 쓸 물이 없잖아. 배추를 씻고 절이는 게 큰일이었어. 지게나 리어카에다 배추를 싣고 마을 공동 우물에 가서 씻어 오는 거야. 배추김치는 보통 300포기 넘게 했어. 농사지은 거라서 지금처럼 배추가 크지 않고 자잘해. 총각김치도 큰 항아리로 가득 차게 하고, 동치미도 잔뜩 담가. 김장독은 어른 두셋은 들어갈 만큼 크지. 엄청 커. 집마다 마당에 그런 큰 항아리 예닐곱 개는 묻었어. 어떤 집은 10개도 묻어. 겨우내 거의 김치하고만 밥을 먹으니까 봄에 채소 나올 때까지는 그래야 해."

"우와, 엄청난 스케일이네!"

"더 들어봐. 김장하기 전에 할 일이 또 무지 많아. 고추도 말려서 다 고춧가루 빻아놔야지, 젓갈도 집에서 담가서 썼어. 봄에 멸치랑 박대 같은 거 사서 소금에 절여 놨다가 그걸 김장할 무렵에 가마솥에다 넣어 달여서 창호지 두세 겹 깔고 바구니에다 액젓을 내려. 말갛게 국물만 내린 걸로 김장을 하는 거야. 달이지 않고 하는 집도 있는데 그러면 김치 색깔이 시커메. 김장만 하는 게 아니야. 무청은 소금에 절여서 항아리에 담고 배추 겉잎은 말려서 삶아. 나중에 꺼내서 된장찌개도 해 먹고 볶아 먹기도 하고. 배추 잎사귀 하나 그냥 허투루 버리질 않았어."

김치도
훔치던 시절이었다

옛날에 김장은 먹고살기 위해 어느 집이든 필수로 해야 하는 일이었다.

동아일보 1931.11.10.

남에게 구청하는 것 중에 김치나 장을 달라는 것이 창피한 것 중에 제일 창피한 것입니다. 구청을 하야 그 사람이 잘 보낸다 하드라도 퍼내여 보내는 것이 첫 번 나는 향취가 다 나가서 맛도 업슬 뿐 아니라 더러 주는 사람은 큰 생각으로 한두 동이를 퍼내어 보내면 한 독에까지 허륵하야 헤퍼서 그 독은 그럭저럭 업서지게 되며 바더먹는 사람도 갈급이 날 뿐이고 신세는 신세대로 지게 됩니다. 이런 고로 아모리 어려워도 김장은 해야 합니다.

김장은 '반 농사'라 할 만큼 일도 많고 해놓으면 든든했다. 먹을 것이 없는 겨울철, 부족하기 쉬운 비타민과 섬유질 등 영양을 채워주는 귀중한 음식이기도 했다. 반대로 미리 준비해놓지 않은 집에선 이보다 더 큰 걱정거리가 없었다. 그만큼 남의 집 항아리에 손을 대는 일도 잦았다.

동아일보 1934.11.20.

엄동을 앞에 두고 남들이 다 하는 김장을 못하야 근심하든 남어지 남의 것을 절취하여 김장하다가 경찰에 체포된 가련한 소부의 김장기의 애화가 있으니 그는 해주읍 남욱정에 거주하는 목수 조태경(34)의 처 신장녀(21)로 남편이 목수일을 하야 받는 일급 몇십 전으로 네 명의 가족이 생명을 근근히 이여 나가기는 하나 엄동을 앞두고 세상에서는 김장 준비에 분망한 이때에 신장녀는 남편의 버른 돈으로는 도저히 불가능할 것을 생각하고 지난 16일 밤에 죄됨인 줄을 알면서도 남의 독 무,

파, 마늘 등 김장품 전부를 절취하야 김장을 하든 중 17일에 발각 체포되어 사실을 자백하엿다 한다.

김장철 생계형 절도는 1960~70년대 도시에서도 이어졌다.

경향신문 1970.12.15.

서울용산서는 15일 10대 절도단(돼지파) 윤모(17) 등 5명을 절도혐의로 구속했다. 12살부터 17살까지의 이들은 모두 지방에서 집을 뛰쳐나와 서울시내에서 구두닦이를 해 온 소년들로 김장철이 시작되자 매일 중앙청과시장에 나가 주부들이 장을 봐 차에 싣고 가는 김장거리를 훔쳤는데 (…) 지난 20여 일 동안 50여 회에 걸쳐 배추, 무, 파 등 김장거리 2만여 원어치를 훔쳤다고 진술, 훔친 것은 무허가 음식점에 배달하거나 많이 훔친 날은 훔친 배추를 시장 안에서 모아 놓고 배추장사를 벌이기도 했다고 말했다. 이들은 날씨가 추워져 구두닦이가 어렵기 때문에 이런 짓을 했다고 말하고 그동안 번 돈은 방값과 밥값을 빼고는 모두 저축, 비오는 날과 추운 겨울철 준비를 해 왔다고 진술했다.

까탈스러운 김치

농약과 비료를 사용하기 전엔 모든 농사가 유기농이었다. 집집마다 거름도 직접 만들어 사용했다. 특히 인분 확보는 한 해 농사의 성패를 좌우할 만큼 중요한 일이었다. 그러나 부작용이 있었으니 바로 기생충이었다. 김장은 기생충을 옮기는 주 매개체가 되었다.

동아일보 1981.11.26.

우리나라 사람들에게 가장 문제가 되는 기생충은 요충, 회충, 편충. 이 가운데서도 회충과 편충은 봄과 가을을 피크로 매년 두 번씩 크게 감염 현상을 보이고 있다는 사실이 서울대 의대 연구팀에 의해 밝혀졌다. 이것은 우리나라 사람들의 식생활과 깊은 관련을 맺고 있는데 봄철의 피크 현상은 겨울철 김장 김치에 섞여 있던 회충, 편충의 알이 3개월간의 부화 성장 기간을 지나 봄철에 성충이 되어 활동하는 것이며 (…) 회충이나 편충은 모두 인분에 있던 알이 논이나 밭으로 옮겨져 (…) 농작물을 통해 사람의 몸속으로 다시 들어온다.

우여곡절 끝에 김장을 하더라도 날이 따뜻하면 시어버릴까 걱정, 날이 추우면 얼어버릴까 걱정이었다. 여러모로 땅에 묻는 것이 가장 좋은 방법이었지만 마당이 없는 도시의 집이나 셋방살이를 하는 경우에는 다른 방법을 찾아야 했다. 해마다 김장철만 되면 김장 보관법 관련 기사가 신문에 등장한 것도 이런 이유였다.

동아일보 1967.10.26.

김장독 보관은 섭씨 4도 전후에서 기온의 변화를 겪지 않는 것이 최적이므로 땅에 묻는 수밖에 없고 그것이 불가능하면 가마니로 싸고 덮어서 얼지 않도록 하는 것이 중요하다.

김장 문화에 큰 변화를 가져온 것은 아파트 생활이었다. 1970년대 들어 서울에 아파트가 들어서면서 김장독 묻을 곳이 사라져버린 것이다.

매일경제 1972.11.20.

스팀이 들어오지 않는 아파트에서는 항아리를 두 겹 정도 가마니로 싸두면 그런대로 김장을 맛볼 수 있으나 스팀이 들어오는 아파트에서는 김치가 쉽게 시어진다. 합성수지(스티로폴)로 만든 아파트 김칫독을 사서 비닐봉지에 김장을 담아 넣어 베란다에 두어도 별 이상은 없겠으나 항아리의 경우엔 얼어 터지게 된다. (…) 아파트 베란다 한 쪽에다 항아리 전부를 가지런히 놓을 수 있는 베니어박스를 만들고 항아리를 넣은 후 그 주위를 톱밥이나 흙 또는 왕겨로 메워두면 혹한에나 난동에서도 별 지장 없이 김치맛을 유지할 수 있다. 또 항아리 주위에 석면을 두르고 왕겨를 넣으면 더욱 안전하다.

아무리 애를 써도 아파트에서 김장을 제대로 보관하기란 쉽지 않았다. 이에 대한 보완책을 고민하는 이들이 많아지자 이를 돌파한 방법을 소개하는 기사도 실렸다.

매일경제 1978.11.26.

11월 하순 경에 지렛김치를 20일 분 정도 담그고 12월 초에서 중순 사이에 본김장을 담가 음력 정월 이전까지 먹도록 한다. 그리고 정월 이후에는 최근 흔해진 비닐하우스 야채인 제주도산 봄동이나, 하루나 등으로 풋김치를 담그는 가정이 많다.

항아리를 대신할 새로운 김칫독도 시장에 나왔다. 가족수가 줄어 커다란 김장독이 필요가 없어진 데다 항아리는 무겁고 금이 가거나 깨지기 쉬워 다루기 불편한 점이 많았다. 이에 1970년대부터 플라스틱 용기가 보급되어 빠르게 항아리를 대체했다. 1980년대엔 스테인리스 김칫독이 선을 보였다. "특수 단열재를 사용, 보온과 냉동이 함께 되기 때문에 외부 온도 변화에 영향을 받지 않는 것이 특징"[1]이라고 이 상품을 소개했다. 그러나 역시 김치가 시어 버리는 걸 크게 막지는 못했다.

집김치에서 공장김치로, 항아리에서 김치냉장고로

김치공장도 변화의 물꼬를 틀 준비를 하고 있었다.

동아일보 1980.11.4.

생활이 바빠지고 모든 것이 상품화하다보니 최근엔 대규모 김치공장이 등장하기에 이르렀다. 70년대 초부터 생겨나기 시작한 공장은 이제 서울근처에만 20여 개 가까이 성업 중. (…) 여사장 박선희씨는 '늘어나는 아파트에 공급할 수 있으리라는 생각에서 김치생산에 착수했는데 그보다는 병원 기업체의 식당 등에 팔려나가고 있다'고. (…) 아직 김장을 김치공장에 맡기려는 주부는 별로 없다는 뜻이 되겠지만 변해가는 세태 속에 김장풍속이 어떻게 더 변할지 모를 일이다.

공장의 주문식 김장은 곧바로 인기를 끌었다. 양념과

◇

1 동아일보 1981.9.29.

젓갈까지 선택해 원하는 양만큼 집으로 배달을 해주니 젊은 맞벌이 가정에선 이보다 더 좋은 게 없었다.

매일경제 1984.11.27.

아파트 보급으로 주거 양식이 달라지고 온실재배를 통해 계절에 관계없이 신선한 채소류의 공급이 가능하게 되자 김장철이란 개념이 점차 희미해져 가는 가운데 상품김치산업이 호황을 누리고 있다. 이에 따라 상품김치가 등장한 지 불과 5년 전후 동안에 김치공장도 크게 늘어 전국적으로 5백여 군데에 이르고 있다.

1990년대엔 대기업까지 김치 사업에 뛰어들었다. 두산농장이 '종갓집김치'를 상표로 내걸었고 미원과 삼호물산도 액젓과 김치 등을 생산, 판매에 나섰다.

그리고 1993년, 삼성전자와 LG의 전신인 금성사가 각각 다른 방식의 김치냉장고를 선보였다.

매일경제 1993.1.21.

최근 삼성전자와 금성사는 김치숙성 기능을 갖춘 김치냉장고 판촉에 열을 올리고 있는데 (…) 삼성전자는 154리터 용량으로 김치만을 보관하는 김치전용냉장고, (…) 금성사는 단열구조를 채용한 김치전용실과 원적외선 세라믹 재질로 특수 제작한 김장독을 설치 (…)

금성의 '김장독 냉장고'는 석 달 만에 7만 대 넘게 팔려나가며 큰 인기를 끌었다. 이후로 김치냉장고는 웬만한 가정의 필수 가전으로 자리 잡았다.

김장하지 않는 자,
죄인?

한국농촌경제연구원 농업관측본부는 해마다 도시 생활자를 중심으로 '김장 의향 및 김장채소류 수급 전망'을 조사해 발표한다.[2] 2021년 조사 자료를 보면 4인 가족 기준 배추는 22.1포기, 무는 8.7개를 소비할 것으로 예측했다. 응답자의 63.3%는 직접 김장을 하고 26.0%는 시판 김치를 구매하겠다고 답변했다. 나머지 4.7%는 지인 찬스를 사용한다고 했다. 이 놀라운 조사에 따르면 아직도 절반이 훌쩍 넘는 가구에서 김장을 하고 있다는 걸 알 수 있다.

◇

2 2021년 김장 의향 및 김장채소류 수급 전망(2021.11.9), 한국농촌경제연구원

김장을 직접 하는 이유로는 '가족이 선호하는 입맛을 맞출 수가 있어서(49.2%)', '시판 김치보다 원료 품질을 믿을 수 있어서(31.7%)', '절임배추 등으로 김장이 편리해서(13.4%)'를 차지했다. 나는 설문 항목에 '그냥 습관이 되어서' '안 하려니 이상해서'도 포함되었더라면 어떤 결과가 나왔을까 싶다.

양이 적어졌다고는 하지만 김장은 말처럼 쉬운 일이 아니다. 그러나 '하던 버릇'이 든 이들에겐 안 하는 것도 쉬운 일은 아니다. 엄마의 여든을 넘긴 지인 중 한 분은 어느 해 김장 김치를 세 포기만 담갔다고 한다. 많이 하긴 힘들고 안 하려니 죄스러운 생각이 들어 기분만 내려 했다는 거다. 씁쓸한 마음이 들었다.

벌써 90여 년 전, 한 용기 있는 필자가 일찌감치 이런 글을 남겼다. 무슨 이유인지 신문에 그의 이름은 실리지 않았다.

동아일보 1926.11.12.

녀편네들이 길에서 맛나면 첫인사가 댁에 김장 다햇소 하는 것이다. 참으로 김장 해넛는 일이 큰일이다. (…) 김장을 다 잘

해넛는다 하더래도 그집 주인 마누라는 다리를 뻣고 자지를 못한다. (…) 갑자기 더워지면 김치가 시어저서 다바리게 될가 바 걱정, 갑자기 추어지면 김치가 잘 아니 익을 걱정, 김치 뭇은 곳에 벳(볕)이 드니 엇더케 하나 하는 걱정, 너무 짜게 해넛치나 아니했나, 너모 심겁게 해넛치나 아니했나 이걱정 저걱정 (…) 이와 가치 김장하는 일이 큰일이오 어려운 일이며 주부의 간장을 태는 일이다. (…) 그러므로 김치 담그는 것 김장하는 것을 전문으로 하는 회사가 절대로 필요하다.

짜는 거. 짜는 게
제일 힘들었지.

열셋,

세탁기

세탁 바구니는 어쩜 이렇게 빨리 찰까. 그래봐야 일주일에 한두 번이긴 하지만, 나는 빨래하기가 그렇게 귀찮다. 옷은 세탁기가 다 빤다고 생각하는 사람은 아마 세탁 담당자가 아닐 확률이 높다. 세탁기가 멈춘 후 옷을 널고, 걷고, 개서 옷장에 넣어야 세탁이 끝난다는 사실을 간과한 거니까. 심지어 세탁기에 젖은 빨래를 오래 두면 옷에서 쿰쿰한 냄새가 날 것 같아 조바심이 난다. 건조대의 다 마른 빨래를 보면서는 옷에 먼지와 냄새 입자가 배는 상상을 한다. 그래서 '얼른 하고 쉬자. 어서 움직이란 말이야!'라며 각 단계마다 게을러지려는 나를 달래고 때론 다그쳐야 한다. '나도 건조기를 살까' 하는 고민도 매번 한다. 하지만 얼마 되지도 않는 빨래를 하는 데 미래에 폐기물이 될 덩치 큰 기계를 2대나 굴린다는 게 아직 흔쾌하지 않다. 쓰레기를 덜 남기며 사는 것도 중년인 내가 져야 할 책임이니 조금만 더 부지런 떨어보지 뭐.

26살, 처음 독립했을 때 나는 1년 반 동안 세탁기 없이 살았다. 원룸이라 세탁기 놓을 공간이 마땅치 않았고 좀 더 나은 집으로 이사할 때 새 걸로 사고 싶어 구입을 미뤘다. 속옷과 양말 등 간단한 것은 그날 그날, 이외의 옷은 모아두었다가 쉬는 날 한번에 빨았다.

손빨래는 만만치 않았다. 역대급으로 힘들었던 건 청바지였다. 물을 잔뜩 빨아들인 청바지는 내 몸뚱이만큼이나 무거워졌다. 헹굴 때 빨래를 꽉 짜지 않으면 계속 비눗물이 나와 시간이 많이 드는데, 뻣뻣한 청바지는 양손에 쥐기도 힘들고 비틀어 짜려면 많은 힘을 들여야 했다. 내 얇은 손목도 함께 뒤틀려 돌아갈 수밖에 없었다. 한바탕 빨래를 하고 나면 손목과 어깨, 허리가 뻐근했다. 몇 번 빨래에 진을 뺀 이후 특히 청바지를 깨끗이 입으려 신경 썼던 기억이 난다.

이렇게 고된 빨래를 마치고 방바닥에 팔다리를 뻗은 채 누우면 엄마 생각이 났다. 빨간 고무대야 2개를 나란히 놓고 비누칠한 옷을 빨래판에 비벼 때를 지운 후 몇 번이나 비눗물을 헹구던 엄마. 옷 깨끗이 입으라던 말은 잔소리가 아닌 온몸에서 나온 외침이었을 거다.

내가 20살이 된 1996년에야 우리 집에 전자동 세탁기가 들어왔으니 나는 줄곧 빨래하는 엄마의 등을 보며 자랐다. 그런데 엄마는 세탁기를 늦게 사용한 것에 그리 아쉬움이 없다고 했다.

"나는 세탁기를 안 믿었어. 때가 손으로 싹싹 문질러야 빠지지 세탁기로는 제대로 안 될 거라고 의심을 한 거지. 나처럼 생각하는 사람이 꽤 많았어."

세탁기를 한번 써본 후 엄마의 생각은 완전히 달라졌다. 의외로 세탁력이 좋았던 거다. 10살이 되기 전부터 시작한 손빨래를 40여 년 만에 끝마친 순간이다.

"손으로 빤 것보다는 때가 덜 빠지긴 했지만 그래도 써야겠더라고. 몸이 안 힘들잖아. 요즘은 세제가 좋아져서 그런지 양말 때도 싹 지고 얼마나 좋은지 몰라. 다시는 손빨래하던 시절로 돌아가고 싶지 않아, 정말로."

"제일 힘들었던 건 뭐였어?"

"짜는 거. 비틀어 짜야 빨리 헹궈지지 안 짜면 안 헹궈져. 비누칠 해서 짜고 또 헹궈서 짜고. 짜는 게 제일 힘들었지. 빨래하고 나면 손목이 시큰거리고. 파스 붙여도 소용이 없어. 일을 안 해야 괜찮아지는데 빨래는 매일 나오니까 안 할 수가 없잖아. 부피 큰 빨래는 큰 고무대야에 넣고 밟아서 빨았어. 요즘은 이불도 빨래하기 좋게 나오고. 하여간 지금에 비하면 그때는 모든 게 다 불편했어."

엄마에게 최초의 빨래란 어떤 것이었는지 궁금했다. 고무대야에 빨래판?

"그 정도면 양반이지! 옛날엔 수도가 없었잖아. 산에서 내려오는 물을 가둬서 웅덩이를 만들어 놓고 그 물을 길어다 먹었어. 그리고 그 웅덩이 아래 물 흐르는 곳에서 빨래를 했지. 웅덩이 물이 지저분해지면 안 되니까 그 아래에서 한 거야. 산이 없는 동네에 살 땐 논에서 빨래를 했어. 깨끗한 물이 땅에서 솟는 논이 있거든. 가물 때 대비해서 그 물을 가둬놓는데, 빨래하기 좋았지. (논인데 비누칠은 어떻게 했어?) 그냥 했지. 비누가 나쁘다는 생각은 못 했던 거 같아. 땅 주인도 뭐라 안 했어. 동네 사람한테 물을 못 쓰게 한다는 건 상상도 못 하던 시절이야. 가난하게 살아도 그런 인심은 좋았지."

그 시절 빨래 이야기를 조금 더 들어보기로 했다.

"옛날 천은 광목같이 되게 억센 게 많았거든. 다 면으로 된 천인데 물을 먹으면 비틀어 짤 수가 없어. 청바지를 짠다고 생각해 봐, 힘들잖아. 그래서 빨랫방망이가 필요했다고. 반반한 돌에 빨랫감을 놓고 비누칠을 해. 그 담에 방망이로 팍팍 두들기면 때도 가시고 비눗물도 빠지는 거야. 그 방망이는 끝이 좀 뾰족하게 생겼어. 아래쪽은 네모나고 위쪽은 삼각뿔처럼 생겼단 말이야. 그래야 방망이를 두들겼을 때 물이 방망이 끝으로 빠져나가고 사방으로 안 튀어. 물론 나한테 좀 튀지만 그거야 어쩔 수 없지. 하여간 방망이는 지금으로 말하면 탈수기나 마찬가지였어."

막연히 방망이질로 때를 뺀다고만 생각했지, 탈수 역할을 한다는 건 또 몰랐다. 끝을 뾰족하게 만들어 물이 한 방향으로 빠지게 했다니 상당히 과학적인 물건이었구나!

경향신문 1965.3.3.

우리나라의 어느 시내나 연못가에서 볼 수 있는 것이 예 대로의 빨래 방식이다. 큼직하고 판판한 돌 위에 빨래감을 올려놓고 열심히 두드리고 있는 여인의 모습은 지금도 변함없다. 냇가에서의 빨래는 계절의 구분 없이 어느 때나 볼 수 있는 풍경이지만 (…) 겨우내 밀렸던 빨래를 이고 여인들은 봄볕이 쏟아지는 시냇가로 모여든다.

엄마가 말해준 모습이 위 기사에 그대로 실려 있다. 그런데 "겨우내 밀렸던"이라니 겨울엔 빨래를 안 했던 걸까?

"아예 안 한 건 아니지만 자주 못했지. 겨울에 제일 힘든 건 손 시린 거. 그땐 고무장갑이 없었으니까. 손이 물속에 있을 땐 그나마 손 시린 걸 몰라. 손이 물 밖에 나오면 찬바람에 그냥 얼어버리는 거야. 손가락이 곱는다고 해야 하나. 손등이고 뭐고 다 트고, 아프고 피나고 딱지 지고, 손톱 밑도 갈라지고… 그랬지 뭐. 바깥에서 일하는 사람은 다 그랬어. 빨래하기가 힘드니까 옷을 겨우내 안 갈아입는 애들도 있었고. 그땐 왜 그렇게 콧물이 많이 났나 몰라. 따뜻한 옷을 못 입어서 추워서 그랬을까? 옷에다 콧물을 하도 닦아서 소매 끝에 허옇게 굳은 걸 손으로 떼어내고 그랬다니까. 물론 나는 절대로 안 그랬지만. (웃음) 겨울에 덮었던 이불도 빨아야 하니까 봄에는 아무래도 빨래가 많았지."

그러니까 우리가 사시사철 옷을 빨아 입은 건 불과 50여 년밖에 되지 않았다는 이야기다.

'식모' 줄고
세탁기 수요 늘어

1960년대부터 대도시를 중심으로 전국에 상수도가 놓이기 시작했다. 1980년 들어서는 전국 상수도 보급률이 50%를 넘어섰고, 수도가 놓인 집에선 빨래하기가 한결 수월해졌다. 도시의 마당 수돗가엔 커다란 '빨간 고무대야'가 등장했다. 대야에 물을 가득 담아 빨래를 넣고 비누칠한 후 빨래판에 비벼 빤다. 어릴 때부터 자주 봐 온 모습이다. 그런데 내 기억에 빨랫방망이는 없었다. 그건 어디로 간 걸까?

"옷감이 달라졌어. 나일론(모든 합성섬유를 지칭하는 엄마식 표현) 같은 천으로 옷을 만드니까 물이 쭉쭉 잘 짜지더라고. 때도 잘 지고. 방망이가 필요가 없어졌지. 천이 부들부들해서 방망이질을 하면 오히려 옷감이 상하기도 하고. 근데 청바지를 빨 땐 방망이 생각이 났어."

옷감이 부드러워졌다고 손빨래가 마냥 쉽지는 않았다.

"빨래 한 번 하는 데 두세 시간 걸리잖아. 쪼그려 앉아 있어야 하니까 허리랑 무릎도 아프고. 그땐 집안일이 너무 많아서 너희들한테 옷 더럽게 입지 말라고 한 거야. 외출옷을 갈아입지 않으면 이불도 못 덮게 했고. 이불 빨기가 제일 힘드니까. 지금 생각하면 너무했나 싶기도 한데, 빨래하고 나면 몸이 힘드니까 어쩔 수 없었어."

서양에 세탁기가 있다는 이야기가 1950년대부터 신문에 심심찮게 등장했다. 1960년대에는 일부 부유층에서 세탁기를 들여오기도 했다. 그러나 이 시기 부유한 집안의 빨래는 '식모'라 불리며 남의 집에서 식사, 청소, 빨래 등을 도맡아 하던 저학력의 젊고 어린 여성들 몫이었다. 그래서 세탁기의 수요는 적었다.

그런데 1960년대 말 정부가 냉방기와 세탁기 등의 수입을 제한하는 일이 벌어졌다.

매일경제 1968.4.17.

상공부가 수입제한조치를 취하게 된 것은 전기 소모가 많은 냉방기와 전기세탁기의 급격한 수요 증가로 인한 전력 사정 악화를 막기 위해서라는 명분을 내세우고 있으나 업계에서는 이미 냉방기와 세탁기를 수입해다 놓은 업자와 생산업자에 대한 특혜를 주기 위한 처사에 불과하다고 지적하고 있다. (…)

전기세탁기는 67년도에 518대가 도입되었으며 국내 메이커는 금성사가 제너럴 부품을 수입조립하는 독점상태에 있다.

정부가 수입업체와 금성사에게 특혜를 주기 위해 더 이상의 수입을 막는 조치를 했다며, 정부를 비판하는 내용이다. 실제로 금성사는 이듬해인 1969년 일본 히타치(HITACHI)와 기술제휴를 맺고 금성백조 자동세탁기를 출시했다. 국내에서 처음 생산된 전기세탁기이다. 3년 후 금성사는 새로 가정용 세탁기를 제작해 판매하기 시작했다.

매일경제 1972.5.15.

한꺼번에 와이셔츠는 10장, 시트는 5장을 빨 수 있는 이 세탁기는 세탁 타이머가 있어 조절해두면 자동으로 세탁이 완전히 된다. 세탁 후에는 오른쪽통(탈수조통)에 넣으면 원심분리로 물기가 80~90%가 빠져 여름철에는 그대로 입어도 될 정도로 거의 건조된다고.

1970년대 초만 해도 세탁기는 전국을 통틀어 몇천 대에 지나지 않았다. 그런데 1974년 한일전기, 신일전기에 이어 삼성전자까지 세탁기 시장에 뛰어들면서 공급물량이 크게 늘었다.

매일경제 1974.6.21.

> 금성사는 현재 연간 4만 대의 세탁기를 공급하고 있으며 한일, 신일은 아직 시제 단계에서 완전히 벗어나지 못해 3천 대 미만에 머무르고 있으나 앞으로는 생산량을 더 늘릴 계획에 있으며 삼성이 금성과 대등한 4만 대를 공급할 경우에는 공급량은 10만 대 선에 이르러 현재의 최대 추정 수요 5~6만 대 선을 크게 앞지를 것으로 전망하고 있다.

1970년대 들어 세탁기 수요가 증가했는데, 이는 식모들이 공장으로 빠져나간 이유가 컸다. 정부는 1960년대부터 이른바 경제 부흥을 위해 공장을 지어 노동집약적 산업을 키우는 데 적극적으로 힘을 쏟았다. 여성들 역시 공장에 가면 정해진 임금을 받을 수 있었기 때문에 식모로 일하기보다는 공장을 선호했다.

> 농촌 여성들은 가계에 보탬이 되고자, 혹은 도시를 동경해서, 혹은 자아 발전을 위해 도시로 몰려들었다. 이때 노동집약적 생산라인을 갖춘 공장은 이들을 흡수하는 블랙홀이었다. 공장은 집을 떠난 여성에게 이상적인 일자리였다. 임금이 점원이나 식모보다 상대적으로 높았고, 기술을 습득하면 돈을 더 벌 수 있고, 안정적인 데다가 안전하고(기

숙사), 대기업 직원이라는 자부심도 느낄 수 있었다. (정찬일, 《삼순이-식모, 버스안내양, 여공(2019)》, 책과함께)

세탁기 업체들의 경쟁이 과열되면서 세탁기 용량이 커지고 물살의 세기를 조절하는 등 세탁기의 기능도 다양해졌다. 이에 발맞춰 세탁기에 적합한 가루비누도 생산되었다. 덕분에 1970년대 말 세탁기 시장은 연간 30만 대로 커졌고, 1980년대 중반엔 업체마다 신제품 개발에 몰두했다. 녹슬지 않는 세탁기, 손빨래 방식 세탁기, 빨랫방망이 방식의 세탁기, 심지어 삶아 빠는 세탁기까지 등장했다. 삼성전자에서 생산한 이 삶아 빠는 세탁기는 계란까지 삶을 수 있다고 광고해 눈길을 끌었다. 그러나 대중은 전기요금 걱정에 이 세탁기를 외면했다. 이후 '계란 세탁기'는 실패한 광고 사례로 종종 언급된다. 이 시기를 거치며 세탁기는 없어서는 안 될 필수 가전제품으로 자리 잡았다.

◇◇◇

글 서두에 손빨래가 힘들었다는 내용을 썼는데 솔직히 양심에 조금 찔린다. 당시 주말이면 엄마가 우리 집에 와서 빨래를 종종 해주었기 때문이다. 엄마도 공장일을 할 때였다. 내가 엄마의 체력과 노동력을 무심히 착취했다는 자각이 뒤늦게 든다. 쉬어도 부족할 시간에 엄마는 어떤 마음으로 내 빨래를 하러 와주었을까. 고맙고 미안했다는 뒤늦은 인사를 하려니 낯이 간지럽다. 대신 그때처럼 무심히, 그 이야기를 슬쩍 꺼냈다. 그 일을 잊지 않고 있다는 점도 상기시킬 겸.

"너 일하느라 바쁘니까. 손빨래하기 힘들까 봐 너 쉬라고 해줬지. 그래도 빨래하고 나서 너랑 방에 누워서 수다도 떨고 네가 해주는 밥도 먹고. 나는 그런 게 재밌고 좋았어."

옛이야기를 풀어놓다 보면 보물 찾기처럼 빛나는 순간을 발견할 때가 있다. 엄마에게 밥을 해드렸다는 걸 나는 까맣게 잊고 있었다. 함께 겪은 일을 서로 다르게 기억한다는 건 이런 점에선 축복이다. 원룸 좁은 방에서 된장찌개에 김치전을 먹으며 일주일 동안 있었던 일을 이야기하고, 가끔 동료 흉도 보던 것이 20년 후 그리운 기억으로 떠오를 줄은 몰랐다. 엄마에게 받기만 한 게 아니라 나 역시 노동을 베풀고 엄마와 일상을 나누었다니 조금 안심이 된다. 어떤 점에선 우리가 '여돕여'였다는 것이 참 다행이다.

방에 화로를 놔뒀다가 문을 확 열면
모기가 다 도망가.
그럴 때 빨리 들어가야 해.

열넷, 모기약

"에에엥~ 에엥~"

모깃소리에 자다 깼다. '웬 모기지?'하고 생각하니 벌써 6월이다. 밤에 모기가 나타나면 나는 웬만해선 잡고 자려고 한다. 내 나름의 노하우가 하나 있다. 이불을 목까지 끌어당겨 덮고 고개만 내놓은 채 모기가 오길 기다린다. 모기가 얼굴 주변으로 바짝 가까이 왔다 싶으면 재빠르게 손으로 냅다 후려친다. 두세 번 하다 보면 정말 모기가 잡힌다. 내 순발력과 민첩함에 스스로 놀란다. 다만 얼굴이나 머리가 아픈 건 각오해야 한다.

하지만 좀 더 지나면 이 방법도 통하지 않는 날이 온다. 그땐 모기장을 꺼내야 한다. 텐트처럼 생긴 모기장을 사용한 건 5년 전 즈음. 친구에게 밤마다 잠을 설치는 괴로움을 호소했더니, 그는 되레 내게 왜 모기장을 안 쓰냐고 물었다.

"엥? 그거 아기 있는 집만 쓰는 거 아니었어?"
"응, 아니야."

나는 그 자리에서 바로 주문했고, 다음 날부터 잠을 푹 잤다. 모기장이 꿀잠 필수템인 줄도 모르고 모기에게 당하고 산 것이 약 올랐다.

텐트형 모기장이 없었던 어린 시절엔 모기를 쫓기 위해 갖가지 약을 썼다. 엄마는 여름날 저녁마다 저녁밥을 먹은 뒤 식구들을 집 밖으로 내보냈다. 그리고 온 방 구석구석에 모기약 '에프킬라'를 뿌렸다. 에프킬라 안개가 방 안을 가득 채우면 문이란 문은 다 꼭꼭 닫고 그제야 엄마도 밖으로 나왔다. 우리는 마당이나 대문 근처를 어슬렁거리며 방 안의 모기가 약에 취해 죽기를 기다렸다. 주위가 어둑어둑해질 무렵, 엄마는 먼저 집으로 들어가 창문을 모두 열고 환기를 시켰다. 충분히 약 냄새가 빠지면 우리도 방에 들어갔다. 이게 끝이 아니었다. 엄마는 자기 전 방구석에 연기가 피어오르는 모기향을 놓고 접시를 받쳐 두었다. 그러고도 다음 날 아침이면 몸 곳곳에 모기가 피를 빤 분홍 자국이 생겼다. 물파스를 발라도 그때뿐, 자꾸만 근지러워 피가 나도록 긁곤 했다. 모기는 정말 끈질기고 얄미운 녀석이었다.

모기약은 과연 언제부터 있었을까? 엄마가 어렸을 때도 모기약이 있었을까?

"그땐 약이 없었지. 모기는 또 얼마나 많았는지 말도 못 해. 다 시골이니까 풀이 많았잖아. 그런 데서 모기가 사는 거지. 근데 모기가 연기를 싫어한대. 그래서 방에 화로를 갖다 놓고 아래에 마른나무를 좀 넣고 불을 붙이고 그 위에 풀을 베서 잔뜩 올려놔. 그럼 풀 때문에 연기가 엄청 많이 나거든. 이때 다 나가서 방문을 닫고 마당에서 기다리는 거야. 방안에 연기가 자욱해질 때까지. 그리고 마당에도 똑같이 모깃불을 놓고 마루에 앉아서 부채 부치면서 기다리지. 한 시간쯤 지난 후에 문을 확 열면 모기가 다 도망가. 그럴 때 빨리 들어가야 해. 방문은 미닫이문인데, 여름엔 창호지를 떼고 모기장을 발랐어. 그땐 실로 만든 거였는데, 시장에서 둘둘 말려 있는 걸 사다가 잘라서 풀을 쒀서 문에 붙이는 거지. 나중에 방에서 이렇게 밖을 보면 모기장에 모기가 새카맣게 붙어 있어. 밤에 화장실이라도 가려면 부채로 막 바람을 내서 모기를 문에서 떨어트려 놔야 해. 들어올 때도 마찬가지고. 그래서 방 안팎으로 부채가 항상 몇 개씩 있었어."

흠, 노력에 비해 얼마나 효과가 있었을지 미심쩍었다.

"그렇지. 모기에 엄청 많이 물렸지. 텐트처럼 생긴 모기장을 잠깐 사용하기도 했었어. 뼈대는 없고 모기장 천 네 귀퉁이에 끈을 달아서 벽 못에다 붙잡아 매어 놓는 식이었어. 근데 많이는 안 썼어. 그땐 식구는 많은데 방이 좁았잖아. 좁은 방에 모기장을 치면 불편하거든. 특히 가장자리에서 자는 사람은 모기장에 팔이나 다리가 닿게 돼. 그러면 그 부분에 모기가 달려들어서 다 뜯어 먹는 거야. 등잔불을 쓰던 때니까 잘못하면 모기장에 불이 붙기도 하고. 모기장 때문에 사람 죽었단 얘기도 많고 그랬어. 이래저래 불편하고 불안하니까 나중엔 안 쓰게 된 거지."

전쟁과 함께 들어온 모기장, 그리고 살충제

방 안에 치는 모기장은 6.25전쟁 때 미군들이 들여온 것이다. 1960년대 중반부터 1970년대 초까지는 이 모기장을 사용하는 집이 많았다.

매일경제 1971.6.26.

2~3년 전에는 면으로 된 모기장이 대부분으로 올이 조밀하여 바람의 소통이 제대로 안 된 것이 시중에 많이 나돌았으나 최근 가느다란 나일론사로 만든 모기장이 면제품 대신으로 대체되어 시중에서 판매된다. (…) 바람이나 잠결에 모기장이 옆으로 올라갈 경우가 있으므로 방바닥에서 40cm 높이에 끈을 달아 옆으로 벌려 날파리가 못 들어가게 하며 내부 스페이스를 좀 더 넓힐 수 있는 2중 효과를 가져온다. 끈을 옆으로 새로 부착시키려면 모기장천의 안팎으로 천을 받쳐 나일론의 올이 빠지지 않도록 해야 한다.

그러나 엄마 말처럼 이 모기장은 오랫동안 종종 안타까운 사고를 일으켰다. 성주군에선 등불이 넘어지면서 모기장에 불이 붙어 어린이 1명이 숨지고 3명이 중화상을 입었고[1] 김해에서도 호롱불에 모기장이 타 두 자녀가 숨지는 일이 벌어졌다.[2]

◇

1 경향신문 1958.6.30.

2 경향신문 1975.7.28.

일본의 '대일본제충국'이라는 회사에서 생산한 '계관문향'이라는 모기향이 1930년대에 잠시 국내에 유통되기도 했다. 일본은 살충 성분이 있는 국화과 식물인 제충국 종묘를 미국에서 수입해 살충 성분을 추출하는 데 성공한 후 재배를 시작했다. 그리고 세계 최대의 제충국 생산, 수출 국가가 되었다.

동아일보 1936.8.5.

모기약을 어떠케 햇으면 가장 오래 효과잇게 쓸 수 잇느냐는 것을 누가 혹 연구해 보신 일이 잇습니까. (…) 누그던지 생각하기를 모기불을 오래 피어노면 모기가 잘 죽는 줄 알지마는 그런 것이 아니오. 모기는 비교적 단시간에 어지러트리는 것이니까 어지러트려 마루나 방바닥에 뚝뚝 떨어지거든 그만 꺼도 조흐니 이것이 귀찬커든 미리 모기약 끼우는 데다가 얼마가량 할 것을 내노코 끼어노면 낀 데까지 타고서 저절로 꺼지니까 편리합니다. 어지러트려 떨어진 모기는 즉석에서 없새버리지 안흐면 다시 소생을 하는 것이니까 얼른 쓸어 치워야 합니다.

6.25전쟁을 겪으며, 전쟁터에서 모기퇴치용으로 사용하던 DDT라는 맹독성 살충제가 유통되었다. 믿기지 않겠지만, 이것을 각 가정에서 살충과 소독용, 농약으로 사용

하기도 했다. 결국 DDT에 중독돼 사망하는 일이 잦아 '죽음의 특효약'이라 불리다가 1972년 전면 판매금지되었다.

살충제의 대명사 '에프킬라' 등장

한겨레 1995.6.18.

국내에서 판매한 최초의 모기약은 1963년 '삼성제약'이 일본에서 수입한 '에프킬라'였다. 액체를 분무하는 형식으로 "빈대, 벼룩, 파리, 모기가 순간에 전멸"한다는 광고로 주목을 받았다. 그러나 값이 비싸 부잣집에서나 사용할 정도였다고 한다.

1960년대 후반 삼성제약은 '에프킬라'라는 이름으로 현재와 같은 에어졸 방식의 뿌리는 액체 모기약과 불을 붙여 연기를 내는 모기향을 출시했다. 모기향은 제충국을 주원료로 만든 것으로 액체 모기약에 비해 값이 저렴하고 사용이 편리했다.

매일경제 1968.7.9.

사용상에 있어 장점으로는 첫째 가격 면에서 액체 모기약에 비해 경제적이라는 점인데 시트의 연소시간이 5~7시간 정도

여서 한 갑이면 30여 시간은 능히 피울 수 있고 한번 살포하면 문을 닫아야 하는 액체 약과는 달리 야외에서도 마음 놓고 쓸 수 있어 캠핑, 낚시질 등에도 편리하다는 것이다. 그러나 액체 모기약보다 결점으로 되어 있는 것은 화재의 위험성이 있고 타고 나면 재가 남아 불결해지기 쉽다는 점이다.

여름이면 거의 모든 집에서 모기와 파리로 골치를 앓았다. 특히 모기로 전염되는 뇌염으로 사망하는 어린이가 해마다 전국에서 발생했다. 1966년 서울시에서 발생한 뇌염 환자 수는 150명, 이 중 사망자는 57명이었다. 뇌염은 특효약도, 치료법도 없었고 후유증도 심했다. 뇌염에 걸리면 뇌 기능이 저하되거나 언어장애가 발생하기도 했다. 그래서 서울시에서는 6월부터 9월까지를 뇌염 방역 대책 기간으로 정하고 연막차를 통해 곳곳에 방역작업을 했다. 각 집안에서는 특히 어린아이들이 모기에 물리지 않도록 각별히 조심할 수밖에 없었다. 이런 분위기 속에 모기약은 출시 직후부터 많은 관심과 환영을 받았다. 특히 모기향은 모깃불과 비슷한 형태여서 대중에게 친숙하게 받아들여졌다.

"나는 결혼하기 전까지는 모기향을 본 적이 없어. 시골엔 그냥 모깃불을 놓은 게 다였지. 모기향은 도시에서만 썼는지도 모르겠네. 도시에선 아무래도 시골만큼 풀을 구하기가 어려웠을 테니까."

사건 사고 많은 모기약

모기약이 각 가정의 필수품이 되고 보니 사건 사고도 잦았다. 1978년엔 살충제가 뿌려진 과자를 사 먹은 어린이 다섯 명이 심한 복통을 일으켜 네 명이 숨지고 한 명이 입원하는 사건이 일어났고[3] 1980년엔 강원도에서 어린 세 남매가 살충제를 음료수인 줄 잘못 알고 마신 뒤 두 시간 만에 숨지는 사건이 발생했다.[4] 특히 폭발력이 강한 프로판, 부탄가스를 충전제로 사용한 분무식 살충제는 여기저기서 폭발과 화재 사고를 일으켰다.

동아일보 1985.9.2.

송인기씨(인천시 남구 주안4동)는 지난 7월 새벽 4시경 송씨의 부인이 재래식 화장실에 파리와 모기가 많아 S제약의 에프킬라를 분사한 후 2시간 반쯤 지나 화장실에서 담배에 불을 붙인

◊

3 경향신문 1978.7.21.

4 경향신문 1980.1.26.

뒤 불붙은 성냥을 변기에 넣자마자 불길이 치솟아 양쪽 허벅지와 팔 얼굴 등에 3도 이상의 심한 화상을 입고 병원에 입원했다. (…) 또 박정은 부인(서울 강남구)은 지난 7월 어느날 저녁 준비를 하려고 가스레인지로 음식을 끓이던 중 벽 주위로 바퀴벌레가 기어 다니는 것을 보고 T화학의 모노탄에프를 뿌렸는데 순간 살충제가 가스불에 인화, 가스레인지 주변 벽에 불이 옮겨붙어 큰불이 날 뻔했다고 소비자연맹에 고발했다.

"결혼하고 나서 너희들 모기 물리면 안 되니까 에프킬라랑 모기향을 같이 사용했지. 근데 에프킬라는 냄새가 많이 났고, 모기향은 켜놓고 자고 일어나면 머리가 아프더라고. 창문 열어놓고 자는데도 아주 독했어."

모기향의 화재 위험과 재를 치워야 하는 불편함, 분무식 액체 모기약의 냄새와 폭발 위험에 소비자들이 부담을 느끼자 업체는 이에 빠르게 대응했다. 전자모기향을 출시한 것이다. 전자모기향은 모기약을 고체로 만들어 훈증하는 방식으로, 약효가 다하면 파랗던 고체약이 하얗게 변해 교체 시기를 눈으로 확인할 수 있어 편리했다. 1979년 출시 직후엔 값이 비싸고 전기세를 내야 한다는 거부감에 별다른 관심을 받지 못하다가 1980년대 중반부터 큰 인기를 끌었다.

"우리 집에 전자모기향은 없었던 거 같은데. 왜 안 샀어?"

"사실 내가 전기 사용하는 걸 되게 무서워했어. 그땐 전선이 엉성한 집이 많았거든. 합선된다는 소리도 많이 듣고. 실제로 합선돼서 불난 집도 있고. 나 어릴 때 네 할아버지가 호롱불에 기름 넣다가 쏟아서 집에 불이 났다고 했잖아. 그때 집이 다 타가지고 아주 고생을 했거든. 불이 무서우니까 안 썼지."

"타는 모기향은 아예 불이 붙어 있으니 더 위험했을 거 같은데?"

"그래도 그건 눈에 보이니까 조심할 수 있잖아. 전기는 언제 어디서 일이 생길지 모른다는 불안감이 있었어."

외환위기로 '에프킬라' '홈키파' 등 외국회사에 넘겨

1990년대 들어서면서 사람들은 모기약의 안전성을 의심하기 시작했다. 1992년 소비자보호원에서는 "(가정용 살충제) 제조업체들이 광고 등을 통해 안전하다는 점을 너무 부각시켜 소비자가 기본적인 주의마저 하지 않아도 되는 것처럼 잘못 유도하고 있다"며 "인체 독성 등을 고려해 만든 성분이기는 하지만 모기의 신경계에 작용하듯 인체에도 다소 자극을 준다"는 실험 결과를 발표했다.[5]

이에 삼성물산은 1994년 "국내 최초로 인체에 무해한 천연 살충제를 개발하는 데 성공해 내년 5월부터 생산에 나설 계획"임을 발표했다. 이 제품은 야생 국화 추출물을 사용했고 알레르기 유발 성분과 색소를 제거한 것이 특징이었다. 살충제 시장은 여전히 굳건했다.

"혹시 모기약 땜에 머리 아플 때, 몸에 안 좋을 거란 의심은 안 했어?"

"전혀 안 했어. 그냥 모기를 죽이는 약이라고만 생각한 거지. 사람한테 해롭다는 생각은 동네 사람 누구도 안 했던 거 같아. 새로 나오는 물건은 그냥 다 좋은 줄만 알던 때였어."

그러나 1997년 IMF 외환위기는 모기약 업체들도 뒤흔들어 놓았다. 살충제의 대명사로 불리던 '에프킬라'로 독보적인 국내 1위 판매량을 지키던 삼성제약, 그 뒤를 뒤쫓던

◊

5 동아일보 1992.6.16.

'홈키파'의 동화약품이 자금난으로 큰 타격을 입었다. 결국 1998년 삼성제약은 에프킬라 상표권과 성남공장을 미국 SC존슨의 한국 지사인 한국존슨에 매각했고, 동화약품도 홈키파 상표권과 안산공장 등 살충제 사업 부문 전체 판권을 미국 회사에 팔았다.

그 많던 모기들은 어디로 갔을까?

어렸을 때, 부모님은 여름이 오기 전 창문마다 낡은 모기장을 새것으로 바꾸었다. 아빠가 나무 창틀에 파란 모기장을 못이나 압정으로 고정하는 걸 지켜보면서 나는 이런저런 시중을 들었다. 지금은 창문마다 방충망이 달려있고 설치와 수리도 전문가에게 맡기면 그뿐이니 딱히 그럴 일이 많지 않다. 심지어 나는 아직 모기약도 사본 일이 없다. 모기장에 새카맣게 달라붙었다던 모기떼는 이제 야외로 놀러 가서야 겨우 만날 수 있다. 도시에 사는 인간은 모기의 괴롭힘으로부터 분명 많이 벗어났다.

요즘도 여름날이면, 가족들과 저녁 어스름 속에 한적하게 동네를 거닐던 순간이 떠오른다. 집안의 모기가 죽기를 기다리는 동안 같은 이유로 집 대문 앞을 서성이는 이웃들과 두런두런 이야기 나누던 엄마. 그 곁에서 하루살이 떼를 손으로 잡으려 펄쩍펄쩍 뛰던 내 모습도 생각난다.

가난과 부모님의 다툼으로 내 어린 시절은 그리 평온하지 못했다. 그러나 이런 기억 덕분에 그 시절이 아주 살짝 그립기도 하다. 나이를 먹을수록 잠시 웃으며 마음을 기댈 추억이 있다는 게 다행스럽다. 내가 살아온 증거랄까? 따뜻한 기억의 한 자락을 차지하고 있는 모기에게 고맙다는 말이라도 전하고 싶은 마음이다. 어쩌면 모기는 고맙다는 내 인사에 "죽이지나 말라"거나 "보답으로 피를 내놓아라"라고 답할지도 모르겠다. 아아, 역시 삶은 단순하지 않다.

빨갛고 동그란 비누 있었어.
그걸로 세수도 하고
그릇도 닦고.

열다섯,

주방 세제

일이 잔뜩 몰리거나 노느라 바쁘거나 아무튼 어떤 이유로든 몸이 힘들 때 딱 티가 나는 공간이 있다. 바로 싱크대다. 피곤하다고 굶을 순 없으니 어떻게든 끼니는 때우는데, 그러고는 설거지를 3일이고 4일이고 미루는 거다. 더는 사용할 그릇이 없거나 설거짓거리를 쌓아둘 공간이 없을 때까지. 이런 싱크대 앞을 모른 척 지나칠 때마다 마음이 울렁울렁하고 나도 참 징글징글하게 게으르다는 생각이 들지만 그래도 내심 믿는 구석이 있다. 생각보다 오래 걸릴 설거짓거리가 없다는 것!

엉망으로 쌓아둔 그릇 더미에도 나름의 규칙과 질서가 있다. 그건 바로 기름이나 양념이 많이 묻은 것은 싱크볼 안에 넣지 않는다는 것이다. 싱크볼 안에 있는 그릇은, 예를 들어 누룽지 끓여 먹은 그릇, 감자 삶은 냄비, 고양이 물그릇과 물컵 같은 것들이라 세제를 사용할 필요가 없다. 그러니 맘만 먹으면 금방 끝낼 수 있다. 싱크대 위에 따로 둔 것들만 신경 써 닦으면 된다.

설거짓거리를 구분해 놓는 건 어렸을 때부터 몸에 익은 습관이다. 간식 먹은 그릇을 부엌에 가지고 가면 엄마는 기름기가 묻은 건 설거지통 바깥에, 물로만 헹궈도 되는 건 설거지통 안에 넣어두라고 했다. 나처럼 설거지를 빨리 끝내려는 마음이었을까? 아니면 세제를 아끼려는 짠내 정신?

"둘 다였겠지. 세제도 아끼고 설거지도 빨리하고. 세제로 설거지한 지 얼마 안 되었을 때거든."

아, 그렇지, 엄마가 어렸을 땐 주방 세제가 없었겠다.

"옛날 설거지는 지금 하고 완전히 달라. 지금은 집안에 수돗물이 나오잖아. 그때는 밖에서 물을 길어 와서 썼단 말이야. 부엌이 좀 넓은 집은 부엌 한쪽에 큰 항아리를 묻어. 거의 바닥 높이로. 거기에 물을 길어다 놓고 그때그때 퍼서 쓰는 거지. 물 길어 오는 게 제일 힘드니까 물은 무조건 아껴야 해. 옹기로 된 넓적한 그릇에 설거지할 거를 담고 물을 부어서 수세미로 한 번 닦아. 그 물은 밖에 버리거나 돼지 먹이통에 부어주기도 해. 그러고 나서 그릇에 새 물을 부어서 헹구면 끝이야. 딱 두 번 물에 헹구는 거지."

"그럼 기름기 있는 그릇은?"

"그런 건 따로 닦아야지. 옛날에 고기를 1년에 몇 번이나 먹었겠어. 기름이라고 해봐야 들기름이지. 쌀뜨물 받아 뒀다가 양은솥에 붓고 불을 때서 데워. 거기에 그릇을 담가서 닦는 거야. 식물 기름이라 뜨거운 물로 다 씻겨. 기름 없는 건 물로 닦고, 기름기는 쌀뜨물이나 뜨거운 물로 닦고. 그릇에 금이 가거나 기스(흠집)가 나서 때가 끼면 불 때고 남은 재나 연탄재를 물에 섞어서 닦아. 그러면 그릇이 아주 반짝반짝해져."

"그럼 세제는 언제부터 쓴 거야?"

"어렸을 때 '(말표)이뿐이비누'라고 빨갛고 동그란 비누 있었어. 어렸을 때부터 썼어. 그걸로 세수도 하고 그릇도 닦고. 애기 손바닥만 하게 쪼끄만데 하나 사면 3개 들어 있어. 다 쓰고 떨어지면 한참 있다 사고 그랬지. 이뿐이비누 없을 땐 쌀뜨물로 하거나 아니면 빨랫비누를 쓰는 거야. 시커먼 쌀겨 보릿겨 잿물로 만든 비누. 그러다가 나는 1980년대 들어서 트리오 사다 썼어. 돈 주고 사야 하니까 함부로 못 쓰겠더라. 뭐든 처음 나왔을 때는 쓰기가 조심스러웠고, 무조건 아꼈어. 기름기 있는 거 없는 거 따로 구분해두는 건 옛날 버릇이 그냥 이어진 거고. 그러면 설거지 빨리 끝낼 수 있고 편하잖아. 세제도 아끼고. 아마 다른 집들도 다 그랬을걸?”

그런데 진짜로
연탄재로 설거지를?

동아일보 1934.10.31.

여러분 가정에서 각금 곰국을 끄려 잡수시거나 기름끼를 시달린 그릇을 설거지할 때는 누구나 다같이 어려워하는 것입니다. 물을 펄펄 끄려서 쓰면 대개 기름이 떨어지지마는 그럴 수도 없는 일입니다. (…) 매운재를 한 줌 미즈근한 물에다 풀어노코 거기다 기름끼 그릇을 한참 동안 담거 두엇다가 쑤세미로 닥게 되면 묻엇든 때까지 다 빠지게 됩니다. 시험해 보십시오.

동아일보 1937.11.5.

밥상이 부억에 나오거든 비린 그릇은 비린 그릇대로 뜨물을 받어두엇다가 애머리를 씻고 그다음에 국이나 찌개그릇 또는 다른 반찬그릇을 먼저 드러운 물로 애벌을 씻어 노코 (…)

앞의 두 기사에는 엄마가 해준 이야기가 그대로 담겨 있다. '매운재'는 진한 잿물을 내릴 수 있는 독한 재를, '비린 그릇'은 생선이나 고기 기름기가 있는 그릇을 말한다. 1930년대에 신문을 볼 수 있는 이들은 지식인이나 권력층에 속했다. 그들의 집에서도 쌀뜨물과 재를 사용했으니 보통 가정에서는 두말할 것도 없었다. 세제로 설거지를 한다는 내용은 1950년대 말에야 신문에 처음 등장했다.

동아일보 1959.7.4.

먹고 난 다음에 기름기가 묻은 그릇과 안 묻은 것을 구별해서 기름기가 묻지 않은 것만을 먼저 설겆이통에 담근다. (…) 기름이 묻은 것은 먼저 종이로 기름기를 닦아낸다. 종이는 적당한 크기로 잘라두어 두고 쓰면 편리하다. 그리고 쑤새미에 비누를 묻혀서 닦아 씻는다. 아주 심한 기름기라면 중성세제 용액에 담가 두었다 씻는다.

역시 기름기가 있는 것과 없는 것을 구분해 닦는 건 마찬가지다. 이때 중성세제란 미끈미끈한 비누의 성질인 알칼리성을 다소 약하게 만든 세제로 1955년 기사에 의하면 "털실 세제에는 중성세제로써 가루비누가 가장 좋다. 요즘 시장에 있는 것으로는 '아이보리', '럭스' 등이 좋은 것"이라고 나온다. 재밌게도, 당시 세제는 세탁용과 주방용이 아직 구분되지 않았다.

애경유지공업주식회사 광고, 1966.11.1.

> 신용있는 애경의 새로운 세제! 식기, 과실, 야채용 중성세제 – 기름기로 더러워진 식기라도 말끔이 씻어줍니다. 과실, 야채의 싱싱한 맛을 상하지 않고 농약이나 회충알을 깨끗이 씻어줍니다. 인체에 조금도 해가 없습니다.

우리나라 최초의 주방 세제는 1966년 애경에서 만든 '트리오'이다. 과일이나 야채의 농약과 회충알까지 씻어낸다는 광고는 지금 들어도 놀랍고 혁신적이다. 요즘 과일 전용 세정제가 판매되긴 해도 대부분의 사람들은 채소나 과일에 세제를 사용하는 걸 여전히 꺼림칙하다고 여긴다. 환경호르몬 등 독성 성분이 표면이 남는다는 우려 때문이다. 하지만 1960년대는 도시에서 만들어지는 것들은 몸에 좋고 깨끗한 것이고, 옛 방식은 더럽다는 인식이 도시화와 함께 퍼져나가던 시기였다. 트리오의 광고는 당시의 이런 분위기를 반영한 것으로 볼 수 있다.

주방 세제에서 독성물질이!

1970년대 들어 우려했던 목소리가 들리기 시작했다.

경향신문 1972.3.30.

우리나라에서 시판되고 있는 중성세제는 석유화학물질인 ABS(알칼 벤젠 설폰)계통의 물질로 물에 자연분해가 되지 않아 하천 오염 때문에 외국서는 공해요소로 문제시되고 있는가 하면 요즘에는 인체 유해설이 대두되고 있는 물질이다. 요즘 와서 야채와 그릇을 씻은 후 얼마큼 남아서 그것이 사람 몸에 들어와 장애를 준다는 보고서가 쏟아져 나와서 미국과 일본에서는 ABS의 사용을 금지하고 있는 실정이다.

이어진 기사에는 ABS를 먹인 쥐의 내장에서 충혈, 부종, 폐렴이 발생했고 임신 중인 쥐에게 중성세제를 투여했더니 기형 새끼가 태어났다며, 야채에 묻은 세제는 흐르는 수돗물에 5분 동안 씻으라고 조언하고 있다. 그러나 2년 후 새로운 기사가 나왔다.

경향신문 1974.4.10.

일반 가정에서 야채나 그릇 등을 씻는 데 사용하고 있는 액체 중성세제에서 인체에 해로운 형광물질이 검출됐다. 10일 국립보건연구원이 국내에서 생산되는 10개 회사제품의 액체중성세제를 사용하여 씻은 사과, 딸기, 배추, 상추 등 4개 식품을 조사해본 결과 형광물질이 식품에 따라 0.8~42PPM까지 검출됐다는 것이다. 세탁물 등에 광택을 내기 위해 쓰이는 이 형광물질에서는 중금속, 유기염류 등이 나와 적은 양이라도 오랜 기간 계속 먹으면 축적 작용이 일어나 소화기 장애, 전신마비 등 신체 장애를 일으킨다는 것이다.

당시 일본을 비롯한 해외에선 중성세제의 형광물질 사용을 엄격히 규제하고 있었지만, 우리나라 식품위생법에는 이에 대한 조항이 마련되지 않았다. 기업을 처벌하거나 사용자에게 보상할 근거가 없었던 것이다. 정부는 기업에 형광물질을 사용하지 않도록 '주의하라'고 통보했고, 시민들에겐 식품용과 식기용을 구분해 사용하라는 아리송한 당부를 했다. 불과 석 달 뒤 "명태의 부패 방지를 위해 온몸에 바른 농약을 중성세제 에이퐁이나 트리오를 사용하면 좋다"는 내용의 기사가 실릴 만큼, 식품에 세제를 사용해도 좋다는 인식은 바뀌지 않았고 1980년대까지 트리오 상품 겉면의 과일과 채소 그림은 사라지지 않았다.

1977년엔 트리오와 함께 주방 세제의 양대 산맥인 '퐁퐁'이 럭키에서 출시되었다. 1980년대를 거치면서 주방 세제는 각 가정 설거지통 옆에 빠르게 자리 잡았고 나날이 성장해 1990년대에 이르러 연간 생산량은 10만 톤, 금액으론 1천억 원대에 이를만큼 성장했다. 1995년 정체기를 맞아 각 생산 업체들은 저독성, 저자극, 저공해, 식물성 원료 사용 등 고급화 전략을 내세웠다. 수세미즙이나 야자유, 천연 당분, 오이즙을 세제에 첨가하거나 거품 발생을 줄여 설거지 시간과 물을 절약하도록 했다. 또 펌프식 용기와 리필제품이 나온 것도 이 무렵이다.

현재 주방 세제는 2002년 11월부터 보건복지부 고시에 따라 1종, 2종, 3종으로 나뉜다. 인체에 악영향을 줄 수 있는 표백 성분과 방부제의 함량으로 구분한 것이다. 1종은 채소와 과실 등 먹거리를 씻는 데 사용해도 되지만 2종은 음식기, 조리기구 등의 식품용 기구를, 3종은 식품의 제조 장치 및 가공 장치 등 제조, 가공용 기구 등을 씻는 데에만 사용해야 한다.[1]

◇

1 뉴시스 '주방세제 '1종, 2종' 구분해서 사용하나요' 2017.6.13.

남편이 설거지하면 평등 부부?

그런데 설거지는 의외의 분야에서 각광을 받았다. 고등 교육을 받은 여성들이 사회에 진출하기 시작한 1980년대를 지나 1990년대에 이르자 '맞벌이 부부'라는 말과 함께 '평등 부부'가 사회 현상으로 등장했다. 그러면서 가사노동에 대한 이야기가 기사 속에 심심찮게 등장한 것이다.

경향신문 1993.5.5.

요즘 젊은 부부들 중에는 맞벌이가 많다. 그런 탓인지 이들은 집안일에도 가사분담 원칙을 정해 철저하게 일을 나눠서 하는 모양이다. 이를테면 밥은 아내가 짓고 설거지는 남편이 하는 식이다.

동아일보 1993.8.31.

집안일을 함께 하는 남성이 점점 늘고 있다. 물론 아직은 아내를 '위해' 설거지나 '해주고' 아이나 '봐주고' 집안일 '거들어주는' 수준이 대부분이지만 가장 기본적인 남성들 철들기가 시작되고 있는 것은 틀림이 없다.

맞벌이하는 남성들이 설거지 등 가사 분담을 한다는

내용의 기사들이다.

동아일보 1994.5.23.

"식사준비는 아내가 다 하지만 설거지나 청소는 남편도 할 수 있다고 본다."(33세. 사업) "맞벌이 부부니까 가사노동은 절반씩 해야 한다고 생각한다. 처음에 식사준비는 아내가 하고 설거지는 내가 하는 것으로 정했다. 그런데 어느날 설거지하고 TV를 보는데 아내가 방청소를 요구했다. 방청소는 공동책임인데 나보고 하라니 이런 것까지 해야 하나 하는 반발심이 일었다."(27세. 대학조교)

머리론 가사노동을 분담해야 한다고 생각은 하지만 몸은 설거지와 청소에서 멈추고, 여전히 여성의 일을 도와주는 보조자 역할만 하고 있음을 꼬집은 기사다. 당시 맞벌이 부부의 가사노동 분담률은 차이가 아주 많이 났다.

매일경제 1991.5.25.

취업주부의 약 85%가 하루 평균 14시간 이상의 가사와 직장일에 시달리고 있는 반면, 남편들은 가사를 거의 나눠 하지 않는 것으로 드러났다. (…) 가사노동부담은 결혼여부에 따라 심한 불균형을 보여 미혼인 경우 남녀가 하루 각 36분, 1시간

49분이던 것이 기혼으로 가면 38분과 5시간 29분으로 크게 차이나 취업 여성의 이중노동 현상이 심각한 상태임을 보여준다.

30여 년이 지난 요즘은 어떻게 바뀌었을까?

한국일보 2015.10.17.

우리나라 성인 남성의 가사노동 시간은 하루 평균 47분. 결혼하고 아이 키우느라 분주한 시기인 25~39세인 남성의 가사시간은 평균보다 겨우 2분 더 많다. 반면 같은 연령대 여성은 4시간 9분으로, 5배나 길다. (…) 맞벌이와 외벌이 부부의 시간활용을 보면, 맞벌이 남편의 가사노동시간은 41분으로 오히려 외벌이 남편(46분)보다도 적었다.

2015년 10월 17일 한국일보의 기사다. 25년 동안 맞벌이 남성의 가사노동 시간은 3분 늘었다. 가사노동에 대한 여성들의 불만과 요구가 늘어날 때마다 남성은 설거지와 청소(기 돌리기)로 맞섰다. 특히 '요리는 여성, 설거지는 남성'이 마치 공평한 업무 분담인 듯 말하기도 한다.

하지만 설거지는 요리 과정—메뉴 선정, 장 보기, 장 본 물건 정리하기, 재료 다듬기, 요리하기, 뒷정리—의 최후 마지막 과정이며 극히 일부를 차지할 뿐이다. 결코 요리와 등치할 만한 노동이 아니다. 누군가 내게 선택권을 준다면 나는 두말할 것 없이 생각만 해도 징글징글한 설거지를 선택하고 싶다. 왜냐하면 아무것으로나 대충 때울 수 있는 나 홀로 밥상과는 달리 때에 맞춰 남의 밥상을 차리는 일이란 상상보다 훨씬 고되기 때문이다.

내 친구는 하루 세끼 남의 밥 차리는 노동을 시지포스 신화에 빗댔다. 정상에 올려놓으면 다시 계곡으로 굴러떨어지는 바위를 끝없이 밀어 올리는, 혹독하고 부조리한 형벌을 받은 시지포스. 밥 차리고 돌아서면 또 밥을 차려내야 하는 도망갈 데 없는 자신의 처지가 딱 그와 같다는 거였다. 나는 그런 노동을 아주 잠시 해보았을 뿐이라 그 지겨움과 막막함, 허망함까지 다 이해할 순 없지만, 비유만큼은 꽤 적절해 보였다. 바위를 밀어 올리는 것보다는 배부른 상태에서 하는 설거지가 100배 편하고 좋은 건 명백하니까.

2016년 애경은 트리오 출시 50주년을 기념해 TV 광고를 만들었다. 광고 속에서 여성은 50년 동안 한결같이 싱크대 앞을 지키고 서서 설거지를 한다. 이제 많은 이들이 이런 장면을 '성차별'로 인식한다. 이 광고 역시 엄청난 욕을 먹으며 금세 자취를 감추었다. 대중의 인식이 바뀌었으니 행동으로 이어질 날도 머지않을 것이다.

굵은 소금을 빻아서
가운뎃손가락에 찍고
이에 막 문지르는 거야.

열여섯, 치약

엄마와 나는 같은 치과에 다닌다. 정기검진도 받고 스케일링도 할 겸 1년에 한두 번은 치과를 방문한다. 10여 년 전, 과잉 진료를 하지 않으면서 치료는 꼼꼼히 한다는 소문을 듣고 처음 이 치과를 찾아갔다. 당시 내 이와 잇몸 상태는 썩 좋지 않았다. 내 또래의 젊은 의사는 5개나 되는 썩은 이들을 차례차례 레진과 금으로 바꾸어 놓았다. 신경치료의 괴로움을 다시는 겪고 싶지 않아 그다음부터는 양치질과 치실질을 열심히 한다. 다행히 그때 이후로 치료해야 할 이는 아직까지 나오지 않고 있다. 내 입안 내력을 잘 알고 적절하게 치료해 주는 믿음직한 의사가 있으니 든든하면서도, 의사 앞에서 눈을 감고 입을 벌릴 때마다 아직도 늘 마음이 조마조마하다.

엄마는 나이에 비해, 또 나와 견주어도 이 상태가 꽤 괜찮은 편이다. 노화로 예전보다 잇몸이 내려앉은 걸 빼면 특별한 문제가 없다. 임플란트 하나에 금으로 때운 이는

3개뿐이다. 내가 엄마 나이 때까지 지금 상태를 유지한다고 해도 건치 경쟁에서 엄마는 이미 승자다.

"엄마는 어떻게 이를 관리한 거야?"

"그냥 양치질하는 것밖에 없어. 구석구석 살살 5분 정도 닦아. 그게 다지 뭐."

"언제부터 양치질을 그렇게 잘했어? 옛날에도 칫솔, 치약이 있었어?"

"어렸을 때 분가루(치분) 같은 거로 닦은 기억이 나. 아주 빳빳하고 억센 칫솔에 묻혀서 닦았어. 소금도 썼지. 굵은 소금을 빻아서 가운뎃손가락에 찍고 이에 막 문지르는 거야. 근데 주로 분가루를 썼어. 종이로 된 동그란 통에 담겨 있었는데, 맛이 어땠는지 기억이 안 나네. 양치는 하루에 한 번, 아침에만 했어. 안 하는 사람이 더 많았어. 도시에선 어땠는지 몰라도 시골에선 정말 그랬어. 사람들 이빨이 노란 옥수수 색깔이었다니까."

엄마는 강하게 확신하는 걸 과장해 표현할 때가 있다. 그래도 옥수수라니, 이건 너무하지 않나. 피식 웃으니 엄마가 정색을 했다.

"이가 얼마나 누랬는지, 국민학교 3학년 때인가, 선생님이 애들한테 집에서 소금을 가져오라고 했어. 양치하는 걸 알려주려고 했나 봐. 근데 안 가져온 애가 훨씬 많았지. 나도 그렇고. 선생님이 우리를 다 냇가로 데리고 가더니, 양치를 이렇게 저렇게 하래. 근데 소금 없는 사람은 모래로 닦으라는 거야. 이가 너무 누렇다면서. 시키니까 다들 그냥 했지 뭐. 으슥 으슥 하니 안 좋았어. 느낌이 지금도 생생하니 잊히지 않네. 밥 먹다가 돌만 씹혀도 기분이 나쁜데 입 안 가득 모래가 들어갔으니 얼마나 이상했겠어?"

어릴 때 그 정도로 이를 안 닦았다면 이가 많이 썩었을 텐데, 엄마는 어떻게 멀쩡할 수 있었을까?

"그러게. 이가 안 썩더라고. 다른 애들도 누렇긴 해도 썩지는 않았어."

엄마가 잠시 말을 멈추더니 뭔가 생각난 듯 말했다.

"네 이모(엄마의 동생)는 이가 많이 썩었어. 생각해 보니까, 그때 큰 오빠가 자주 사탕을 사줬어. 아주 딱딱하고 하얀 사탕이 있었는데, 너희 이모는 그걸 어려서부터 먹었거든. 이가 나면서 바로 썩어버려서 앞니가 절반밖에 없었어. 나는 단 걸 어려서부터 안 먹어서 이가 튼튼한 거 같아. 네 외할머니도 아흔둘에 돌아가실 때까지 임플란트나 틀니 같은 거 하나도 안 하셨어. 제 이빨로 돌아가셨지."

조선일보 1930.2.9.

(치분의) 주요 성분은 침강탄산석회에 석경말을 가한 것이 기초제로 그밧게 여러 가지 향료를 석긴 것임으로 할 수 있는 대로 가루가 부드럽고 고아야 됩니다. 입에 너허 거츨거츨하게 덩어리가 잇는 것은 좃치 안습니다.

칫솔 팔기 위해
치약 만들어

엄마의 말이 틀린 건 아니었나 보다.

한겨레 1995.9.17.

50년대까지만 해도 제대로 된 치약이 없어 소금으로 이를 닦고 심지어 모래를 사용하기도 했다.

위 기사에 따르면 우리나라에 치약이 처음 소개된 것

은 1945년쯤이다. 해방과 함께 주둔하기 시작한 미군에게 보급할 용도로 들어온 치약을 일부 특수층이 사용하기 시작한 것이다. 그 뒤 한국전쟁이 일어나 군수물자와 함께 외제 치약 '콜게이트'가 국내에 들어왔다.

앞 기사

50년대 초 가루치약이 생산되기도 했지만 용기가 튜브형태인 외제치약에 비해 사용이 불편하고 제품도 조잡해 소비자들에게서 외면을 받았다. 대신 대부분의 사람들은 치약과 칫솔 대신 굵은 소금을 손가락에 묻혀 이를 닦았다.

우리나라에서 처음 만든 치약은 1955년 락희화학공업사에서 생산한 럭키치약이다. 락희화학공업사는 현 'LG생활건강'의 전신으로 원래 비닐을 생산하던 공장이었다. 한국전쟁 직후 국내 최초로 칫솔을 만들었지만, 영 판매가 부진했다. 손가락에 소금만 묻히면 될 일에 굳이 돈을 쓸 이유도, 여유도 없었을 것이다. 이에 락희화학공업사는 칫솔을 팔기 위해 1954년 치약을 개발해 이듬해부터 생산, 판매를 시작했다. 그러나 전후 국민 대다수가 너나없이 가난했기에 치약은 중산층 이상의 가정에서나 사용할 수 있었다. 락희화학공업사는 신문광고뿐만 아니라 1956년 우리나라 최초의 애니메이션 텔레비전 광고를 만들어 대대적인 치약 홍보에 나섰다.

잘못된 양치 방법이 유행했다

1946년부터 조선치과의사회(현 대한치과의사협회)에서는 6월 둘째 주를 '구강위생 강조주간'[1]으로 정해 치과에서 검진과 치료를 무료로 하도록 했다. 이를 알리기 위해 곳곳에 포스터를 만들어 붙였는데 여기에는 올바른 칫솔질 방법이 실려 있었다.

동아일보 1958.6.13.

구강위생주간이라 '포스타'도 눈에 띄고 각처에서 강연회도 있는 모양이다. 한 가지 색다른 것은, 종전에는 좌우로 닦던 잇발을 서양 사람들 같이 이의 구조에 따라 상하로 닦으라고 외치는 점이다. 벌써 간간이 하(下)형으로 생긴 묘한 칫솔로 상하 운동을 하는 사람도 눈에 띈다.

더불어 1959년 럭키치약 광고엔 이런 정보가 담겼다.

◊

1 2016년부터 매년 6월 9일을 '구강보건의 날'(법정기념일)로 제정함

“닦기 전에 칫솔을 물에 담갔다가 닦아보십시오. 놀랍도록 많은 거품이 나고 깨끗이 닦여집니다.”

안타깝게도 올바른 정보가 아니었다. 치약의 연마제 성분이 제 역할을 하려면 칫솔에 물을 묻히지 않는 것이 좋다. 당시 신문은 요즘 포털 메인 뉴스 급의 영향력에 신뢰도까지 높은 매체였다. 이 광고가 나간 이후 사람들은 칫솔에 물을 묻히기 시작했고 이 습관은 오랫동안 이어졌다. 내게 양치질을 가르쳐주던 엄마 역시 마찬가지였다.

“나도 그랬지. 꼭 물을 묻혔어. 그래야 거품이 많이 나고 개운한 거 같더라고.”

“지금도 물 묻혀?”

“아니. 너였던가, 하여간 누가 그러더라고. 칫솔에 물 묻히면 안 좋다고. 그다음부터는 안 해.”

엄마는 양치질 교육을 제대로 받은 적이 없다는 걸 아쉬워했다.

“내가 양치질을 제대로 하기 시작한 건 15살쯤일 거야. 칫솔로 했는데, 양치를 뭐 어떻게 해라, 이런 말을 들은 적이 없어. 나는 양치를 너무 세게 해서 잇몸이랑 이가 다 패인 거 같아. 그냥 세게 힘줘서 팍팍 빨리 닦는다는 생각만 했어. 빨래를 막 치대서 빨듯이 말이야. 너희 키우느라 바쁘니까. 근데 그게 안 좋은 줄 알면 그렇게 안 했지. 살살 잘 닦았으면 지금 멀쩡한 이가 더 많았을 텐데. 그게 아쉽지. 아깝고."

잘못된 정보를 알린 것 이외에도 치약 광고의 문제는 또 있었다.

"곱게 간추린 하얀 잇빨처럼 탐스러운 것은 없습니다. 그런가 하면 여인의 입냄새처럼 품위가 낮은 것도 드물다 할 것입니다. (…) 밤마다 화장에 정성을 기우리면서 입치장을 잊어서야 되겠습니까." (1959년 3월 22일 동아일보에 실린 럭키 치약 광고)

입 냄새는 성별보다는 사람에 따라, 또 같은 사람이라도 몸 상태나 먹은 음식에 따라 달라진다. 그런데도 '여인의 입 냄새'만 콕 짚어 품위가 낮다고 표현해 놓았다. 밤마다 화장에 정성을 들인다는 것도 이해가 안 가지만, 광고에 붙은 "충치는 밤에 미녀도 밤에"라는 문구가 묘하게 불쾌하다. 여성을 열등하게 바라보고 성적인 대상으로 삼은 것, 이건 여성 혐오다. 일본 사회학자 우에노 지즈코는 이런 여성 혐오가 "남성에게는 '여성 멸시', 여성에게는 '자기 혐오'"로 작용한다고 했다.[2] 치약만이 아니라 많은 광고에서 여성 혐오의 흔적을 발견할 수 있다. 이를 하나하나 찾아내 무엇이 잘못되었는지 바로잡고 현재까지 이어지는 것은 없는지 확인하는 일이 우리 안의 여성 멸시와 자기 혐오를 지우고 없애는 하나의 방법이라 나는 믿는다.

이를 닦는데도 오르는 충치 발생률

1960년대 들어 치약은 서서히 생활필수품으로 자리를 잡아갔다. 여러 중소기업이 치약 생산에 뛰어들면서 판매 경쟁도 치열해졌다. 후발주자들은 독보적으로 앞서가는 럭키치약을 따라잡기 위해 살균제나 불소를 넣었다는 광고를 하고, 치약 포장지에 25만 원 상당의 텔레비전을 비롯해 전축, 미싱, 트랜지스터라디오 등 경품을 뽑을 수 있는 복권 번호를 새겨 넣기도 했다. 물론 이때 치약에 추가

◇

2 우에노 지즈코, 《여성 혐오를 혐오한다(2012)》, 은행나무

로 넣은 성분은 효과가 미미했다고 한다.

치약과 칫솔의 사용은 나날이 늘어가는데 이상하게도 충치는 점점 심해졌다. 특히 타지역에 비해 서울 지역의 충치 발생률이 높았다.

동아일보 1968.10.3.

구강 상태를 보면 대학생은 칫솔사용률이 100%이지만 학년이 낮을수록 사용 않는 자가 늘어서 국민학교 아동의 칫솔 소유율은 50%밖에 안 된다. 치약으로 식사 전 한 번 이닦기로 구강위생의 임무를 다한 학생들은 충치가 78%(서울)나 된다. 충치는 서울이 제일 심하고 농촌지역이 발생률이 낮아서 39% 정도밖에 안 된다.

서울 학생들의 충치 발병률이 농촌 지역의 2배에 달하는 원인이 무엇인지 기사에는 나오지 않는다. 하지만 추측은 해볼 수 있다. 소득수준이 나은 이들이 서울에 많이 살았던 만큼 서울 아이들이 설탕이 든 달달한 군것질을 할 기회가 훨씬 많지 않았을까. "사탕을 먹은 뒤 동생의 이가 썩었다"던 엄마의 이야기를 들어봐도 그렇고, 다음 기사를 봐도 이 추측이 타당할 듯싶다.

매일경제 1974.3.27.

현대의 많은 어린이들이 충치로 고생하게 되는 원인은 전 시대의 어린이들에 비해 요즘 어린이들이 훨씬 단것을 많이 먹는 데 있다. (…) 충치의 근본요인은 당분이라는 것을 재인식하고 어린이의 치아를 관리하도록 한다. 될 수 있으면 어린이가 당분을 적게 먹도록 유도하는 것이 건치를 갖게 하는 비결이다.

치약 전쟁,
온갖 치약이 등장하다

1970년대 치약의 최강자는 시장점유율 80%를 차지한 럭키치약이었다. 앞서 치약 시장에 뛰어들었던 업체들의 추격으로 한때 시장점유율이 63%까지 떨어진 적이 있었다. 그러자 럭키치약은 가격 인하 전쟁에 돌입했고, 덩치가 작은 업체들은 오래 버틸 재간이 없어 그만 손을 들고 말았다. 이후 럭키치약은 시장점유율 95%에 달하는 독점에 가까운 위치를 누렸다.

1979년 수입자유화 조치가 시행되면서 럭키의 독주에 제동이 걸렸다. 곧이어 치약 시장의 주도권을 잡기 위한 경쟁이 치열해졌다. 부광약품의 안티프라그, 태평양화학의 클로즈업과 메디안, 럭키의 페리오 등 지금은 익숙하지만, 당시로썬 새로운 브랜드들이 각축을 벌였다. 치약 색깔도 흰색에서 청색, 붉은색, 줄무늬 등 다양해지고 불소를 넣거나 약용성분을 넣은 치약 등도 선보였다. 치약 회사들은 잇몸 질환이나 플라크 제거, 시린 이 등 특정 효과를 부각해 광고를 했다. 1992년 럭키의 점유율이 67%까지 떨어졌고 태평양(24%), 애경(4%), 부광(3%) 등이 나머지를 나눠 가졌다.

럭키는 회심의 한 방을 준비했다. 곧바로 '죽염치약'을 선보이며 재도약에 나선 것이다. 죽염치약은 그야말로 대성공을 거둬 1993년 한국능률협회가 뽑은 '올해 8대 히트상품'으로 선정됐다. 죽염치약의 성공에는 당시 문화적인 배경도 한몫했다. 1990년 이은성의 《소설 동의보감》이 출간돼 이듬해까지 80만 부가 팔리는 베스트셀러에 올랐고, 이는 한의학에 대한 관심으로도 이어졌다. 또한 1991년은 쌀 시장 개방에 맞서 농민운동이 활발히 벌어지던 시기였다. 때문에 '신토불이(身土不二)'라는 말이 유행어처럼 번지고 '우리 것'에 대한 관심이 높아져 1990년대 내내 한약재를 넣은 한방차, 한방화장품, 한방파스 등 다양한 한방 제품과 브랜드가 시장에 나왔다.

이후 고가의 미백치약, 송염치약 등 치약들이 등장해 관심을 끌었다. 2000년대 들어 치약의 '한방 붐'이 사그라드는 대신, 애경 2080치약 등 온 가족이 쓸 수 있는 '가족형 치약'을 선택하는 이들이 많아졌다. 여기엔 IMF 외환위기의 영향도 컸다.

한국경제 2000.11.24.

한방치약은 주 소비층이 장년층으로 제한돼 있는 반면 가족형은 온 가족을 겨냥하고 있는 것이 희비가 엇갈리게 된 요인으로 꼽힌다. 가족형 치약이 한방치약에 비해 30%가량 싼 것도 또 다른 요인으로 분석된다. 외환위기 등을 겪으면서 집안 살림이 어려워지자 주부들이 저렴한 제품을 선호하고 있다는 것이다.

◇◇◇

요즘은 치약 성분에 크게 관심을 두는 이들이 많지 않은 것 같다. 치약의 품질이 안정화되었고, 특별한 이유가 없는 한 소비자가 치약에 거는 기대도 그리 크지 않다. 믿거니 하고 사용하는 것이다. 나도 주로 명절 선물 세트에 든 것을 별생각 없이 쓴다. 그러다 치약을 구입해야 할 땐 생협에서 나오는, 거품이 나지 않는 치약을 선택한다. 사람 몸과 환경에 유해한 것이 적게 들어 있고 물속에서 분해가 빠른 비누 성분을 사용한 것이라 한다. 예전엔 고려하지 않던 '환경'이란 가치가 소비의 중요한 기준 중 하나가 되었다. 사실 나보다 훨씬 엄격한 윤리적, 정치적, 환경적 기준으로 상품을 선택하는 이들이 10대, 20대 젊은 층에서 늘고 있다. 그들의 생각과 행동을 따라가는 것이 지구와 뭇 생명에 이로울 때가 많다는 걸 나도 배우는 중이다. 20년, 30년 후엔 또 어떤 새로운 기준이 생길지 궁금한 마음으로, 내가 할 수 있는 것을 실천하며 기다리련다.

다들 하니까 한 거지,
왜 해야 하는지는
생각 안 해봤어.

열일곱, 브래지어

찬 바람이 불기 시작하면 좋은 게 하나 있다. 여름 내내 입었던 갑갑한 옷 한 가지를 덜어낼 수 있다는 것이다. 바로 브래지어다.

중학교 1학년 때 엄마가 건넨 브래지어를 처음 입어 보곤 깜짝 놀랐다. 이렇게 답답한 걸 어떻게 하고 있지? 이걸 왜 해야 하지? 엄마는 "중학교에 올라갔으니 해야 한다"고 했지만, 갑갑함을 참기 힘들었다. 당장 벗어던졌다. 하지만 얼마 후 담임선생님한테 등짝을 얻어맞았다. 주기적으로 하던 '브래지어 미착용자 색출'에 걸린 것이다. 하는 수없이 옷 서랍 구석에 처박아 두었던 것을 다시 집어 들었다. 답답한 인생의 시작이었다.

브래지어를 하면 소화가 잘 안됐다. 어깨도 뻐근하고 숨도 제대로 쉬어지는 것 같지 않았다. 누군가에게 꽉 붙들려 있는 듯, 탈출하고 싶은 욕구가 불쑥불쑥 솟구쳤다.

그래서 외출했다가 집에 오면 손도 씻기 전에 브래지어부터 풀어 놓는 게 일상이 되었다.

서른을 넘기면서부터 속이 더부룩한 느낌이 심해지고 안 하던 멀미도 했다. 몸이 편치 않으니 일하는 데 집중도 안 됐다. 정말 안 하고 싶지만, 용기가 나지 않았다. 지나가는 사람들이 내 가슴만 쳐다볼 것 같았다. 툭 튀어나온 유두만 아니어도 괜찮을 것 같은데…. 방법을 찾다 보니 나름 대안이 있었다. 반창고를 붙이는 것! 하지만 아침저녁으로 붙였다 떼었다 하는 게 아주 번거로울 뿐 아니라 반창고의 까끌한 비닐 부분이 꽤 거슬렸다. 반창고 탈락!

인터넷에는 실리콘으로 된 동그란 패치 상품도 나와 있었다. 그래, 이거야! 반가운 마음에 사서 붙여보았다. 며칠 편한가 싶더니 통풍이 되지 않아 땀이 찼다. 말 못할 가려움과 습진이 생겼다. 아쉽지만 이것도 탈락! 결국 안쪽에 패드가 붙은 메리야스를 비싼 값에 샀다. 이마저 한여름에 입기엔 너무 덥다. 찜통인 날에는 얇은 티 한 장에 브래지어를 하는 게 최선이다. 대신 철사가 없는 것을 택해야 한다. 와이어는 정말 끔찍하니까!

그러다 두꺼운 옷을 여러 겹 입는 겨울이 되면 브래지

어를 안 해도 티가 나지 않는다. 반창고도, 둥근 패치도, 패드가 붙은 메리야스도 없이 스웨터에 두꺼운 점퍼로 몸을 둘러싸고 첫 외출을 한 날, 시원하고 통쾌하고 자유롭고… 아무튼 엄청난 해방감을 느꼈다.

겨울이 오면 그래서 좋고, 따뜻한 봄이 오면 그래서 아쉽다. 아니, 가슴 달고 태어난 게 죄도 아닌데 왜 이렇게 불편하게 살아야 하는 거지? 대체 브래지어는 언제부터 한 걸까. 6.25전쟁 때도 여자들은 이걸 하고 피난길에 올랐을까?

"스무 살(1970년) 때인가… 친구들이 브라자를 하기 시작하더라고. 남들이 하니까 나도 하고 싶었지. 근데 돈도 돈이지만 그런 걸 살 줄을 몰랐어. 먹고살기도 어려운데 나 치장할 물건을 돈을 주고 살 순 없었지. 비쌌거든. 필수품도 아니었고 그냥 유행처럼 번진 거니까."

가난해도 유행과 멋을 포기하긴 싫었던 호기심 많은 엄마는 어느 날 낡은 옷의 천을 오려내고 실로 꿰매어 뒤로 묶는 방식의 '수제 브라자'를 만들었다.

"친구랑 둘이서 정말 그럴듯하게 만들었어. 파는 것보

다 훨씬 예쁘더라고. 그런데 너희 할머니가 보시더니 '이년들이 겉멋이 들더니 미쳤구나!'하고 화를 내면서 글쎄 아궁이에 던져 버린 거야. 애써서 만든 게 홀랑 타버리더라고. 너무 황당했지."

엄마는 외할머니를 원망하지는 않았다고 했다. 하지만 표정은 감출 수가 없는 법. 일흔 살 엄마의 얼굴엔 그날의 아쉬움이 생생히 묻어났다. 엄마는 결혼을 한 25살에도 브래지어를 하지 않았다고 했다.

"너희 셋 낳고 나서 밖에 다닐 일이 많을 때부터 한 것 같아. 다들 하니까 한 거지, 왜 해야 하는지는 생각 안 해봤어. 그냥 하라면 하고, 뭐든 순종하고 살아서 그랬나 봐."

선거 때 등장한 브래지어 3,500개

브래지어가 우리나라에서 처음 생산된 것은 1954년이다. 국내 최초 란제리 회사인 신영에서 '비너스'를 만들고 7년 뒤 남영에서 '비비안'을 출시했다. 브래지어는 '양장'으로 불리던 서양식 의복과 함께 해방 이후 대도시의 대중에게 알려지기 시작해 서서히 전국으로 퍼졌다. 1960년대 부터 신문에는 브래지어 관련 기사가 끊임없이 등장한다. 주로 미용 또는 건강 관련 기사에 브래지어가 나왔다.

"가슴도 탄력성 고무로 만든 브라자로 조른다. 그러면 움직일 때마다 기름덩이와 붕괴직염덩이가 근육과 막 사이에 모이며 이로 인하여 땀이 많이 나면 여러 가지 독소가 제거된다"[1], "코르셋, 브라자 등이 자세를 바르게 고치는 데 도움을 준다"[2], "가슴의 융기를 지탱하는 인대는 브래지어로 받쳐주지 않으면 늘어진다"[3] 등 브래지어가 미용과 건강에 도움을 준다는 내용이다. 모두 사실무근이다. "기름덩이"와 "붕괴직염덩이"라니, 여성의 몸이 오염물질로 구성되기라도 했다는 걸까? 또 가슴이 늘어지면 안 되는 이유는 뭘까? 사실 브래지어는 오히려 가슴 처짐을 가속할 뿐만 아니라 금속 와이어가 림프액의 흐름을 막아 해롭다는 연구가 이후 발표되기도 했다.

브래지어는 사건 사고에도 많이 등장한다. 1968년 베

◇

1 경향신문 1961.5.31.

2 경향신문 1962.8.6.

3 매일경제 1972.2.3.

트남에서 총에 맞은 한 여성이 브래지어 솜에 총알이 박히는 바람에 목숨을 구한 일이 해외 토픽에 올랐다. 해외에서 국내로 입국할 때 브래지어 안에 반입이 금지된 금괴, 다이아, 권총 등을 숨겨 들여온 사건도 꽤나 많이 발생했다. 1970년에는 다음과 같은 내용의 기사가 실렸다.

동아일보 1970.6.20

영국여자육상협회는 앞으로 여자육상선수들이 경기시 브라자 착용을 금지키로 했는데 브라자 착용을 허용할 경우 가슴이 빈약한 선수들이 가슴이 큰 선수들보다 불리하다는 것. 지금까지 여성들은 경기서 두툼한 브라자를 착용하여 결승점 테이프를 가슴으로 끊음으로써 많은 득을 보아왔다는 것. (…)

영국 로이터 통신의 보도를 번역한 기사다. 기사에서 '브래지어'를 빼면, 이게 과연 해외 토픽에 오를 만한 이야기인지 의문이 생긴다. 브래지어가 선정적이고 자극적인 소재로 쓰이고 있었고 여성의 몸은 이렇게 소비되었다.

1971년 국회의원 선거 때의 일화도 눈에 띈다.

동아일보 1971.5.20.

> 한표를 홀리기 위해 브라자와 맛난이까지 미끼로 동원되고 있다. 경남 H군에서는 모당측이 브라자 삼천오백 개를 부산에서 주문해 와 농촌의 이십대 여성 유권자와 가정 주부들에게 뿌릴 계획을 짜고 있다. 이 「브라자 선물작전」이 여성 유권자들에게 크게 어필할 것에 당황한 상대측은 대책을 세우기에 고심. (…)

선거 때 온갖 선물이 난무하던 시절이었다. 이어진 기사에 따르면 선거 사상 브래지어가 등장한 것은 이때가 처음이란다.

'꼴불견 여성론'?

사실 '브래지어'란 단어가 가장 많이 등장한 것은 신문의 연재소설이었다. 소설 속 여성들은 어찌나 브래지어를 벗어대고 누군가는 이를 관찰하는지, 옛 신문을 들여다보고 있자니 마음이 갑갑했다. 일반 기사에서도 여성의 옷차림이나 행색을 질타하고 훈계하는 내용이 제법 많다.

경향신문 1960.6.14.

부라자 끈이 겉으로 나와 걸음 걸을 때마다 밀어 넣든가 또는 팔로 흘러내려 꼴이 볼일 못 보는 여인의 모습을 흔히 보게 되는 여름철인 만큼 심한 데자인(디자인)일 때는 스트랍레스의 부라자나 슬립을 입거나 그렇지 않을 때는 속치마끈을 잘 처리할 것이다.

경향신문 1970.4.15.

오늘은 조영남이 '꼴불견 여성론'을 편다. 스타킹이 밑으로 내려온 여자, 브라자 끈이 보이는 여자, 극장서 껌을 씹는 여자, 다방서 음악을 따라 부르는 여자 등 날카롭게 꼬집으며 (…)

경향신문 1973.7.25.

여름철 꼴불견은 여성에게도 많다. (…) 속이 비치고 꼭 끼는 T샤쓰에 브라자만 해서 브라자가 훤히 보이는 차림의 여성이 많다. (…) 아무리 덥더라도 브라자가 보이는 것은 속살을 드러내보이는 것과 같은 수치라는 것을 명심해야 할 것이다.

브래지어 끈이 보이는 것도, 흘러내린 것을 다시 올리려고 애쓰는 것도, 한여름 복날 브래지어가 비치는 것도, 브래지어를 하지 않는 것도 모두 "꼴불견"으로 치부되었다. 여자라면 모름지기 감추고 가려서 오차나 실수 없이 늘 단정해야 한다는 뜻이다. 그런데 1964년 12월 10일 경향신문과 동아일보엔 "미국에서 속이 들여다보이는 '투명성 브라자'가 날개 돋친 듯 팔린다"는 가십성 기사가 실렸다. 1977년 3월 7일 동아일보에는 "새로운 브래지어 디자인을 내놓고 있다"는 기사와 함께 내용과 전혀 상관없는 여성의 가슴 일부가 노출된 사진을 실었다. 끈은 보이면 안 되고 가슴은 된다? 여성의 몸은 언제나 이렇게 누군가에게 보여지고 평가받고 단속되어야만 하는 대상이었다.

브래지어 때문에 벼락 맞아 숨지기도

언론은 '노브라 운동'에도 관심이 많았다. 1960년대 말 미국에서 여성운동의 일환으로 시작한 활동으로 신문에선 '브라자 벗기 운동' 정도로만 간단히 표현했다. 역시 가십성 성격이 짙다. 1970년엔 브래지어를 '여성 억압의 상징'으로 본 노브라 운동이 미국에서 일어나 큰 반향을 얻었다. 그러나 우리나라 언론은 이를 제대로 이해하지 못했다. 오히려 "과격한 여성해방운동가" "남성들의 조롱과 비웃음" "현숙한 동성들의 비난과 혐오"라는 표현을 쓰며 운동의 의미를 깎아내렸다.

경향신문 1970.8.28.

수만 명의 과격한 미국 여성해방운동가들은 26일 남성들의 환호와 야유를 받으며 뉴욕을 비롯한 주요 도시에서 일제히 시위를 벌였다. 이들 과격한 여성해방운동가들은 이날 미국 여성참정권 획득 기념일을 맞아 전국 대도시에서 대대적인 시위를 전개했으나 남성들의 조롱과 비웃음 그리고 보다 온건하고 현숙한 동성들의 비난과 혐오를 샀다.

그런데 '노브라'가 우리나라에선 조금 다른 면에서 확산된 것 같다. 이유는 알 수 없지만, 국내에 퍼진 노브라 추세에 브래지어 제조업자들이 골치를 앓고 있다는 기사가 1977년부터 1979년까지 등장한다. 나는 브래지어의 불편함이 원인이라 추측한다. 내가 느낀 불편함을 선배 여성들이라고 느끼지 않았을 리 없다.

그런데 '노브라'를 바라보는 언론사 기자들의 시선이 곱지 않았다. 다음 기사에는 "의상 공해"라는 신조어부터 성희롱적 내용까지 당시 여성을 바라보는 왜곡된 시선이 그대로 담겨 있다.

동아일보 1979.8.17.

이제 다시 노브라로 되돌아가게 된 동기는 크게 두 가지로 얘기되고 있다. 우선 의복을 대하는 마음가짐이 변화를 일으켰다는 것이다. 옷을 잘 차려입음으로써 옷을 통해 일종의 권위를 나타내고자 하던 때가 있었으나 이제는 입어서 편한 것만을 추구 (…) 각종 스트레스에 시달리는 현대인이고 보면 옷의 압박에서만이라도 해방되고 싶었는지 모른다. 그래서 탄생된 것이 입어서 또 보아서 편안한 루즈룩(헐렁한 옷차림)이고 노브라라고 한다. (…) 남성과 동등하고자 원하는 여성해방운동의 일환으로 노브라가 퍼지기 시작했다는 등 풀이도 갖가지다. (…) 의상 디자이너들은 경고한다. 그리고 가슴이 밋밋한 여성 또 가슴의 곡선미가 사라진 중년 이상은 (노브라를) 스스로 자제하는 것이 현명한 일이라고. 또한 직장여성이 비치는 블라우스에 노브라 차림으로 의상공해를 일으킨다면 생각해볼 문제가 아닐지. 하지만 일부 남성 측에선 브래지어에 의한 가짜가 아닌 노브라의 진짜 곡선을 은근히 환영하고 있는 눈치다.

기업들은 재빨리 움직였다. '노브라' 움직임에 속옷 제조업체들은 소재와 디자인을 꾸준히 바꾸고 인기 모델을 내세워 열심히 광고했다. 1986년엔 형상기억합금을 와이어로 사용해 그 해의 인기 상품으로 꼽혔다. 1990년대 들어서는 컴퓨터로 디자인한다는 내용을 광고하고 소재도 고급화해 나갔다. 1996년엔 10대 초반을 위한 브래지어를 선보이고 컵의 크기와 종류도 다양하게 만들었다. 1998년엔 공기를 주입해 볼륨을 조절하는 '에어컵' 상품이 출시됐고 이듬해 전자파 차단 기능을 더한 브래지어가 출시되었다. 아주 잠시 주춤했던 브래지어 시장은 나날이 커졌고 그와 동시에 아마도 여성들의 가슴은 점점 답답해졌을 것이다.

하고 싶은 사람만 할 수 있다면

2018년 SNS에서 10대, 20대 여성들 사이에 '탈코르셋' 운동이 퍼졌다. 탈코르셋은 속옷으로 특정했던 '노브라' 운동과 달리 화장과 불편한 옷, 하이힐, 긴 머리 등 '여성을 억압하는 꾸밈으로부터 벗어나는 상태'를 추구하는 운동이다. 관심이 생겨 관련 책도 읽어보니 틀린 말이 하나도 없었다. 성별에 따라 외모를 다르게 꾸며야 할 이유는 없다는 걸 나는 왜 마흔이 되도록 깨닫지 못했을까?

사실 미리 알았더라도 남들 시선을 꽤 의식하는 나는

브래지어를 싹 내다 버리는 일은 하지 못했을 거다. 요즘은 가슴 부위에 도톰한 천을 덧댄 상의 형태의 속옷을 주로 입는다. 하지만 언젠간 이마저 훌훌 벗어버릴 날을 기대하고 기다린다.

그리고 상상한다. 하고 싶은 사람은 하고, 하기 싫은 사람은 안 하고, 그냥 맘대로 입고 나가도 뚫어지게 쳐다보는 사람, 신경 쓰는 사람이 하나도 없는 세상. 누군가에게 비난을 듣거나, 직장에서 불이익을 당하는 일도 없는 세상. 아니, 이런 걱정 자체를 잊고 살 수 있다면 얼마나 좋을까? 여름날 축 늘어진 가슴에 티 하나 걸쳐 입고 맨얼굴로 맘 편히 거리를 활보하는 아줌마, 할머니! 내가 바라는 미래의 내 모습이다.

그땐 약국에서만 팔았고,
크기도 한 가지였어.

열여덟, 생리대

14살이었던 1991년 봄, 허리가 뻐근해 딱딱한 학교 의자에 앉아 있기가 무척 괴로웠던 날. 내가 첫 월경이자 첫 월경통을 맞닥뜨린 날이다. 그날 이후 매달 월경 이틀째 되는 날이면 어김없이 몸이 붓고 뭔가에 집중하기 어려울 만큼 배와 허리가 아프다. 이런 세월을 보낸 지도 어느새 만 30년이 넘었다. 앞선 20년은 통증을 그냥 참았고, 다음 10년은 진통제를 먹었다. 생리통에 진통제를 먹어도 괜찮다는 이야기를 제약회사의 광고 이외에는 누구도 내게 들려주지 않았다. 대신 자연스러운 고통이니 참고 견뎌야 한다는 말을 어른들에게 들었다. 약을 먹는 사람은 예민하거나 유별난 취급을 하는 분위기도 있었다. 곰이 동굴 속에서 쑥과 마늘을 먹으며 '인내'한 끝에 '여자 사람'이 되었다는 단군신화의 민족이니 알 만하다. 그러다 무작정 참는 건 미덕이 아닌 미련함일 수 있다는 걸 늦게야 깨달았다. 괜히 내 몸만 고생했다는 생각에 억울하고 조금 슬프기도 하다.

도움이 된 측면도 있다. 생리통을 줄이는 데 도움이 된다기에 2000년대 초반 면 생리대를 구입했다. 얇은 면으로 된 천을 여러 겹 접어서 사용하도록 만든 것이었다. 통증이 몰라보게 줄어드는 드라마틱한 변화는 없었지만, 면 생리대의 매력을 알 수 있었다. 일회용 생리대는 뭔가 불편한 것이 내 살에 닿아 있다는 이물감이 계속 느껴지는데 면 생리대는 편안하고 포근했다. 삶아 빨아야 하는 불편함을 기꺼이 감수할 만했다. 다만 월경량이 많은 날엔 샐 우려가 있어 내장형 생리대를 함께 사용하고 있다. 월경컵도 편하다기에 주문해 볼까 싶다가도 완경이 몇 년 남지 않은 듯해 아직 시도는 안 하고 있다. 월경 용품이 다양해지니 상황에 따라 선택할 수 있어 좋다.

이쯤 되니 궁금해진다. 1960년대 월경을 시작한 엄마는 어떤 생리대를 사용했을까?

"소창이라고 기저귀 만드는 천 있어. 그거 대여섯 개 정도 빨아가면서 썼지. (내가 쓰는 거랑 비슷한 건가?) 응, 그거랑 똑같아. 근데 그땐 요즘이랑 속옷이 달랐어. 팬티처럼 몸에 달라붙는 게 아니라 고쟁이라는 반바지 같은 걸 입었어. 헐렁헐렁해. 그래서 아기한테 천 기저귀 채우듯이 생리대를 찰 때 고무줄을 썼어. 고무줄이 없으면 아무 끈이 라도 써서 묶어야 했지. 그래야 고정이 되니까. 천을 두껍 게 접으면 새는 일이 없어. 그때만 해도 한복 치마를 많이 입었으니까 두툼해도 겉으로 티가 날 일도 없었고."

지금은 월경에 대해 학교에서도 배우고 책과 인터넷 등 정보를 접할 곳이 많다. 하지만 1960년대엔 성교육이란 것이 없었다. 국가에서도 1971년에야 교육부의 전신인 문교부에서 첫 성교육 지침서를 발간했다.[1] 당시 엄마는 첫 월경을 어떻게 받아들였을지 궁금했다.

"16살 때 처음 했는데, 그리 놀라진 않았어. 그냥 어느 날 옷에 뭐가 묻었길래 '아, 이거구나'했지. 그전부터 네 할머니가 하는 걸 봐 왔거든. 그땐 밤에 요강을 썼잖아. 아침마다 요강을 비우고 씻어서 엎어놓는데 어쩔 땐 그 안에 물을 부어서 뭘 담가 놓았다가 저녁에 또 한 번 요강을 씻으시더라고. 그런 날엔 잘 안 보이는 곳 빨랫줄에 얼룩이 묻은 얇은 천이 널려 있고 그랬어. 그런 걸 오랫동안 보니까 우연히, 자연히 알게 되는 거야."

◇

1 동아일보 1971.7.8.

엄마의 엄마에게서 보이는 규칙적이고 반복적인 어떤 행위. 빨래를 해도 얼룩이 남을 정도의 무언가가 몸에서 나온다는 사실. 그리고 그 일이 같은 여성인 자신에게도 벌어질 수 있다는 걸 엄마는 눈치로, 감으로 배웠다. 요즘처럼 사방이 막히지 않은 좁은 집에서 여러 식구와 함께 살던 시절 생리대를 어떻게 빨고 처리했을지 늘 궁금했다. 그때나 지금이나 월경은 왠지 숨겨야 하는 분위기였을 테니 말이다. 그런데 숨을 데 없는 환경이 오히려 많은 걸 저절로 깨칠 수 있는 조건이 될 수도 있다는 걸 알았다. 더군다나 뚜껑이 있는 요강의 기특한 쓰임새라니!

"근데 나는 요강 말고 깡통을 주워다 썼어. 그땐 두레박으로 깡통을 많이 썼거든. 그건 시장에 가면 팔았어. 두레박으로 쓰다 버린 깡통을 주워다가 물 붓고 생리대 담가놨다가 빨아서 말려 쓰고, 생리 끝나면 깡통에다 양잿물 넣고 삶아서 다음 달에 또 쓰고 그랬지. 깡통이 얇아서 구멍이 잘 났어. 그래서 깡통이 눈에 보이기만 하면 주워서 집에 쟁여놓았지."

우리나라 최초의 생리대

우리나라에서 생산한 최초의 일회용 생리대는 1960년대 중반 무궁화위생화장지공업사에서 만든 '크린패드'이다. 1966년 2월 28일 경향신문에 실린 크린패드 광고에는 "구미제국(유럽과 미국)에서 대인기 중" "처리와 휴대에 간편, 새지 않고 얌전한" "전국 유명 약국에서 판매 중!"이라는 문구가 적혀 있다.

이 생리대는 파지를 뭉쳐 만든 것이었다. 1970년 생산되기 시작한 '아네모네 내프킨'의 광고 기사에 이런 내용이 나온다.[2] 이 기사에는 "방금 보사부[3] 제정 중에 있는 생리대 규격에 맞춤 규격품"이라고도 적혀 있다. 이 시기부터 생리대의 정부 기준이 마련되었다는 걸 알 수 있다.

"처음 나온 생리대는 두꺼웠어. 처음 쓴 건… 아는 사람이 서울에서 빵집을 했는데 거기서 먹고 자면서 일을 했어. 1966년 그즈음이지. 그 집 딸들이 일회용 생리대를 사서 쓰더라고. 나도 그냥 같이 쓰기 시작했지. 5년 일하다가 21살에 집으로 왔는데 그 이후로도 계속 사서 썼어. 소

◇

2 매일경제 1970.4.16.

3 보건사회부

창을 많이 안 써보기도 했고, 삶으려면 불을 따로 때야 하니까 아무래도 번거롭지. 또 일을 하러 다니다 보니 일회용 써야겠더라고. 내가 돈을 버니까 살 수 있었지. 그땐 약국에서만 팔았고, 크기도 한 가지였어. 일회용 생리대는 진짜 되게 편했어. 근데 엄마(나의 할머니)는 계속 소창을 쓰시더라고."

"그때는 생리대를 뭐라고 불렀어?"

"집에서는 그냥 아예 말을 안 했던 거 같아. 약국에 가서는 멘스대 달라고 했고. 패드라고도 한 것 같네."

'패드'라는 말은 첫 일회용 생리대 이름인 '크린패드'에서 왔을 것이다. 위에서 언급한 문교부의 성교육 지침서에도 패드라는 말이 나온 것을 보면 패드가 친숙한 명칭이었던 모양이다. 나도 중고등학교를 다녔던 1990년대 중반까지 패드와 생리대라는 말을 섞어 사용했으니 꽤 역사가 길었다.

매일경제 1970.4.16.

여학생은 월경의 생리는 물론 패드 사용법에서부터 뒤처리에 관한 실물교육을 받을 수 있다.

엄마는 할머니에게 일회용 생리대를 쓰지 않는 이유를 물은 적이 없다고 했다. 월경은 모녀 사이에서도 편하게 이야기할 주제가 아니었다. 1975년 세계보건기구(WHO)의 지원을 받아 '월경주기와 실제의 유형에 관한 연구'를 진행한 결과가 한 신문에 실렸다.

동아일보 1975.10.17.

월경의 생리적 메카니즘에 대해서는 '그저 생리적 현상' '있을 나이가 됐으니' 정도의 부정확한 지식이 많았고 40세 이상의 부녀자는 '생리' '경도' 그리고 지방에서는 '말을 탄다' '붉은 꽃' '그때' '있을 것' '보인다' '몸이 아프다' 등으로 비유해서 표현하지만 젊은 세대는 영어를 줄여 '멘스' 'M' 으로 말하고 있다.

월경을 직접 언급하기보다 비유적인 표현을 사용했다는 내용이다. 엄마는 어땠을까?

"네 할머니는 '월경'이라고 했어. '아이고, 급살 맞게 월경이 나오네' 이렇게 혼잣말하시는 걸 몇 번 들은 기억이 나. '생리'라는 말은 너희들한테 처음 들었어. 나는 그게 사투리인가 했어. 우리가 그때 경상도에 살았잖아. 사람들이 '생리'라고 한다는 건 나중에 알았지."

월경이 사람들 사이에서 조금씩 언급되고 드러나기 시작한 건 일회용 생리대 광고를 통해서였다. 1970년대부터 신문의 생리대 광고 문구는 "그날이 와도 안심하세요" "남편 몰래 아이들 몰래" "말 못 할 불편과 괴로움을 떨쳐버리고, 간편하고 안전한 코텍스로 새 출발 하십시오" "밝은 얼굴로 떳떳하게 활동하십시오" "그것만은 누구에게 시킬 수 없는 일" 등이었다. 역시나 월경을 '그날' '말 못 할 불편과 괴로움' '그것'으로 에둘러 표현했고, 일회용 생리대는 아주 불안하고 불편한 무언가를 말끔히 해결해 줄 해결사처럼 묘사했다.

또 광고에는 "품위 있는 여성" "구라파 여성들에게 가장 인기 있는 타입의 생리대" 등 일회용 생리대를 사용하는 것이 깨끗하고 세련된 것이라는 문구가 많이 등장했다. 월경혈은 더러운 것이니 그때그때 처리해야 한다는 식이다. 1976년 한국방송윤리위원회는 '시청자에게 혐오감이나 악감정을 줄 우려가 있는' 광고로 여성 생리대에서 '방수가 완벽한'이라는 문구를 지적하며 '방송윤리' 규정에 저촉되어 방송을 금지한다는 내용을 발표했다.[4]

왜 월경하는 것을 숨겨야 하고 왜 월경혈은 조금이라도 새면 안 되고 부끄러워해야 하는지 누군가는 의문을 가졌겠지만, 대부분의 사람들에게 월경은 애초에 숨겨야 하는 것처럼 여겨졌다.

"왜 그렇게 월경하는 걸 숨겨야 했을까? 엄마는 왜 그랬다고 생각해?"

"글쎄, 잘 모르겠어. (나는 시차를 두고 같은 질문을 세 차례 반복했다.) 음… 남자는 안 하는데 여자들만 하는 거라서? 여자가 하는 건 뭐든지 무시하던 시절이잖아. '어디 여자가' '여자가 무슨' '여자가 뭐 어떻다' 이런 말을 아주 많이 들었어. 그러니 수치심이 생기지. 무시하니까 숨기는 거고. 근데 지금 생각하니 이상하네. 이게 숨겨야 할 게 아니잖아. 그렇지 않아?"

◇◇◇

유한킴벌리의 코텍스는 1975년 말까지 일회용 생리대 수요량의 98.6%를 공급해 사실상 시장을 독점한 상태였다. 여기에 영진약품이 '소피아'라는 생리대로 도전장을 내

◇

4 동아일보 1976.1.22.

밀었다.

"(생리대) 사용인구가 6백50만 명이나 되는데 비해 이것을 쓸 것으로 보이는 예상수요량이 아직도 그 4분의 1인 1백50만 개밖에 안 되는 미개척상태에 있고 연간 수요증가율 30%의 시장성이 좋다는 계산"으로 생산하게 되었다는 내용이다.[5] 그때만 해도 일회용 생리대가 나온 지 10년이 지났지만, 아직 대다수가 사용하는 물건은 아니었다. 1976년 5월 21일 정부는 약국에서만 판매할 수 있었던 생리대를 의약부외품으로 지정해 일반 상점에서도 판매하도록 했다. 1977년에는 유한킴벌리에서 '맥시'라는 접착식 생리대를 처음 생산했다.

그런데 여성들이 일회용 생리대를 사용하고 속옷을 빨랫줄에 내다 거는 것이 '대담한 개방 풍조'라며 비판적으로 보는 시각이 있었다. 1977년 8월 11일 경향신문에 나온 기사에는 "깊은 속살을 감싸던 옷가지들을 뭇 시선 속에 공개해도 부끄럽지 않을 만큼 농촌 부인네들도 이제 성 개방의 물결에 조금씩 젖어들고 있는 중일까. (…) 몇 해 전

◊

5 경향신문 1976.4.3.

까지만 해도 월경일이면 헝겊에 솜을 대서 쓰거나 무명쪼가리를 몇 번이고 빨아 쓰던 집들이 많았는데 불과 몇 년 사이에 그러한 집을 찾아보기 힘들만큼 바뀌어버렸다"라며 이를 달라진 성문화라 꼬집었다. 여성 속옷은 남성 속옷과 달리 성적인 의미가 담겨있기라도 했던 걸까. 아니면 이를 바라보는 시선에 문제가 있었던 걸까.

흡수력 전쟁 속에 발암물질 검출

1980년대 들어 기업들은 생리대의 흡수력을 높이는 데 총력을 기울였다. 월경혈이 흐르지 않도록 순간적으로 흡수하는 물질 개발로 시장에 승부수를 던진 것이다. 신호탄을 쏜 것은 쌍용제지였다.

매일경제 1985.7.12.

이 회사는 고분자흡수제(폴리머)가 자체중량대비 수반을 360배, 혈액은 45배를 각각 흡수하는 기능을 갖고 있어 (…) 국내에선 고분자흡수제가 공업용으로만 생산돼 기저귀 등에 사용하는 흡수제는 수입해왔는데 쌍용제지는 인체에 해롭지 않은 제품을 화학업체와 공동개발키로 했다.

흡수력이 좋아지면 그만큼 생리대의 두께는 얇아지고, 옷을 입어도 티가 덜 난다. 대부분의 가임기 여성이 월경을 하는 것은 당연한 일임에도 결코 티를 내어선 안 된다는 압박이 좀처럼 사그라지지 않았다.

1988년 생리대에서 유해 성분 포름알데히드가 들어있어 대책이 시급하다는 연구 결과가 나왔다. 포름알데히드는 1군 발암물질로 새집증후군을 일으키는 것으로 잘 알려진 독성물질이다.

한겨레 1988.12.21.

생리대의 구김을 줄이기 위해 사용되는 수지가공제인 포름알데히드는 냄새가 자극적이고 독성이 있어 (…) 장시간 노출되면 눈, 코 등이 따가와지는 등 인체에 유해해 외국에서는 그 사용 규제치를 정하고 있으나 우리나라에서는 아직 규제치가 없는 실정이다.

포름알데히드는 2006년 일부 생리대에서 또다시 초과 검출되어 큰 논란이 일었다. 생리대는 1971년 의약부외품으로 지정된 이후 당시까지 수거검사를 단 한 건도 실시하지 않았다. 또 미국 FDA는 생리대의 안전에 관해 염소 성분 불검출 등 각종 피부 부작용에 대해 규정하고 있는 데 반해, 국내에서는 '의약외품에 관한 기준 및 시험방법'에 따라 포름알데히드, 색소, 형광물질, 산·알칼리에 관한 규정만 하고 있는 상황이었다.[6] 이에 생리대 전 성분을 공개하라는 요구가 있었지만 기업들은 기밀사항이라며 공개를 거부했다.

월경페스티벌 개최,
부가세 면제, 월경컵 판매

1999년 9월 10일 고려대학교에서 첫 월경페스티벌이 열렸다. 4개 대학 여학생 단체 연합에서 주최한 행사였다. 숨기기 급급했던 월경을 주제로 축제를 벌인다는 혁신적인 발상이었다. 2002년엔 여성민우회를 중심으로 생필품인 생리대에 붙는 부가가치세를 폐지하라는 운동이 벌어졌다. 공방 끝에 2004년 4월 1일부터 생리대 부가가치세는 면제되었다.

그런데 이상하게도 부가가치세는 줄었는데 생리대 가격

◇

6 경향신문 2005.9.29.

이 내려갔다는 소식이 없다. 판매 부가세는 면제하고 있지만, 제조, 유통 과정에서 생기는 부가세는 여전히 물품값에 포함되어 있기 때문이다. 이에 2021년 7월 장혜영 국회의원이 월경용품에 붙는 세금을 없애는 '영세율'을 적용한다는 내용의 '월경용품 가격안정화법'을 발의하기도 했다.

몇 년 전 운동화 깔창을 생리대 대용으로 사용하거나 월경하는 기간에 학교를 아예 가지 않는다는 청소년의 사연이 알려진 후 지자체별로 곳곳에 '공공 생리대'를 비치하고 있다. 저소득층 청소년에게 월경용품을 지원하는 사업도 꾸준히 이어가고 있다니 조금은 마음이 놓인다. 그러나 내가 진통제를 너무 늦게 먹었듯 누군가에겐 너무 늦게 가닿는 소식일 수 있다. 사실 월경을 30년이나 한 나도 월경통, 생리대 성분, 완경에 이르는 과정 등 월경에 대해 아는 것보다 모르는 게 더 많다. 이것은 월경을 터부시해온 문화와 관련 있을 것이다. 이제 월경에 대한 더 많은 이야기, 더 많은 논쟁, 더 많은 정보가 세상에 나와야 할 것 같다. 모든 시작은 나부터! 엄마와 나의 월경담은 이곳에 써놓았으니 이제 내 친구와 선배들의 이야기를 차례차례 들어보고 싶다.

옛날엔 화장실에서 종이를 썼지.
송곳으로 구멍을 뚫고 실로 묶어서
화장실에 걸어 놓는 거야.

열아홉, 화장지

코로나가 창궐하기 시작하던 2020년 4월. 호주로 이민 간 친구가 SNS에 사진 한 장을 올렸다. 마트 진열대 사진이라는데 물건이 하나도 없이 텅텅 비어 있었다. 친구는 사진과 함께 "화장지가 없다!"라고 글을 남겼다. 내가 걱정하는 댓글을 달았더니, 당장 쓸 건 있으니 괜찮단다. 창고형 마트에 산더미처럼 쌓여 있던 화장지가 모두 사라진 것이 놀라워 기념으로 사진을 찍은 것뿐이라면서. 그렇지만 여전히 놀라웠다. 미국과 유럽에서 화장지 사재기가 심각하다고는 들었지만, 당장 내 친구가 영향을 받을 줄은 몰랐다!

화장지가 없다는 상상을 하니 정말 난감했다. 화장지가 없으면 화장실에서 무엇으로, 어떻게 '뒤처리'를 할까? 매번 손수건을 사용할 수도 없고 말이다. 옛날 배경의 영화나 드라마에서 종이를 구겨 사용하는 걸 보긴 했는데, 몹시 불편하지 않을까? 그렇다고 화장지가 태초부터 있었을 리는 없다. 엄마 땐 어땠을까?

"옛날엔 화장실에서 종이를 썼지. 신문은 귀하니까 별로 없었고 아버지랑 오빠들이 헌책이나 포대 종이 같은 걸 갖다 놓더라고. 그걸 송곳으로 구멍 뚫고 실로 묶어서 화장실에 걸어 놓는 거야. 어디서 종이가 조금이라도 생기면 다 잘라서 그렇게 했어. 옛날에는 물건 사면 종이봉투에다 줬거든. 그런 거 다 모아서 잘라놓고. 그땐 문 종이(창호지, 한지)로 된 책도 많았어. 아, 어른들은 볏짚도 썼어."

"어휴, 그 얇고 뻣뻣한 걸로?"

"그냥 볏짚은 억세서 못 쓰지. 벼 자랄 때 맨 처음 나오는 잎사귀가 있어. 떡잎. 그건 마르면 얇고 부드러워져. 벼 탈곡하면 짚단이 남잖아. 그러면 벼 붙어있던 곳을 한 사람이 붙잡고 그 반대쪽에서 다른 사람이 짚단 끝부분을 갈퀴로 긁으면 딱 떡잎만 골라져 나와. 그걸 둘둘 말아서 변소 한쪽에 갖다 놓고 쓰는 거야. 추수 끝난 후에 잠깐 쓰는 거지. 나는 어릴 때니까 많이 써보진 않았어."

"그러면 언제부터 화장지를 쓰게 된 거야?"

"막내 임신하던 해. 1980년에 처음 쓰기 시작했어."

놀랍게도 엄마는 사용 시기를 정확히 기억하고 있었다.

"잊지 못할 이유가 있지. 개 임신하고 치질이 생겼어. 너랑 언니 임신했을 땐 안 그랬는데, 사람들이 '애가 (자궁) 아래에 있어서 그렇다'고 그러더라고. 하여간 엄지손톱만 하게 살이 튀어나와서 꽈리처럼 붙었었어. 근데 그게 터진 거야. 막 피가 나고 얼마나 아픈지, 누워서 자지도 못하고, 앉을 때도 무릎 꿇어야 하고, 빨래할 때도 너무 힘들었어. 그래서 종이를 쓸 수가 없는 거야. 할 수 없이 휴지를 샀지. 그때 마침 아빠가 쿠웨이트에 일하러 갔었잖아. 월급이 따박따박 들어오니까, 그 돈으로 살 수 있었지."

"휴지가 비쌌나 봐?"

"그럼, 비쌌지. 우리 주인집이 부자였는데도 휴지를 안 썼어. (경기도) 동두천에 살 때였는데 동네 사람 중에 휴지 쓰는 사람 거의 없었어. 그래도 휴지가 있다는 건 알고 있었던 터라 너무 아파서 가게에서 하나를 샀는데, 종이 쓰다가 그거 쓰니까 훨씬 낫더라고. 부드러우니까. 그렇다고 지금처럼 좋진 않았어. 퍼석퍼석하고 엉성하게 감겨서 거칠거칠했지. 색깔도 회색인가 갈색인가 거뭇거뭇했어. 질에 따라 여러 가지였는데, 아마 제일 싼 걸 샀을 거야. 그래도 포대 종이나 신문지보다는 훨씬 좋았지. 일단 한번 휴지를 쓰고 나니까 그다음부터는 종이를 못 쓰겠더라고. 잘 안 닦이니까 찝찝하고. 그래서 그냥 휴지 사서 썼어. 그때부턴 그게 자연스러운 게 되었지."

"그럼 화장지 덕분에 치질이 나은 건가?"

"그건 아니야. 터진 다음에 그냥 아물어버리더라고."

값은 비싸고 품질은 낮고

1967년 다음과 같은 기사가 실렸다.

매일경제 1967.3.4.

영국이나 독일같이 검소한 나라에서는 재생지로 된 검은 갈색 화장지를 쓴다지만 현재 우리나라에서는 몇몇의 호텔을 제외하고는 가정에서는 주로 흰빛의 고급화장지를 애용하고 있다.

당시 국민 대다수는 화장지를 사용할 만큼 경제적 여유가 없었다. 아마도 기사에서 언급한 가정은 소수의 상류층 가정을 말한 것일 터. 이후 기사는 "속 내용물이 고르지 못하고 절단선의 점선이 그 기능을 제대로 발휘하지 못하고 있다" "외제에 비해 빳빳한 것이 단점"이라는 내용과 함께 "하얀 화장지에는 펄프 원단으로 만든 고급 화장지와 재생지로 된 갈색 휴지를 표백한 것이 있는데 이의 구별은 표백 휴지가 좀 더 빳빳한데 현재 시중에서 파는 화장지는 포장이 되어 있어 포장을 뜯고 내용물을 선택하게 되어 있지 않으므로 우선 큰 회사의 제품이 안전할 듯하다"는 말로 끝맺고 있다. 초창기 국내에서 생산한 화장지는 품질이 썩 좋지 않았음을 알 수 있는 대목이다.

동아일보 1970.7.25.

아폴로화장지 공업사 제품 '아폴로화장지'(값 45원)가 절취선이 없고 가운데가 마구 터져 있어 불량품이라고 마포구 합정동 변봉주씨 등이 한국부인회를 통해서 회사측에 항의, 아폴로측은 "기계가 한때 고장이 나 불량품이 나간 것을 인정한다"고 사과하고 물건을 교환해 주었다고.

동아일보 1972.1.29.

주부 임모씨는 지난 3일 갈현시장에서 50원에 구입한 유한킴벌리 회사제 크리넥스 화장지를 불량품이라고 고발. 분홍색 두루마리로 된 이 화장지는 구겨지고 이중삼중으로 겹쳐 감긴데다 절손부분이 많아 쓸 수 없을 뿐 아니라 (…)

당시 시내버스 요금이 10~15원이었으니 화장지값 45~50원은 꽤 비쌌다(요즘은 반대로 버스 요금이 두루마리 화장지 한 개 값보다 두세 배 비싸다). 그러나 값에 비해 품질은 형편없었다.

그럼에도 화장지는 편리함 때문에 수요가 점점 많아졌다. 특히 대기업에서 완전 자동공정 생산설비를 갖추고 전략적인 마케팅을 하면서 시장이 크게 성장했다. 1972년에는 전년 대비 화장지 생산량이 15배나 늘었다.

매일경제 1972.4.21.

장미표, 현대표, 무궁화표, 크리넥스표 등의 상자화장지와 무궁화표, 장미표, 현대토끼표, 연화표 등의 두루마리 화장지가 유통되고 있으나 가장 큰 비중을 차지해 오던 무궁화표, 장미표 등이 유한킴벌리의 크리넥스표에게 거의 시장을 빼앗기고 있으며 크리넥스의 새로운 마케팅 전략으로 슈퍼마켓, 특정외래품 판매소까지 침투 등 새로운 수요창조로 크리넥스의 시장확대는 기하급수적으로 번져가고 있으며 생산부족으로 즐거운 비명을 올리고 있을 정도다.

이듬해엔 어쩐 일인지 화장지 사재기가 극성을 부렸다. 1973년 석유파동으로 석윳값이 크게 올라 물가가 치솟으면서 플라스틱 제품과 우유, 연탄 등 생활필수품 가격이 오르거나 품귀현상을 빚은 것이다. 화장지는 여섯 달 새 값이 2배 이상 올랐어도 물건을 구하기 힘들었다. 생산과 공급은 변함이 없었지만, 너도나도 한꺼번에 많은 양을 사들였기 때문이다. 이에 언론에선 연일 매점매석을 하지 말자는 보도를 했지만, 서민들의 불안으로 품귀현상은 이듬해까지 이어졌다.

아파트와 함께 화장지 수요 폭발

계속 언급했듯 1970년대 중반 이후 서울엔 아파트가 늘어났다. 경향신문에서 아파트에 사는 주부 3명과 좌담회를 열고 그 내용을 기사에 담았다.

경향신문 1976.9.21.

화장실이 막혀 뜯으니까 신문지가 나와요. 위에서 신문지를 쓴 거죠. 화장지라도 쓰레기통에 따로 버리면 절대로 막히지 않아요. 이런 점은 서로 조심해야죠. (…)

아파트에 살면서도 화장실에서 신문지를 사용할 정도로, 화장지는 1970년 중반까지 대중화되지 않았다. 심지어 사치품으로 바라보는 이들도 있었다. 아래는 한 기자가 당시 노인의 눈으로 세태를 꼬집은 글의 일부다.

경향신문 1978.9.20.

(…) 헌 신문지가 지천으로 널렸는데도 비싼 돈 주고 화장지 사다가 여기저기 풀어서 다 없애버린다.

1980년대 들어 화장지 수요는 아파트 수세식 화장실의 증가와 맞물려 폭발적으로 늘어났다.

동아일보 1983.6.18.

화장실의 변천은 필연적으로 화장지의 고급화를 불러왔다. 뒷간에서 쓴대서 '뒤지'라 불리다가 못 쓰는 종이를 비벼서 쓰던 '휴지'를 거쳐 보드랍게 주름을 잡아 고운물을 들여 만든 '화장지'로 발전한 것. (…) 현재 우리나라에선 한달에 35m가 감긴 두루마리화장지 2천5백만 개가 사용된다고 한다. 한 달에 30억 원의 돈이 수세식변기로 녹아들어가는 것. (…) 화장지 업계에서는 전 가구 중에 아파트와 연립주택의 비율은 13%, 거기다 양옥을 합해 30%쯤을 수세식으로 추산하고 있다.(서울 기준)

1980년대 중반부터 화장지에도 고급화 바람이 불면서 화장지 시장은 해마다 20~30%씩 급신장했다. 유한킴벌리에선 휴대용 화장지를 판매하는 자동판매기까지 내놓았을 정도다. 소비자들은 점점 폐지를 재활용한 갈색 화장지를 꺼리고 촉감과 품질이 좋고 변기가 막히지 않도록 잘 풀리는 화장지를 선호했다. 화장지는 더욱 하얘졌다.

그런데 1990년대 들어 양상이 또 한번 바뀌었다. 도시화, 공업화로 인한 환경오염에 경각심을 갖게 된 대중이 화장지를 부정적으로 바라보기 시작한 것이다. 화장지를 만들기 위해 얼마나 많은 나무가 베어지는지, 산림 파괴로 지구의 공기가 얼마나 나빠지는지, 사람들은 관심을 가졌다. 이에 백화점이나 생활협동조합에서는 우유 팩을 화장지와 교환해 주는 행사를 열었다. 정부에선 저공해 상품에 '환경마크'를 부여하는 정책을 1991년부터 논의하기 시작해 1997년부터 시행하기 시작했다.

언젠가 화장지도 대체될까?

엄마는 요즘 화장실에서만큼은 화장지에 크게 의존하지 않는다. 비데가 있어 물기만 닦는 용도로 사용한다. 엄마의 비데 사용 소감이 의미심장하다.

"내가 생각해도 신기해. 치질 때문에 앉지도, 눕지도 못

하던 게 얼마 전인 것 같은데, 이제 비데를 다 사용하고 말이야. 세상이 이렇게 바뀔 줄 누가 알았겠어. 돈만 있으면 참 살기 좋은 세상이야. 안 그래? 그래도 가끔은 옛날 생각이 나. 그때는 없어도 불편한 줄을 몰랐거든. 이제는 비데 없으면 어쩌나, 고장 나면 어쩌나, 그런 생각도 해. 몸은 편해서 좋은데 마음은 자꾸 조바심이 나. 갑자기 불편해질까 봐. 뭐가 더 나은 건지… 헷갈려."

하나씩 물건이 새로 생길 때마다 이전엔 없던 '불편의 가능성'도 함께 늘어난다. 주변을 한 번 둘러보았다. 노트북, 볼펜과 메모지, 손톱깎이, 물컵, 핸드폰, 로션, 시계, 이어폰…. 세상에나, 나를 빼곡하게 둘러싸고 있는 것들이 뭐가 이렇게 많은 거지? 내 돈과 시간과 활력을 흡수하면서 세월과 함께 늘어난 이 물건들을, 내 공간이 이런 물건으로 가득 차 있다는 명백한 사실을 나는 자꾸 잊어버린다. 언젠가 이것들을 처리하는 데 다시 또 많은 시간과 에너지가 들어가리란 생각을 하면 가슴이 답답해진다.

'좋은 물건'은 정말 좋은 걸까? 이제는 나도 헷갈리기 시작한다.

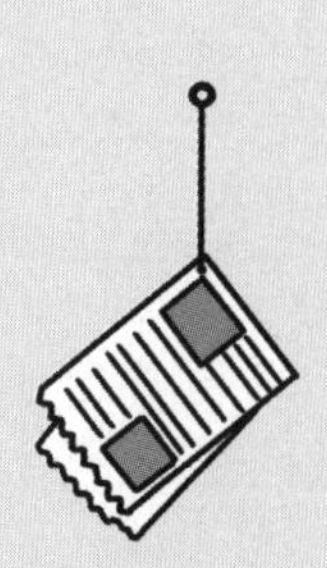

밤엔 등불 켜고 변소에 갔어.
귀신이 아주 무서우니까
꼭 누가 같이 가야지.

스물, 양변기

친구가 화장지가 없어 황당해할 때 내게도 큰일이 생겼다. 주방 휴지로 세면대 주변 물기를 닦고는 습관처럼 나도 모르게 변기에 집어넣은 것이다. 물을 내리면서도 아무 생각이 없었다. 하지만 곧 화장지와 달리 주방 휴지는 물에 잘 풀어지지 않는다는 걸 알게 되었다. 변기가 꽉 막혔기 때문이다. '뚫어뻥'을 가져다 사방에 물이 다 튀도록 아무리 애써 봐도 소용이 없었다.

몸을 움직이니 장운동이 되어서 그런가. 이럴 땐 왜 더 화장실에 가고 싶은 걸까? 갑자기 변기보다도 내 뱃속 정리가 시급했다. '어디서 이 큰일을 해결하지?' 자연스럽게 가까이 사는 엄마가 떠올랐다. 그러고 보니 엄마네 집에 쇠막대기로 된 '관통기'라는 변기 뚫는 도구도 있다. 볼일도 볼 겸, 도구도 빌릴 겸, 급히 엄마네로 갔다.

엄마네 집은 갈 때마다 마음이 편하다. 24년 전, 아직

외벽 페인트칠도 하지 않은 새 빌라의 3층을 가리키며 엄마가 이렇게 말했다.

"우리 곧 이 집으로 이사 올 거야!"

나는 그 말을 믿지 않았다. 우린 당시 산 아래 재래식 공용 화장실을 사용하는 아주 낡은 집에서 살고 있었고, 여전히 가난했으니까. 그런데 몇 달 후 엄마의 선언은 정말 현실이 됐다. 아마 집 살 돈을 모으느라 더 가난했던 모양이다. 물론 모은 돈보다 은행 대출금이 훨씬 많았지만.

아무튼 새집엔 좋은 게 많았다. 현관엔 초인종이 있었고 해가 잘 드는 베란다도 맘에 들었다. 가장 좋은 것은 화장실이었다. 깨끗한 양변기가 정말 말도 못 하게 좋았다. 그리고 무엇보다 드디어 우리도 '보통 사람들'처럼 살게 되었다는 게 가장 기뻤다.

그 화장실에 앉아 있으면 고마운 마음이 절로 피어올랐다. 딱히 누구에게 고마운지는 몰라도 하여간 그랬다. 그때 엄마는 지금 내 나이보다 고작 2살 많았다. 엄마에게도 이 화장실이 각별했을까.

“그럼, 말해 뭐해. 산 밑에 재래식 화장실 갈 때마다 아주 환장하겠더라고. 더러워서. 청소를 해도 여럿이 쓰니까 금방 지저분해지는 거야. 그래도 너희 생각해서 물청소도 하고 그랬지.”

“엄마 어렸을 땐 화장실이 어땠어? 더 더러웠어?”

“더럽긴 해도 그 정도는 아니었어. 옛날에는 집집마다 화장실이 있었으니까. 아, 그땐 변소라고 불렀지. 동네에 옹기 만드는 사람이 있었는데, 그 집에 가면 찌그러졌다든가 흠이 있다든가 해서 싸게 파는 항아리가 있거든. 그 항아리를 사가지고 와서 집 마당 한쪽에 땅을 파고 묻는 거야. 깊이가 한 1m쯤 될까? 항아리 배 둘레는 어른 둘이 팔 벌려 안으면 겨우 손이 닿을 정도로 크지. 그리고 그 위에 소나무 굵은 걸 잘라서 얹어서 사람 발 벌리고 앉을 만큼만 남기고, 항아리 위를 나무로 덮는 거지. 변소 벽은 싸리나무 같은 걸로 대충 만들어. 지붕도 짚 같은 거 이엉 엮어서 덮고, 그냥 안에 사람 안 보일 정도로만 해 놔. 변소는 꽤 넓었어. 변소 한쪽에는 재를 쌓아 두더라고. 날마다 아궁이에서 불을 때니까 재가 나오거든. 한 번씩 할아버지가 그 재 속에 똥을 파묻어 놔. 나중에 똥이 삭으면 재랑 같이 밭에다 뿌리는 거야. 최고의 거름이지. 옛날엔 다들 농사를 지어 먹었으니까 소변, 대변을 아주 아꼈어.”

"나 어렸을 때 집에 요강 있었던 거 같은데."

"그렇지. 밤엔 요강을 썼지. 그래도 똥 마려우면 등불 켜고 변소에 갔어. 귀신이 아주 무서우니까 꼭 누가 같이 가야지."

맞다. 나도 새집에 이사 오기 전까지 밤에 화장실에 갈 때면 언니와 동생, 때론 엄마를 따라나서야 했다. 한밤중에 우르르 몰려갔다가 무서워서 후다닥 뛰어 집에 들어오는 게 번거롭긴 해도 나름 재미와 스릴이 있었다.

공중화장실,
수세식으로 교체

신문에서 양변기 설치에 대한 가장 오래된 기록은 고 정주영 현대건설 회장의 일화에서 찾아볼 수 있다. 정주영 회장이 동아일보에 연재한 '나의 기업 나의 인생' 회고담에 이와 관련한 내용이 나온다.

동아일보 1991.8.29.

휴전되기 전해인 52년 11월의 일이었다. 한국전쟁 종결을 선거 공약으로 내걸었던 아이젠하워 당시 대통령 당선자가 한국을 방문하기 직전이었다. (…) 운현궁을 숙소로 결정했는데 내부 단장과 수세식 화장실, 보일러 난방 장치를 빨리 해 달라고 우리에게 요청했다. (…) 우리 상식으론 우선 화장실을 방안에 들여놓으란 게 이해가 안 됐고 그나마 양변기가 어떻게 생겼는지 구경하지 못한 사람들이 많을 때였다. (…) 일꾼들을 데리고 용산 쪽의 빈 고물상과 민가를 뒤져 보일러와 파이프, 세면대, 욕조, 양변기를 간신히 구했다.

1950년대 양변기가 설치된 곳은 일본 고관의 집이었을 가능성이 크다. 정주영 회장의 말마따나, 변소와 집은 가능한 한 멀리 떨어트려 놓는 것이 당시의 상식이었다.

수세식 화장실이 대중에게 알려진 것은 공중 화장실을 통해서였다. 1959년 7월 22일 동아일보에 "오는 8월 1일부터 시설의 변소 시설은 서울, 부산, 대구 등 대도시에 수세식으로 고쳐진다"는 기사가 실렸다. 대상은 관공서와 학교, 공장, 극장 등의 건물이 있는 화장실이다. 1960년대에도 '도시형 공중변소'는 서울 지역을 중심으로 꾸준히 늘어갔다.

그러나 관리가 제대로 되지는 않았던 모양이다. 신문

독자란에는 공중화장실의 불결함에 대한 글이 꾸준히 올라왔다.

경향신문 1966.10.22.

> ○○구내 공동변소는 사용인은 있어도 청소인은 없다. (…) 내가 지난 6월에 한 번 보았을 때나 며칠 전 보았을 때나 여전히 발 디딜 곳이 없을 정도로 분뇨가 넘쳐흐른다. (…) 보고만 있는 역 당국의 비위생적인 처사는 얼굴을 붉히게 한다.

사람들은 일거리를 찾아 점점 서울로 모여드는데, 분뇨를 처리할 방법을 찾기가 어려웠다. 하수시설과 정화시설을 먼저 갖추어야 했고, 공장 주변의 주거 밀집 지역마다 공중화장실이 생겨났다. 사람들은 아침마다 화장실 앞에서 발을 동동 구르며 줄 서기와 양보의 미덕을 강제로 익혀야만 했다.

"학교 화장실이 무서워요"

1960년대부터 서울에는 아파트가 들어서기 시작했다. 주택문제 해결을 위해 정부가 적극적으로 아파트 건설을 추진했지만, 영세민용 26㎡(약 8평) 아파트의 입주금이 1966년 기준 17만 원이었다고 한다.[1] 1965년 갓 입사한 공무원 월급이 5,000~6,000원이었으니 거의 3년 동안 한 푼도 쓰지 않고 모아야 입주라도 가능했다. 웬만한 노동자는 아파트에 살 수 없었다는 이야기다. 아파트에는 수세식 화장실을 설치했다. 1970년 수세식 화장실은 전체 가구의 1.8% 사람들만이 사용할 수 있었다.

1970년대 아파트가 본격적으로 늘어나 1980년에는 전국에 37만여 호, 서울에만 18만 호가 넘는 아파트가 지어졌다. 전체 주택 530만 호에 비하면 아주 적은 수였다. 이 시기 신문에서는 '양변기'에 대한 글이 심심찮게 올라왔다.

동아일보 1978.11.21.

저학년 어린이들에게는 변소가 '유령의 집'으로 알려져 대소변을 보고 싶어도 참다가 그대로 싸버리기 일쑤여서 수업에 지장을 줄 뿐 아니라 어린이들의 건강을 해칠 우려도 크다는 것이다. 이같은 현상은 최근 몇 년 사이 곳곳에 아파트나 서구식 가옥 등 현대식 주택이 많이 들어서면서 오랫동안 집에서

◊

1 동아일보 '내집마련은 언제쯤' 1966.4.8.

수세식 양변기를 사용하던 어린이들이 학교에 들어간 뒤 재래식 변소에 익숙하지 못하기 때문에 벌어지고 있다는 것이다.

학교의 재래식 변소를 수세식으로 바꾸는 것은 필요한 일이고 바람직하다. 그러나 "양변기를 사용하던 어린이들이 재래식 변소에 익숙하지 못하기 때문"이라는 근거는 설득력이 약하다. 원래 학교 화장실은 깊이가 깊고 내부가 어두워서 웬만한 강심장이 아니고선 혼자 들어가기 어렵다. 집에서 재래식 화장실을 사용하던 아이라 해도 충분히 공포를 느낄 만하다. 그리고 1980년에 수세식 화장실을 사용하는 가구는 전체 가구의 18%밖에 되지 않았다.

한편 이런 기사도 있다.

경향신문 1978.7.4.

마을 사람들은 변소보다 다른 소독사업이 더 급하다고들 반대도 했지만 결국 집집마다 하수도를 묻고 옥외 수세식 변소를 짓게 됐다. 그러나 양변기를 단 집은 하나도 없다. "며느리와 어떻게 한 요강에 앉느냐"는 노인들의 완강한 반대 때문에 양변기를 달지 못하게 됐다는 것이 마을 사람들의 뒷얘기다.

당시 시대상이라 이해하고 넘어가도 될까.

950만 원 금제 양변기 등장

양변기는 청소만 잘하면 오물 냄새가 나지 않고 보기에도 깔끔하다. 양변기가 집안에 들어서면서 변소는 목욕실을 겸할 수 있게 되었고, 이때부터 변소는 '화장실'이라는 새로운 이름으로 불렸다.

1980년대 경제 성장과 부동산 열풍으로 아파트와 고급주택이 급격히 늘었다. 건축자재가 없어 건축이 중단될 지경이었다. 동시에 고급화 바람도 불었다. 이때 백화점에 등장한 일제 양변기 하나가 구설에 올랐다.

동아일보 1989.7.8.

3천만 원하는 양탄자, 9백50만 원의 양변기, (…) 3백만 원짜리 핸드백이 서울시내 유명백화점 수입품 코너에서 불티나게 팔린다. 평당 20만 원 하는 타일, 40만 원이 넘는 접시도 없어 못팔 지경이며 (…)

한겨레 1989.12.29.

> 한여름에도 더운물이 펑펑 쏟아지고 건강생수만 마시며 사는 초고층 아파트 창너머로 오염된 수돗물을 받기 위해 밤새 뜬 눈으로 지새야 하는 철거민 천막촌이 바라다보이고, 수백만 원짜리 금제 양변기를 수입해 쓰는가 하면 아침이면 하나뿐인 판자 공동화장실 앞에 여러 세대의 주민들이 길게 줄을 서고 (…) 80년대 한국 사회의 가장 사실적인 생활풍속도는 이런 모습으로 그려질지 모른다.

1990년대 들어 전체 가구의 수세식과 재래식 화장실 비율이 비슷해지기 시작하면서 이후 급속도로 재래식의 비율이 줄어들었다. 통계청 인구주택총조사 자료에 의하면 1990년 전체 가구의 수세식과 재래식 화장실 비율은 51 대 48, 1995년 75 대 24, 2000년에는 87 대 12였다. 2015년엔 98 대 1로 비율로만 보면 재래식 화장실은 거의 사라졌다고 볼 수 있다.

여전히 남은 26만여 가구

새집으로 이사 온 후 화장실에서 신문 읽는 재미를 알았다. 샤워기에서 떨어지는 뜨거운 물을 맞으며 하루의 긴

장과 피로를 덜어내기도 했다. 하루 최소 2번 이상 들어갈 수밖에 없는 곳. 누구의 간섭도 받지 않고 오물과 때를 씻어내고, 기본 욕구를 해소하는 장소. 나는 화장실에 있을 때 제일 마음이 편했다. 그래서 지금도 나는 방 청소는 건너뛰어도 화장실만큼은 늘 청결하게 유지하려 노력한다.

새집 화장실이 좋은 건 사실이지만, 그렇다고 해서 이전 집에서 사용하던 공용화장실 자체가 큰 문제는 아니었다. 사실 그건 아무것도 아니었다. 나를 주눅 들게 한 건 친구들의 집이나 텔레비전에서 보이는 것과 많이 달랐던 우리 집 환경이었다. 심지어 학교 화장실도 수세식이었으니까. 당시 내가 고작 24%에 해당하는 재래식 화장실 사용 가구에 속했다는 것이 나를 부끄럽게 만들었다.

그래서일까. 나는 98%에 가려진, 이제는 더욱 적어진 숫자 '1'에 마음이 쓰인다. 2015년 재래식 화장실을 사용하는 가구 수, 1.3%에 해당하는 실제 가구 수는 26만이다. 이 중에는 친환경적인 삶을 위해 본인이 선택한 경우도 있을 것이다. 이 경우를 제외하면, 누군가에겐 변기를 바꾸는 것만으로도 삶의 질과 자존감이 올라갈 수 있다는 걸 기억했으면 한다.

서서 일할 수 있는 것만으로도 너무 좋았거든.
높이가 맞는지 안 맞는지는 생각도 안 해봤지.

스물하나,

싱크대

드디어 엄마가 이사를 했다. 어릴 땐 부모님을 따라, 결혼 후엔 남편 직장 따라 수십 번 집을 옮긴 엄마에게 이번 이사만큼은 의미가 남달랐다. 47살에 은행 대출로 얻은 첫 집. 엄마는 그 빚을 갚기 위해 장난감 공장에 들어갔다. 이전까지 가족과 친구들은 엄마를 '옥자'로 불렀지만, 일터에서 엄마는 '입분'으로 불렸다. '입분'은 주민등록증에 적힌 엄마의 진짜 이름이었다. 엄마의 아버지가 술김에 지은 이름은 동네 아이들의 놀림거리가 되었다. 그래서 옥자라는 예명을 붙였다고 했다. 학력은 초등학교에 다닌 게 전부. 정식 직장에 다닌 일도, 자신의 이름으로 된 통장으로 급여를 받은 적도 없었다. 그러니 입분이라는 이름은 그야말로 형식에 불과했다.

그런데 일을 시작하면서 드디어 입분이라는 이름에 빛이 비치기 시작했다.

"처음에는 좀 쑥스러웠어. 근데 회사 사람들이 나만 보면 '이쁜이 아줌마' '이쁜 언니' 이러는 거야. 유명한 사람이 된 거 같고 기분이 좋더라고. 입분으로 살면서 내 인생이 완전히 바뀌었지. 빚도 갚고. 지금 생각하면 이 집이 복덩어리였던 거 같아."

엄마에게 제 이름을 찾아 주었던 집은 세월과 함께 낡아갔다. 일흔이 넘은 엄마에겐 기대고 의지할 단 하나의 쉼터이자 중년을 함께 보낸 동반자나 마찬가지였다. 그럼에도 이사를 결정한 데에는 몇 가지 이유가 있다. 엄마는 어느 날 문득, 더 나이가 들면 엘리베이터가 없는 빌라 건물에서 살기 힘들겠다는 걸 깨달았다. 다섯 식구가 복닥거리며 살던 20평대 집은 혼자 살자니 너무 넓고 휑했다. 만일 이사를 간다면 새로운 환경에 적응할 시간이 필요할 테니 하루라도 젊을 때 가자는 생각도 들었다.

집을 떠나기로 한 뒤 엄마는 쉬이 마음을 가라앉히지 못했다. 짐을 정리하면서 빗물처럼 젖어오는 회한에 몇 번이나 한숨을 쉬어야 했다. 이사 당일, 이제 다시는 찾을 일 없는 3층 빌라를 올려다보며 옅은 미소를 짓던 엄마의 모습에 나도 코끝이 찡했다. 앞으로 살아갈 낯선 동네, 낯선 집에서 한동안 마음이 힘드실 거라 예상했다. 그런데!

이사 바로 다음 날부터 엄마의 음색이 점점 밝아졌다. 혹여 우울하실까 염려하며 전화 걸었던 내가 민망할 정도였다. 새집에서 엄마의 마음을 훔친 것은 여럿 있었다. 부드럽게 열리는 베란다 문, 창문이 없어 겨울에도 따뜻한 화장실, 그리고 가장 강력한 것이 있었으니 바로 싱크대였다.

"먼저 살던 집은 싱크대가 너무 낮았어. 상추 씻으려면 허리 숙여야 하고, 설거지하면 옷 앞자락이 다 젖었다니까. 이제는 허리를 많이 숙일 필요가 없지. 너무 편해!"

가끔 엄마 집에 갈 때면 나 역시 유난히 낮은 싱크대가 몹시 불편했다. 그러면서도 그냥 지나쳤다. 24년 동안 한 번도 싱크대 교체할 생각을 못 했다니, 엄마도 나도 참 너무했다.

"그때는 크게 불편한 줄 몰랐어. 왜냐면, 그 이전에는 싱크대에서 일한 적이 없으니까. 서서 일할 수 있는 것만으로도 너무 좋았거든. 높이가 맞는지 안 맞는지는 생각도 안 해봤지. 이후로는 그냥 익숙해진 거고."

1996년 엄마가 집을 사기 전까지 우리 집엔 싱크대가 없었다. 그 부엌들이 어떻게 생겼는지, 설거지를 어디에서 어떻게 했는지 구체적으로 떠오르지 않았다. 그건 내가 부엌을 자주 드나들지 않았기 때문일 거다.

"부엌은 집마다 천차만별이었지. 나 어렸을 땐 나무를 때니까 부엌이 넓은 편이었어. 나무나 솔잎 같은 거를 부엌에 들여놨거든. 그땐 방하고 부엌이 일렬로 붙어 있었어. 부엌 옆에 방, 그 옆에 방, 이렇게. 부엌이 집 맨 끝에 있었지. 바닥은 흙이었는데 늘 반들반들해. (흙먼지가 있는 게 아니고?) 응. 발로 밟아서 다져진 거지. 울퉁불퉁하긴 해. 그래도 흙먼지는 없었어. 하루에도 몇 번씩 빗자루로 쓸었어. 불이 나면 안 되니까 늘 깨끗하게 해야 해. 천장은 높고 서까래가 그대로 드러나 있었지. 천장 거미줄에 검은 매연 같은 게 잔뜩 붙어 있었어. 아주 지저분해. 어쩌다 한 번씩 빗자루로 대충 쓱쓱 치우는데 그래도 안 없어져. 음식은 부뚜막에서 했어. 아궁이 옆에 흙으로 평평하게 단을 만들어 놓은 거지, 솥을 걸어야 하니까. 거기서 대충 음식 해 먹었어."

좁고 낮은 단에서 허리를 굽혀 일하려니 얼마나 힘이

들었을까. 그런데 엄마에게서 의외의 대답이 나왔다.

"옛날에는 지금처럼 음식들을 많이 안 해 먹었어. 여름에는 상추나 오이 씻어서 먹었고 겨울에는 맨 김치, 짠지였지. 국이나 좀 끓일까. 오일장 가서 생선이나 고기 사 오면 그거 솥에다 쪄 먹고. 못 사는 집들은 다 비슷했어. 그래도 일이 많았어. 빨래해야지, 농사지어야지. 남의 밭에서 일해주고 일당이나 뭐 곡식을 받는 거지."

낮은 부뚜막-깊은 부엌, 힘 많이 들고 칼로리 소모 심했다

조선일보 1959.10.11.

우리집은 부엌이 없습니다.「부엌이 없다니 참 이상한 집도 있다. 부엌 없는 집이 어디 있을까」하고 생각하는 사람이 있을 것입니다. 그렇지만 우리는 셋방을 들었으니까요. 어머니께서는 참 불편하실 것입니다. 조그만 쪽마루에다 밥을 퍼서 놓고 무우를 써실 때나 파를 써실 때에도 쪽마루에다 놓고 써십니다. 그러니까 우리 집 쪽마루는 다른 집 부뚜막과 같은 일을 합니다. - 서울 동신국민학교 제6학년 윤여정 / 부뚜막에 앉아서 매일 보는 부엌을 다시 한번 쳐다보았다. 검정으로 시꺼멓게 된 벽에는 바가지가 걸려 있다. 천장도 벽과 마찬가지로 시꺼멓게 더러워져 있다. – 서울 종암국민학교 제5학년 염준옥

부엌은 먹을 것이 귀하던 시절 귀한 밥이 나오는 곳이었다. 한편으론 재와 그을음으로 더럽혀지기 쉽고 구석에서 쥐나 바퀴벌레가 나오기도 했다. 궁색한 부엌 풍경은 아이들의 눈에도 투명하게 비쳤다.

부엌을 개량해야 한다는 주장은 1920년대에도 있었다. 한글학자 최현배는 부엌에 대해 다음과 같이 썼다.

동아일보 '조선민족 갱생의 도' 1926.12.19.

부억의 위치를 잘 선정하여서 그으름이 집을 덜 그을게 하며 식당에 음식물을 나르기에 편리하도록 할 것, 아궁지를 개량하여 불 때는 데가 부억 바닥보다 놉게 할 것 (…)

여성을 비하하는 '부엌데기'라는 표현은 옹색하고 지저분한 부엌에서 일하는 사람이란 뜻에서 나왔다.

경향신문 1947.3.23.

우리 가정에서는 여지껏 부엌에 대해서 아무런 중요성을 느끼지 않았던 것입니다. 그보다도 오히려 부엌은 으레 더러운 곳으로 인정해 버려서 심지어는 깨끗지 못한 차림을 한 여자를 보고는「부엌떼기」라는 별명까지 붙이게 된 것입니다. (…) 부엌은 으레 더러운 곳, 어두운 곳, 냄새나는 곳이라고 처단해버릴 것이 아니라 가장 편리하도록, 가장 깨끗하도록, 가장 진보적으로 고쳐 꾸며나가지 않으면 아니될 것입니다.

열악한 환경에서 일하는 여성들에게 더러움보다도 더 큰 문제는 방에 비해 부엌 바닥이 깊어 이동할 때 체력 소모가 많고, 조리대로 사용하는 부뚜막 높이가 낮아 허리를 구부정하게 굽혀야 한다는 점이었다.

동아일보 1969.5.29.

우리 재래식 연탄 아궁이 부엌 구조는 주부의 노동력을 불필요하게 소모시키는 요소가 많다. 실내 평면보다 훨씬 낮은 부엌 바닥은 오르내리는 주부의 다리 힘빼기에 알맞고 구부려야만 취사 준비가 가능한 부뚜막의 구조나 도구배치 역시 한정된 면적 안에서 종종걸음을 치게 만든다.

"결혼하고 나서 연탄아궁이 옆에서 밥하고 반찬 만드는데 진짜 힘들었어. 부엌이 너무 좁았거든. 또 부엌이 바닥이 푹 꺼져 있어서 상을 차려서 방으로 갖고 들어가려면 꼭 계단을 서너 개 밟고 올라가야 했어. 흔들려서 국 넘칠까, 걸려서 상 엎어질까, 아주 살살 들고 가고 그랬지. 그때는 다 그렇게 사니까 몰랐는데 지금 생각하면 정말 불편했어."

1965년 대한가정학회는 가사노동의 능률화에 대한 논문을 발표했다. 열량 소모량까지 구체적으로 계산한 내용이 눈에 띈다.

조선일보 1965.11.7.

부엌과 안방이 한국 재래식으로 부엌 바닥이 낮고 마루를 통해서 방으로 음식을 들여가는 집은, 부엌과 안방바닥이 같은 높이로 직접 통로가 있는 집에 비해 에네르기 소모가 엄청나게 많다. 평지를 걸을 때는 1분에 2.46칼로리의 에네르기가 소모되나 부엌 계단과 문턱을 넘어서 오르내리는 데는 5.26칼로리가, 거기서 밥상까지 들고 오르내리려면 7.75칼로리가 소모된다. 이와 같은 에네르기의 소모를 알기 쉽게 거리로 환산해보면 재래식 부엌의 세 때 식사 준비는 개량식 부엌에서의 식사준비에 비해 4km이상 더 걷는 셈이 된다.

위의 기사에는 낮은 부뚜막에 대한 실측 자료도 나온다.

앞 기사

우리나라의 개수대나 조리대, 부뚜막은 낮아서 일하기에 여간 불편하지 않다. 우리 가정의 부뚜막 높이는 보통 40cm. 우리나라 여성의 평균 신장을 156cm로 잡으면 가장 이상적인 높이는 78cm. (…) 쪼그리고 앉아 일할 때는 1분당 2.8칼로리, 부뚜막 40cm 높이일 때는 2.5칼로리, 78cm의 높이의 조리대에서 일할 때는 1분당 1.8칼로리로 엄청난 차이가 남을 보인다.

요즘 일반적인 싱크대 높이는 85cm로 신장 160cm를 기준으로 한 것이다. 40cm의 부뚜막이 85cm로 높아지니 가사노동자의 허리도 쭉 펴졌다.

드디어 집안에 부엌이 생기기 시작했지만

1960년대 후반부터 서울을 중심으로 아궁이와 부뚜막 대신 입식 부엌을 가진 집들이 조금씩 늘기 시작했다.

동아일보 1969.5.29.

불필요한 에너지 소모를 막는 첫째 요건이 부엌 바닥 높이를 실내 마루 높이와 비슷하게 하는 작업이다. 말하자면 입식 부엌. 현재 도시에 새로 짓는 200여만 원 이상의 집이나 아파트 부엌은 이 입식 부엌 구조를 갖고 있고 이미 재래식 부엌을 가진 집도 하나둘 부엌을 고쳐가고 있다. (…) 우리나라에 스텐레스 싱크대가 선을 보이기는 7년 전. 좀처럼 관심을 못 끌다가 최근 들어 주부들의 발길이 잦기 시작했다는 것인데 다섯 공장에서 매달 800대의 싱크대 조리대 등이 생산되고 중류 이상의 가정에 심심찮게 팔려간다고 업자는 말한다.

1970년대엔 부엌을 개량하는 방법을 소개하는 기사가 자주 등장했다. 당시 부엌 위층에 다락방을 만들어 부엌의 천장이 낮은 집이 많았다. 이에 다락을 없애고 부엌 바닥을 높이는 방법이 제시되기도 했다.

이즈음 허리를 굽힌 채 일하는 것이 주부들의 허리 병을 키운다는 의학 정보도 흘러나왔다.

동아일보 1972.10.13

우리 생활 양식이 허리를 구부리고 다리는 접고 지내는 시간이 많아 30대만 되면 서서히 이상(=신경통)이 나타나기 시작한다. “가장 좋은 예가 재래식 부엌을 쓰는 주부들예요.” 힘은 힘대로 들고 늙어 허리병까지 얻는다. 입식 부엌을 쓰는 서양인들에게는 이런 현상이 적고 뼈 자체에 이상이 있는 경우가 많다.

엄마는 이에 대해 할 말이 있다고 했다.

“여자들은 늘 허리를 구부리고 일할 수밖에 없었어. 밖에선 쪼그리고 앉아서 밭일하지, 빨래도 하지, 부엌에서도 내내 허리를 못 펴잖아. 방에 들어오면 또 바느질하고. 밤에 잠자기 전까지는 등을 바닥에 댈 수가 없었어. 그래서 옛날 할머니들 허리가 기역 자로 꺾였나 봐. 할머니들은 무조건 지팡이를 짚었어. 오죽하면 ‘꼬부랑 할머니’라는 노래가 나왔겠어?”

1970년대를 지나 1980년대 서울을 중심으로 본격적으로 아파트가 지어지면서 부엌 역시 급변화를 맞이했다. 싱크대와 가스레인지가 그 중심에 있었다. 1985년 입식 부엌 보급률은 대도시 18.3%, 중소도시 7.5%, 군 3.7%[1]으로 여전히 낮았다. 그러던 것이 1990년에는 전국 절반을 차지했고 1995년에는 다섯 집 중 한 집을 빼고는 모두 입식으로 바뀌었다.[2] 그을음 가득하던 '부엌'은 슬그머니 사라지고 대리석이 얹힌 조리대와 뜨거운 물이 쏟아져 나오는 싱크대가 들어선 '주방'이 생활 한가운데에 자리 잡았다.

◇◇◇

"그때 나는 아마 거의 맨 꽁찌로 싱크대를 썼을 거야. (1996년에) 집 사면서부터 썼으니까. 그때 진짜, 엄청 좋았어. (하수)물이 저절로 아래로 내려가지, 설거지 바가지(설거지 할 그릇들을 담아 두던 바가지)도 필요 없지, 서서 일하니까 몸도 빨라지는 거 같더라고. 그게 끝인 줄 알았는데, 여기 이사 오니까 더 좋은 싱크대가 있네. 높이가 딱 맞아. 이럴 줄 몰랐어. 옛날 집 생각이 안 나. 사람 마음이 참 간사하지?"

이전 집이 배신감을 느낀대도 별수 없을 이유였다.

이사 며칠 후 엄마네 집에 가구를 조립해 주러 갔다. 그

◇

1 조선일보 1986.5.30.

2 매일경제 1996.7.18.

날 엄마는 싱크대 앞에서 채소를 씻으며 신이 나 있었다. 얼른 핸드폰으로 뒷모습을 찍었다. 몇 년 전까지만 해도 엄마의 키는 나보다 1cm 컸다. 지금은 나보다 작다. 아마도 점점 작아질 것이다. 자연의 순리를 거스를 순 없겠지만, 속도는 더뎠으면 좋겠다. 엄마의 이름을 되찾아 주었던 집을 떠나 생의 마지막 집이라 여기며 들어온 이 집에서 엄마는 이제 막, 드디어 제 키에 맞는 싱크대를 찾은 참이니까.